以鸟兽虫鱼之名

——走进《诗经》中的动物世界

黄亮斌　著

湖南大学出版社·长沙

图书在版编目（CIP）数据

以鸟兽虫鱼之名：走进《诗经》中的动物世界/黄亮斌著 . —长沙：湖南大学出版社，2022.7
ISBN 978-7-5667-2386-4

Ⅰ.①以… Ⅱ.①黄… Ⅲ.①散文集—中国—当代 Ⅳ.①I267

中国版本图书馆 CIP 数据核字（2021）第 250638 号

以鸟兽虫鱼之名——走进《诗经》中的动物世界

YI NIAO-SHOU-CHONG-YU ZHI MING——ZOUJIN《SHIJING》ZHONG DE DONGWU SHIJIE

著　　者：黄亮斌
插　　画：李子玉
责任编辑：全　健　邹　彬
印　　装：长沙鸿和印务有限公司
开　　本：880 mm×1230 mm　1/32　　印　张：9.875　　字　数：239 千字
版　　次：2022 年 7 月第 1 版　　　　印　次：2022 年 7 月第 1 次印刷
书　　号：ISBN 978-7-5667-2386-4
定　　价：58.00 元

出 版 人：李文邦
出版发行：湖南大学出版社
社　　址：湖南·长沙·岳麓山　　　　邮　　编：410082
电　　话：0731-88822559（营销部），88821594（编辑室），88821006（出版部）
传　　真：0731-88822264（总编室）
网　　址：http://www.hnupress.com
电子邮箱：437291590@qq.com

序言

　　《诗经》是我国最早的一部诗歌总集，是我国诗歌的生命起点。正是这部三千多年前我国最早的文化经典，用大量的草木鸟兽虫鱼记录了先人对自然的认知与情感，同时又训练了汉民族感性、生动的取象比类思维方式。

　　孔子最先发现和指出了《诗经》的教化功能，其中之一就是"多识于鸟兽草木之名"。[1] 此后历代经学家在对《诗经》的学习与研究中，就有了对《诗经》名物的考释与索解。秦末汉初毛亨《毛诗故训传》[2]、汉代郑玄《毛诗传笺》[3]、唐代孔颖达等《毛诗正义》[4]、宋代朱熹《诗集传》[5] 以及清代方玉润《诗经原始》[6]，在对《诗经》的通解中，都特别留意诗中出现的草木鸟兽虫鱼。汉代《尔雅》[7]、宋代陆佃的《埤雅》[8] 以及明代医家李时珍的《本草纲目》[9]，都对其有专门的释义。而在《诗经》博物学方面，还出现了专门的文化经典著作，如三国吴陆玑的《毛诗草木鸟兽虫鱼疏》[10] 和清代徐鼎的《毛诗名物图说》[11]，当然还包括日本画家冈元凤的《毛诗品物图考》[12] 和细井徇的《诗经名物图解》[13]。这些文化著作，都从《诗经》这个原点出发，对推进人类对自然界的认识发挥了非常积极的作用。

人类以其高度发达的大脑、复杂缜密的思维和强大的解决问题能力，成为地球的绝对主宰。特别是工业革命以来，人类在社会发展上的极大飞跃，改变了人与自然的关系。人与自然之间这种关系的演进也清晰地投影到了中国文学发展史中。《诗经》中处处闪动着自然万物的灵光，唐诗宋词明清小说等中国历代优秀的文学作品中，也是处处可见飞禽走兽，在在可闻草木花香。然则，中国现当代文学在很长一段时期，却少见对大自然的诗意描绘，而多为人类中心主义写作。随着生态危机逐渐显现并不断升级，人们才开始重新审视自身对大自然的态度。

人类睥睨万物的傲慢，已经遭到大自然的报复，生态危机已成为当下最严重的人类危机。我深信，践行孔子"多识于鸟兽草木之名"的谆谆教诲，结合生态保护现状，重新认识《诗经》中的动物世界，对于帮助人们树立尊重自然、顺应自然和保护自然的生态观，助推现代文明构建、实现人与自然和谐，将是一件很有助益的事。于是便着手对各种《诗经》博物学古籍进行爬罗剔抉、刮垢磨光，去除其中的谬误和糟粕，同时融合现代科学对鸟兽虫鱼的认知，对《诗经》所涉及的几乎所有动物进行归类整理，最终形成了这本小册子。

有关《诗经》名物的著作不少。"图说"类多为翻新日本冈元凤和细井徇《诗经》绘图本再加以阐释。冈元凤、细井徇的著作比清乾隆时期徐鼎的稍晚，他们的画作均为工笔彩绘，形态逼真，纤毫毕见，相比徐鼎的中国水墨画，更符合当下读者阅读习惯。"文说"类《诗经》名物专著近些年也有不少，但总体说来，涉及名物数量偏少，也不够系统。本书对《诗经》中出现的几乎所有鸟兽虫鱼都进行了介绍，并广泛撷取历代文献精华，梳理名物发展流变，以丰富《诗经》名物的文化内涵，增加书籍的可读性和知识性，希望能够在同类《诗经》名物学著作中有所突破。

本书在写作中对相互有关联的名物进行了并类处理。如《关关雎鸠》，除了介绍"雎鸠"，还将《鹊巢》《氓》《鸤鸠》《小宛》等诗篇中出现的各种"鸠"，乃至《四牡》中接近鸠的"雕"统揽于一篇，从而使读者对《诗经》中各种名物有一个全面系统的认识；而"鱼部"中"鲦鳊鲶鲤"在《诗经》中原本就是一并出现的，我无意在对名物释义时进行割裂。不过，限于篇幅，本书未涉及《诗经》植物类名物。

有趣的是，我在写作该书的时候，发现我们黄氏原来是伯益的后代。伯益在协助大禹治水后，被舜任命为驯兽（鸟）官，也就是《诗经》中"驺虞"这一角色。那么本书的写作对我来说，就不仅仅是向中华文化经典致敬，还多了一层赓续家族使命的意义。我期待，通过展示名物前世今生、挖掘名物文化内涵，以及融合科学人文认知的解读，这本跨越三千年的《诗经》动物史话，能够唤起大家对地球家园的关切，为新时代生态文明建设，贡献绵薄的力量。

· 注释 ·

1. 孔子论诗，记录于《论语·阳货》："小子何莫学夫《诗》？《诗》可以兴，可以观，可以群，可以怨。迩之事父，远之事君，多识于鸟兽草木之名。"

2.《毛诗故训传》：简称《毛传》，汉人训释《诗经》之作，现存最早的完整的《诗经》注本；作者毛亨。

3.《毛诗传笺》：简称《郑笺》或《毛诗笺》，东汉郑玄所作研究《诗经》的著作，以《毛诗》为主，兼采鲁国人申培、齐国人辕固和燕国人韩婴三家诗说，加以疏通发挥，以阐扬儒学。

4.《毛诗正义》：又称《毛诗注疏》，唐代孔颖达、王德昭、齐威等奉唐太宗诏命所作的《五经正义》之一，它将唐代以前关于《毛诗》的各家学说汇集到一起，是《毛诗》研究的集大成之作。

5.《诗集传》：宋代理学家朱熹所著。该书杂采《毛传》《郑笺》之说，间或引用齐、鲁、韩三家诗说，而断以己意，意在重新探讨《诗经》本义，是士子考取功名的必读之作。

6.《诗经原始》：清人方玉润撰研究《诗经》著作。该书突破了《诗大序》和朱熹等前人的传统旧说，将《诗经》拉回到了诗美学的道路上。

7.《尔雅》：《十三经》的一种，我国辞书之祖。书中收集了比较丰富的古汉语词汇，现存"释草""释木""释虫""释鱼""释鸟"等19篇。

8.《埤雅》：宋人陆佃所著训诂书。全书共20卷，始于《释鱼》，继之以《释兽》《释鸟》《释虫》《释马》《释木》《释草》，终于《释天》，专门解释名物，作为《尔雅》的补充，故称之为《埤雅》。

9.《本草纲目》：明朝医药学家李时珍著。该书采用较科学的方法对药物进行分类，有"东方医学巨典"的美誉；同时它也是一部具有世界性影响的博物学著作，有专门的草部、木部、鳞部、兽部、禽部、虫部。

10.《毛诗草木鸟兽虫鱼疏》：三国吴人陆玑撰，是一部专门对《诗经》中提到的动植物进行注解的著作，被称为"中国第一部有关动植物的专著"。

11.《毛诗名物图说》：清代学者徐鼎编纂，全书分鸟、兽、虫、鱼、草、木等共9卷，有图295幅，是我国最早的有图有说的《毛诗》研究著作。

12.《毛诗品物图考》：日本画家冈元凤纂辑，日本天明五年（1785）出版，是18世纪日本汉学家对中国古代第一部诗歌总集《诗经》中动物与植物的图释书籍，有200余幅白描插图。

13.《诗经名物图解》：日本江户时代的儒学者细井徇撰绘的一部《诗经》名物学著作，分草部、木部、禽部、兽部、鳞部和虫部，并配了相应彩图。据书中自序推断成书于1847年。

目录 鸟部

目录 兽部

目录 虫部

目录 鱼部

鸟
部

1.1
关关雎鸠

　　"关关雎鸠，在河之洲"，这是很多中国人都耳熟能详的诗句，它所营造的浪漫爱情气氛，和谐又温馨。但雎鸠究竟是什么鸟，向来众说纷纭：有人说它是鸿雁，有人说它是天鹅，也有人说它是斑鸠，还有人认为它是鸬鹚或东方大苇莺。

　　《尔雅》云："雎鸠，王雎。"《毛诗故训传》也说"雎鸠，王雎也"，另又加了句"鸟挚而有别"，即说雎鸠雌雄定偶，感情忠贞而不乱性，同时一起嬉游又不会过于亲狎。宋代理学大师朱熹素喜穷天下之理，他对雎鸠的认识也是如此。[1]孔子评价《关雎》"乐而不淫，哀而不伤"，所表现的快乐和哀愁很有分寸，符合中庸之道，也是因为雎鸠的这种"挚而有别"的相处模式。在古人看来，这样的夫妇相处之道，才是符合君子和淑女的教养的。因此，《毛诗序》曰："《关雎》，后妃之德也，风之始也，所以风天下而正夫妇也。"至于为什么叫雎鸠"王雎"，有说是因为雎鸠头上有冠，也有说"王"即大，说明雎鸠是一种体形较大的鸠。

　　《雎鸠》作为《诗经》开篇之作，承载了太多教化意义，这可能也是让雎鸠形象扑朔迷离的一个重要原因。《诗经》据传是从三千多首诗歌当中删选三百篇编纂而成，有说是孔子删定，也有说是周朝乐官。可以肯定的是，孔子对《诗经》这部诗歌集的形成、完善和传播作出了巨大贡献，所以，历代对雎鸠的解读，大都没有偏离孔子"兴于《诗》，立于礼"和"兴观群怨"的教化观。[2] 在孔子看来，学诗可以激发情志、可以观察社会、可以结交朋友、可以怨刺不平，不仅有利于个人修身，对于治国兴邦也是大有裨益。而《毛诗序》也正是在此基调上，对诗的作用进行了热烈礼赞——"故正得失，动天地，感鬼神，莫近于诗。先王以是经夫妇，成孝敬，厚人伦，美教化，移风俗"。这也是几千年岁月里，中国历史上影响较广泛的对雎鸠的理解，都会有意识地强调其社会属性，突出它"王妃之德"的风化作用的原因。

拨开历史的云烟，让我们回归到《关雎》本身。《关雎》开门见山点出雎鸠栖息于河洲。结合下文出现的荇菜这种典型的湿地水生植物，我们可以把雎鸠锁定为近水之鸟。作为一种寄托"后妃之德""风天下而正夫妇"的鸟，它应该是健康的体魄、俊美的外形和"挚而有别"的品性俱备的。而鹗正符合这一标准。陆玑和郭璞就把它视为雕、鹗一类猛禽。[3] 日本江户时期的本草学者、画家细井徇的《诗经名物图解》，其中的雎鸠就是一只雕的形象。古人对鹗极为推崇，将目光四顾形容为"鹗视"或者"鹗顾"，将推荐贤人称为"鹗荐"。汉朝末年的著名文学家孔融推荐祢衡时，就用"鸷鸟累百，不如一鹗"[4] 来形容他才华出众。

鹗又叫鱼鹰，常年活动在湖泊、溪流、河川、海边等水域环境，主要以鱼类为食。它常常在距离水面 30～90 米的空中盘旋，有时会迎风振翅停留，以便仔细观察水中猎物。一旦目标出现，它能瞬间俯冲到水中将其牢牢抓住，然后用脚爪夹住"战利品"，以矫健而优美的姿势飞离水面。以鱼为食的鹗，通常营巢于水边

树上，有时也会把窝筑在水边的岩石上。鹗的求偶方式别具一格。见到心仪的对象，雄鸟会抓起一条鱼，在空中展现各种飞行技巧，有时摇着双脚，有时甚至向后倒着飞行，同时发出高亢激越的鸣叫。雌鸟如果有意，就会高声鸣叫以应和，并与雄鸟一起上下翻飞嬉戏。也许正是鹗的这种雌雄和鸣的婚飞现象，引发了几千年前诗人的即兴吟唱，才让雎鸠的关关声，一直穿越了千年吧。

鹗主要分布在新疆、甘肃、内蒙古和四川等地，但显然中国其他地方鹗也可以生存繁衍。湖南东洞庭湖国家级自然保护区就有鹗；而据新闻报道，2016 年 11 月上旬，南洞庭湖迎来的首批迁徙候鸟中也有鹗。

虽然鹗这种鸟现在从字面上很难与雎鸠联系起来，但中国最早记述鸟类的《禽经》[5]明确记录有：鸠生三子，一为鹗鸠。这就是说在中国古代，鹗就是鸠的一种了。《诗经》中有五首诗写到了鸠，除了《关雎》外，还有《鹊巢》《氓》《鸤鸠》和《小宛》，其中鸠就有三种。《鹊巢》中的鸠是布谷鸟，"维鹊有巢，维鸠居之"，意思是布谷鸟占了鹊巢。很显然，这是古代诗人观察到了"鸠占鹊巢"这一自然现象。《氓》是我国最早的一首弃妇诗，控诉了一个无情男子对女人的始乱终弃，其中的鸠是斑鸠。"于嗟鸠兮，无食桑葚"：哎，那些斑鸠啊，不要贪吃桑葚——传说斑鸠吃多了桑葚会醉。为什么这样说？是为了引出下一句"于嗟女兮，无与士耽"：年轻的姑娘们啊，不要沉溺于男女情爱啊，一旦坠入情网，就很难解脱了！《鸤鸠》是一首赞美君子表里如一的诗作。鸤鸠跟《鹊巢》中的鸠一样，也是布谷鸟。"鸤鸠在桑，其子七兮"，"鸤鸠在桑，其子在梅"，"鸤鸠在桑，其子在棘"，"鸤鸠在桑，其子在榛"：布谷鸟在桑林，它的孩子有七个，有的在梅枝上跳跃，有的在酸枣树上嬉戏，有的在榛树上栖息。诗以布谷鸟及其子起兴，赞扬君子，是认为该鸟慈爱，喂养众多小鸟，无偏无私。朱熹《诗集传》谓布谷鸟"饲子朝从上下，暮从下上，平均如一也"。《小宛》是写一位兄长在父母去世后对弟弟的谆谆教诲，第一句"宛彼鸣鸠，翰飞戾天"，以鸠鸣叫着高飞于天际，引出对故去父母的思念，然后展开描述。其中的鸠，一般也认为是斑鸠。斑鸠在古代常被称为鹁鸠，《诗经》中《四牡》和《南有嘉鱼》中写过的"翩翩者鵻（zhuī）"也常常被解释为鹁鸠。

睢鸠作为《诗经》第一首诗中出现的飞禽，可谓文化意义上的"中华第一鸟"；也正是因为《关雎》，它成了文学作品中爱情忠贞、婚姻和谐的象征。《乐府诗集》中有诗"睢鸠不集林，体洁好清流。贞节曜奇世，长乐戏汀洲"；张衡有《思玄赋》曰"鸣鹤交颈，睢鸠相和"等等。只可惜，这样的和鸣似乎只回荡在文学的天空，而在我们所生存的世界，已经很难听到了。

· 注　释 ·

1. 朱熹评睢鸠见《诗集传》："生有定偶而不相乱，偶常并游而不相狎。"

2.《论语·泰伯》："兴于《诗》，立于礼，成于乐。""兴观群怨"见于《论语·阳货》："子曰：'小子何莫学夫诗？诗，可以兴，可以观，可以群，可以怨。'"

3. 陆玑《毛诗草木鸟兽虫鱼疏》："睢鸠，大小如鸥。深目，目上骨露。幽州人谓之鹫。"注：鹫又称雕。晋郭璞《尔雅注疏》：睢鸠，王睢，"雕类。今江东呼之为鹗，好在江渚山边食鱼"。

4."鹫鸟累百，不如一鹗"见元郝经著《续后汉书·列传第六十三·祢衡》。

5.《禽经》：据传为春秋时琴师师旷所撰的鸟类著作，全文三千余字，晋人张华以此为蓝本进行了批注。

1.2

黄鸟于飞

　　黄鸟在《诗经》中与鸠一样，都是高频次出现的鸟类。其中三次在国风中，两次在小雅中。国风中的三篇分别是《周南·葛覃》《邶风·凯风》和《秦风·黄鸟》，小雅中的两篇分别是《鸿雁之什·黄鸟》和《鱼藻之什·绵蛮》。

　　现代鸟类学中，有一种雀形目动物黄雀，别名就叫黄鸟，也叫金雀和芦花黄雀，《诗经》中的黄鸟就是它。从颜色上看，自然是黄色的鸟；从声音上听，黄鸟的声音在《葛覃》中描述成"其鸣喈喈"，在《凯风》中称为"载好其音"，自然是悦耳动听的；食性方面，黄雀主要吃各种植物的种子和嫩芽。

　　《葛覃》在《诗经》中排在第二篇，主旨有争议，有说是写一个结婚不久的女子准备回娘家探望父母；也有说是写一位女子即将出嫁。不管是归家还是出嫁，主人公的心情都是一样的欣喜、急切和满怀期待。"葛之覃兮"，"维叶萋萋"，"黄鸟于飞，集于灌木，其鸣喈喈"。人逢喜事精神爽，女子心头欣喜，眼中的一切自然都是美好的：葛藤是那么茂盛，在山间蔓延，葛叶是那么茂密；翩翩飞翔的黄鸟是那么美丽，它们停落在青青葛藤上，啼鸣声清脆悦耳。小女子做起家务来都是劲头十足：葛藤收割回来后煮了又煮，无论织成细布还是粗布，穿在身上都喜欢；把该洗的内外衣裳都洗好，不要洗的放在一边。好个贤惠能干又快乐的小女子！如果理解成归家，那就是贤惠能干的小媳妇了，她在归家前把一切都布置停当的欢快场景，很容易让人想起二十世纪八十年代红遍大江南北的一首歌——《回娘家》："左手一只鸡，右手一只鸭，身上还背着一个胖娃娃呀……"虽是相隔千年，完全不同时代，两者对父母的眷念、归家的喜悦却是相通的。

与《葛覃》的欢乐喜庆相比，《凯风》这首母亲的赞歌就有些淡淡的忧伤甚至是自责了。这首诗歌以"凯风"起兴，诗人在初夏温煦的南风吹拂中，看到酸枣树发出了新芽，从万物新生中想到了慈祥而辛苦的母亲。因而，此时黄鸟婉转动听的啼唱，在诗人耳中也变了味。黄鸟都能用歌声愉悦别人，自己却碌碌无为，没有做出让亲娘感到欣慰的事情，实在是连鸟都不如，诗人不禁深为自责。自此，中国文学里的"凯风"和"黄鸟"就被赋予了思母孝亲的特定意义，如古乐府《长歌行》"凯风吹长棘，夭夭枝叶倾。黄鸟飞相追，咬咬弄音声"[1]，宋代苏轼"回首悲凉便陈迹，凯风吹尽棘成薪"[2]。

黄鸟外表美丽，鸣声悦耳，但《诗经》中黄鸟另外三次登场，就没有那么美好和快乐了。《鸿雁之什·黄鸟》中"黄鸟黄鸟，无集于榖，无啄我粟"，"无集于桑，无啄我粱"，"无集于栩，无啄我黍"，是一年到头辛苦劳作的农人的哀哀求告：黄鸟黄鸟，你不要停在楮树上，不要停在桑树和柞树上！你不要吃我的小米，不要吃我的红高粱和黍子！此诗与《魏风·硕鼠》颇为类似，都是表现农人对自身被剥削被压榨命运的无奈、悲愤和绝望，都表明了即将远离此处寻找他方的态度。《鱼藻之什·绵蛮》

写了一个长期行役之人，对于漫漫前路的迷茫与彷徨。"绵蛮黄鸟，止于丘阿"，"止于丘隅"，"止于丘侧"：那毛茸茸的小黄鸟啊，停在山坳中，停在山角落，停在小山旁。这不由让那觉得人生漫长，仿佛没有尽头之生活不如意者，徒生人不如鸟和人生漂浮不定之叹。还好，并不是没有一丝亮点，行者路遇贵人，得其"饮之食之"，还吩咐车夫载之同行。所以，这里的黄鸟，有对比反衬意，但也并非全然悲情。

《秦风·黄鸟》记录了一段真实的历史——朝廷近臣为秦穆公陪葬。秦穆公在位 39 年后于公元前 621 年去世，他的去世和陪葬，《左传》和《史记》中均有记录。[3]秦穆公可谓一代霸主，他在位期间任用百里奚、蹇叔、由余为谋臣，击败晋国，俘虏晋惠公，消灭梁国、芮国、滑国等；他还曾帮助重耳回到晋国夺取君位。后来他东进中原，试图完成一统天下的霸业，不料先后梦碎于公元前 627 年的崤之战[4]和公元前 625 年的彭衙之战[5]。秦穆公是靠着一位位忠臣谋士，才走上国家昌盛之道，理应深悉人才的重要，可他在去世的时候，却让子车氏三个杰出的儿子奄息、仲行、针虎为其殉葬，这只能说明在当时"溥天之下，莫非王土。率土之滨，莫非王臣"的封建观念统治下，再能干的臣子，也不过是帝王的附属物。

"交交黄鸟，止于棘。""交交黄鸟，止于桑。""交交黄鸟，止于楚。"诗作用黄鸟停在酸枣树、桑树和荆树上悲鸣，引出对三位良人殉葬这一悲惨事件的记述，情景交融。其中"棘"音"急"，"桑"音"丧"，"楚"即"苦楚"，皆一语双关。秦穆公是春秋五霸之一，秦王朝没有在国人的不满和抗议中灭亡，反而传到嬴政时完成了统一中国的霸业，这不得不让人唏嘘，究竟是仁政还是暴政推进了霸业？不过，幻想着千秋万代的秦始皇，仅仅传到二世而亡，已经对此给出了答案。一只小小的黄鸟，参与了三位良人为秦穆公殉葬这一重大历史事件的记录，或许，它可算是世界上最具历史包袱的鸟儿了吧。

· 注释 ·

1. 古乐府《长歌行》："岩岩山上亭，皎皎云间星。远望使心思，游子恋所生。凯风吹长棘，夭夭枝叶倾。黄鸟飞相追，咬咬弄音声。伫立望西河，泣下沾罗缨。"

2. 苏轼这首"凯风"诗，见《胡完夫母周夫人挽词》："柏舟高节冠乡邻，绛帐清风耸搢绅。岂似凡人但慈母，能令孝子作忠臣。当年织屦随方进，晚节称觞见伯仁。回首悲凉便陈迹，凯风吹尽棘成薪。"

3. 秦穆公让大臣陪葬一事，见《左传·文公六年》："秦伯任好卒，以子车氏之三子奄息、仲行、针虎为殉，皆秦之良也，国人哀之，为之赋《黄鸟》。"亦见《史记·秦本纪》："三十九年，缪公卒，葬雍。从死者百七十七人，秦之良臣子舆氏三人名曰奄息、仲行、针虎，亦在从死之中。秦人哀之，为作歌《黄鸟》之诗。"

4. 崤之战：春秋时期发生在秦、晋两国之间的一场重要战役。公元前 627 年四月，一路东进的秦国军队进入晋军与姜戎共同在崤山设下的埋伏圈，全军溃败，孟明视、西乞术、白乙丙三帅被生擒，晋军打败秦军凯旋。

5. 彭衙之战：公元前 625 年，秦穆公再命孟明视领兵攻晋，以雪两年前的崤山战败之耻。晋襄公率军迎战，两军遇于彭衙（今陕西白水东北），秦军再次大败。

1.3

维鹊有巢

　　喜鹊个头大，喜欢将巢筑在民宅旁的大树上，是人们比较熟悉的一种鸟类。《诗经》中有《鹊巢》《鹑之奔奔》和《防有鹊巢》三篇诗作提到喜鹊。

　　关于《鹊巢》诗旨，也有不同看法。一是认为是一首祝贺贵族女子出嫁的诗歌。"维鹊有巢，维鸠居之"，喜鹊在树上把窝搭好，布谷鸟来住，即指新郎布置好了新居等候美丽的新娘；而鹊巢由鸠"居之""方之"到"盈之"，有数量上的递增，代表对新婚夫妇的美好祝愿，希望夫妻恩爱，早日生儿育女、发枝散叶。一是认为是一首弃妇诗，鹊喻旧人，鸠为新妇。全诗从旧妇角度叙述薄情郎迎娶新人的热闹场面，表现了旧人被弃的悲伤和无奈。

　　鹊与鹑是自然界中对爱情忠贞鸟类的典型代表，它们有自己固定的配偶，从不乱性，哪里像卫宣公，连自己儿子伋的老婆都要占有。[1]《鹑之奔奔》中"鹊之彊彊"，就是用喜鹊居有常匹、飞则相随来讽刺卫国国君，说他的行为连一只喜鹊都不如。《防有鹊巢》一诗中，出现了三种反常现象："防有鹊巢"，即喜鹊在堤坝上筑巢；"邛有旨苕"，即土丘上长出水草；"中唐有甓"，即庭院里用瓦片铺道。这就太不正常了。喜鹊平时都是在又高又大的乔木上筑巢，这样才能防止巢被人或其他鸟类捣毁，岂能随随便便把巢建在河堤上？而诗人之所以写这些反常现象，不过是为了引出下文——"谁侜予美"，谁在欺骗我的心上人？表现了诗人的担忧，但同时也传达了诗人对爱的坚定，毕竟这些反常现象都是不可能存在的。

喜鹊是雀形目鸦科的一种鸟类，共有十个亚种，雌雄羽色相似，头、颈、背至尾部均为黑色，羽翼自前往后，分别呈现紫色、绿蓝色、绿色等光泽，双翅黑色而翼肩白色，十分漂亮。古人对喜鹊的习性有过很多观察与记录。东汉郑玄《毛诗传笺》中说，喜鹊冬天开始筑巢，到春天才最后筑成。[2] 更早的《汲冢周书》中说，小寒后五天喜鹊开始筑巢，如果喜鹊不筑巢，国家就会动荡不安。[3] 古人认为鹊巢中有一根主梁，看见喜鹊上梁——两只喜鹊共衔一根木头往巢中放——的人必定富贵发达。[4] 喜鹊挑选树枝很讲究，它们只会挑选那些还没有从树上掉下来的干树枝，而不会挑选那些掉落在地上沾了湿气的树枝，因为鸟巢干燥容易受孕，因此喜鹊又名干鹊。[5] 传说喜鹊是以音感而受孕，[6] 也有说是传枝受卵，这当然是无稽之谈，现在我们都知道，所有鸟类都是卵生动物。李时珍《本草纲目》介绍了两种辨别喜鹊雄雌的方法：喜鹊与大多数鸟类一样，凡左边翅膀覆盖住右边翅膀的是雄鸟，右边翅膀覆盖住左边翅膀的则是雌鸟；还有一种烧毛辨雌雄的办法，羽毛烧后结渣，放入水中下沉的是雌鸟，往上浮的是雄鸟。[7]

喜鹊在我国古代还是吉祥的象征，自古有画鹊兆喜的风俗。不过也有人认为，以喜鹊兆喜主要是南方地区，北方人相反，以鹊声兆悲。[8]

唐代诗人李峤帮一位同僚写过一份向皇帝敬献喜鹊的奏表，大意是：我在歇宿果园的时候，抓到一只红嘴山鹊，三只脚，中间那只脚有五个爪子，爪上有毛。这只鸟仪表非凡，是鸟中精品。三只脚的鸟，可以跟贵州的乌鸦比比看谁更孝顺，五个爪子的喜鹊，具有与白麟一样的盛德。……这不是臣下乱吹，我将这只山鹊敬献给陛下，是因为朝廷有了吉兆。⁹无独有偶，唐代诗人柳宗元写过一篇《礼部贺白鹊表》，盛赞所敬献的白鹊，其白色的羽毛像霜一样皎洁，像玉石一样明亮，它的颜色非同寻常，它的性格非常柔顺近人。

此外，还有很多诗作提到喜鹊。如，唐代诗人王勃《寒梧栖凤赋》中有"游必有方，哂南飞之惊鹊"；李白《赠柳圆》中写过"还同月下鹊，三绕未安枝"；白居易《官舍》一诗中有"啧啧护儿鹊，哑哑母子乌"。元末明初政治家、文学家刘基《即事》中"树头独立知风鹊，屋角双鸣唤雨鸠"，则写尽了生命易逝、岁月难留的人生感叹。唐代诗人李绅在北京法华寺留有一块写鹊的碑文："昔如来双鹊巢顶，而定惠坚明；大师群鸟摩首，而烦疑解脱。"文中既暗含佛家发展历史，又处处透着出家人的智慧。后来吴承恩在《西游记》中补写了这则佛教故事。唐僧师徒四人行至狮驼国的时候，有三个恶魔作怪，如来身边的两位菩萨收了青狮、白象之后，只有那第三个妖魔不伏，腾开翅，丢了方天戟，扶摇直上，来捉猴王。"如来情知此意，即闪金光，把那鹊巢贯顶之头，迎风一幌，变做鲜红的一块血肉。妖精轮利爪刁他一下，被佛爷把手往上一指，那妖翅膊上就了筋。飞不去，只在佛顶上，不能远遁，现了本相，乃是一个大鹏金翅雕。"先用鹊巢贯顶，继之用血肉引诱同为食肉鸟类的大雕，原来"我佛慈悲"的如来也是深晓计谋的。¹⁰

· 注释 ·

1. 卫宣公霸占媳妇，见《史记·卫康叔世家》："右公子为太子取齐女，未入室。而宣公见所欲为太子妇者好，说而自取之，更为太子取他女。"另见《毛诗序》："《新台》，刺卫宣公也。纳伋之妻，筑新台于河上而要之。"

2.《毛诗传笺》："鹊之筑巢，冬至架之，至春乃成。"

3.《汲冢周书·时训解》："小寒又五日，鹊始巢，鹊不始巢国不宁。"《汲冢周书》是中国古代历史文献汇编，主要记载从周文王、周武王、周公、成王、康王、穆王、厉王到景王年间的事，旧说该书是孔子编定《尚书》后所剩，是为"周书"的逸篇，故又称《逸周书》。

4. 喜鹊上梁，见唐代段成式撰《酉阳杂俎》："鹊巢中必有梁。""俗言见鹊上梁必贵。""二鹊构巢，共衔一木……安巢中"谓之上梁。

5.《埤雅》："取在木杪枝，不取堕地者，皆传枝受卵，故一曰干鹊。"

6.《禽经》："鹊以音感而孕。鹊，干鹊也，上下飞鸣则孕。"

7.《本草纲目·发明》："凡鸟之雌雄难别者，其翼左覆右者是雄，右覆左者是雌。又烧毛作屑纳水中，沉者是雌，浮者是雄。"

8. 南方对喜鹊的不同好恶，见《格物总论·鹊》："南人闻其噪，则喜。北人闻其噪，则悲。"

9. 原文见李峤《为司农卿宗晋卿进赤嘴山鹊表》。

10. 唐僧师徒受阻狮驼岭故事，见吴承恩《西游记》七十四至七十七回。

1.4

谁谓雀无角

　　《诗经》中的雀有两种解释，一是鸟的通称，即泛指鸟；一是专指麻雀。我们今天到处可见的麻雀，《诗经》中仅仅在《行露》里提到过："谁谓雀无角？何以穿我屋？"诗中同时借以起兴的物象还有鼠："谁谓鼠无牙？何以穿我墉？"两句意思分别是：谁说鸟雀没有嘴？何以强行进了我的屋？谁说老鼠没有牙？何以穿透了我的墙？表达了一个弱女子对强迫婚姻的控诉，歌颂了她对无爱婚姻的决然反抗。在古人看来，麻雀淫荡、老鼠贪婪，[1]专干穿墙破屋之类歹事。

　　麻雀属于雀形目雀科动物，性极活泼，胆大易近人。与喜鹊一样，麻雀多营巢于人类居处，如屋檐下、墙洞里，有时还会占领家燕的窝巢；在野外则多筑巢于树洞中。麻雀喜欢集体活动，多洞的老树群通常是它们最喜欢的筑巢地点。《行露》一诗的作者，应该是早就发现了麻雀打洞的生活习性。

　　《尔雅翼》中说，麻雀"其小者黄口，贪食易捕，老者益黠难取，号为宾雀"。李时珍《本草纲目·雀》中说，之所以称呼麻雀为宾雀，是因为它们"栖宿檐瓦之间，驯近阶除之际，如宾客然"，又说一般叫"老而斑者为麻雀，小而黄口者为黄雀"。

《孔子家语·六本》[2] 讲述过一则有关麻雀的故事。孔子看见网罗麻雀的人，捕获的全是些黄口小雀，于是问：为何没有大麻雀？捕鸟的人说，大麻雀活泼但谨慎，很难捕捉，而黄口小雀贪婪好吃，容易捕获；又说小麻雀跟着大麻雀则"不可网罗"，大麻雀跟着小麻雀则"可以网罗"。孔子见微知著，教导弟子：小心翼翼则避开祸害，贪嘴好吃则难逃灾祸，君子谨慎行事，从长计议，才能保有全身啊！也正是这则故事催生了一个成语——"黄口小儿"，讥讽人年幼无知。

三国名公子曹植的《野田黄雀行》，则是借麻雀表达人生不自由的抑郁愤懑情绪："高树多悲风，海水扬其波。利剑不在掌，结友何须多。不见篱间雀，见鹞自投罗。罗家得雀喜，少年见雀悲。拔剑捎罗网，黄雀得飞飞。飞飞摩苍天，来下谢少年。"这首诗的创作背景是建安二十五年（220），曹丕——曹操的长子、曹植的哥哥继位，他杀了曹植的至交丁仪、丁廙，曹植身为皇弟却无力相救。也许是这篇《野田黄雀行》对后世影响太过深远，北齐文人萧悫，唐代储光羲和著名诗人李白都写过同题诗。

麻雀曾经是我国数量最多的鸟类，甚至到了雀满为患的程度。1958年我国印发《关于除四害讲卫生的指示》，提出要消灭包括麻雀、苍蝇、蚊子、老鼠在内的"四害"。人们用各种工具和手段捕杀麻雀，其中一种方法是不停地敲打搪瓷脸盆等响器，制造尖锐的噪声，让麻雀心烦意躁而死。无独有偶，差不多同时期美国也将麻雀列为"高度有害的动物"，并组建麻雀俱乐部，主要职能就是消除麻雀，以减少它们吃谷物、小型果子等给农民带来的危害。说起来，人类对待动物的手段真是残忍。不过，自然界的盈虚消长用不着人类动手，麻雀在一时繁盛过后，因为难以适应急剧的自然环境的变化，在全球范围内已数量锐减。环视周边，麻雀的种群数量已经少于原先并不多见的白头鹎。同样在美国，2014 年圣诞节西雅图市观察到的家麻雀，数量达到历史最低点——225 只；而在欧洲一些国家已经把麻雀列为受保护物种，英国甚至将它上调为濒危动物。短短几十年间，一个鸟类物种就迅速退化，这是新时代带给我们的新课题。

· 注释 ·

1. 麻雀淫荡，见《埤雅》："雀，物之淫者；鼠，物之贪窃者。"

2.《孔子家语》又名《孔氏家语》，是一部记录孔子及孔门弟子思想言行的著作，今本为 10 卷共 44 篇。该书对于全面研究和准确把握早期儒学很有价值，有学者誉其为"儒学第一书"。

1.5 燕燕于飞

《诗经》中有十五首诗作中出现了"燕"字，但真正作为燕子本义的只有《燕燕》，其他基本上都是燕子引申出来的含义：美好快乐。在古人看来，燕与凫、鹥等鸟都代表着安乐，是真正的太平君子，能够持盈守成。

燕子是雀形目燕科动物，体形小巧，翅膀尖窄如刀，羽毛带金属光泽的蓝或绿色。燕子故乡在北方，在五行学说中，东西南北中五方对应五色，北方色玄（黑），因此自古以来人们就把燕子叫作玄鸟或元鸟。《诗经》商颂[1]中就有一篇《玄鸟》，这是一首祭祀殷高宗的诗歌。"天命玄鸟，降而为商"，商代的祖先契是这样出生的：契的母亲叫简狄，是有娀氏的长女，尧时，简狄与其姐妹浴于玄丘之水，有一只黑色燕子口中衔卵而过时，卵掉落河中，简狄捡到这枚卵并吞食后，便生下了契。[2]往后的历史就很清楚了，有了商汤，有了武丁，还有其他的后代子孙。

《燕燕》是邶风[3]中的一篇，却是中国文学史上"万古送别之祖"[4]，具有很高的文学地位和史料价值。关于此诗的创作背景，《毛诗序》认为是"卫庄姜送归妾也"。齐国女子庄姜长得很美，嫁给卫庄公后膝下无子，而陈女戴妫生下孩子完，于是卫庄公把完交给庄姜抚养。后来完登上王位成为卫桓公，却被同父异母弟州吁杀害。州吁杀了自己的哥哥篡夺王位后，庄姜送戴妫回陈国，心中伤感，写下这首《燕燕》。[5] 也有说是卫国国君送其二妹远嫁。

　　诗歌以燕子起兴，描写了燕子飞翔时的三个特征："差池其羽"，参差不齐的鸟羽；"颉之颃之"，忽上忽下的翱翔；"下上其音"，时高时低的呢喃。唐代孔颖达在《毛诗正义》中说："鸟有羽翼，犹人有衣服，故知以羽之差池喻顾视衣服，既飞而有上下，故以颉之颃之喻出入前却。"后来朱熹在《诗集传》中解释了颉、颃之区别，说燕子飞翔时，搅动自己参差不齐的羽毛，向上飞曰颉，向下飞曰颃。古人还观察到燕子南来北往的规律：春分之日，玄鸟至；白露又五日，玄鸟归。[6]

　　燕子一般在 4~7 月繁殖，繁殖结束后，幼鸟仍跟随成鸟活动，并逐渐集成大群，在第一次寒潮到来前南迁越冬。宋代词人晏殊《破阵子·春景》中的"燕子来时新社，梨花落后清明"，说的也是燕子的季节性迁徙。古人虽然对燕子南来北往有很多解释，但在现代科学看来，完全是生存需要。冬天北方寒冷，食物短缺，燕子只有飞到温暖的南方觅食。这样看来燕子的谋生道路其实非常辛苦，但一年一次的迁徙，是很多鸟类的特征，也因此，人类称其为"候鸟"。

　　燕子成双成对，又与人类较亲近，甚至筑巢于室，因此为古人所青睐。它们的形象经常出现在古诗词中，或渲染离愁，或寄托相思，意象之盛，表情之丰，非其他物类所能及。传达惜春之情的，如唐韦应物《长安遇冯著》"冥冥花正开，飏飏燕新乳"，元乔吉《天净沙·即事》"莺莺燕燕春春，花花柳柳真真"。寄情于燕、渴望比翼双飞的，如汉《古诗十九首·东城高且长》"思为双飞燕，衔泥巢君屋"，宋晏几道《临江仙》"落花人独立，微雨燕双飞"，和晏殊《破阵子》"罗幕轻寒，燕子双飞去"。慨叹昔盛今衰、国破家亡的，如唐刘禹锡《乌衣巷》"朱雀桥边野草花，乌衣巷口夕阳斜。旧时王谢堂前燕，飞入寻常百姓家"，宋文天祥《金陵驿》"山河风景元无异，城郭人民半已非。满地芦花和我老，旧家燕子傍谁飞"。表达代人传书、幽诉离情的，如元张可久《塞鸿秋·春情》"伤情燕足留红线，恼人鸾影闲团扇"，五代冯延巳《鹊踏枝》"泪眼倚楼频独语，双燕来时，陌上相逢否"。此外还有表现羁旅情愁、状写漂泊流浪之苦的，如宋周邦彦《满庭芳》"年年，如社燕，飘流瀚海，来寄修椽"，和苏轼《送陈睦知潭州》"有如社燕与秋鸿，相逢未稳还相送"。

《全唐诗话》还记载过宰相张九龄一则关于燕子的故事。张九龄是忠君谋国的人，每次见到唐玄宗，总是直接指出他为政的得失。同朝为官的奸臣李林甫于是在皇帝面前挑拨离间，诽谤张九龄。一年秋天，玄宗让高力士给张九龄送去一把白羽扇。秋天送扇？张九龄明白了，皇上是叫自己闭嘴少说空话。于是他给李林甫写了一首《归燕诗》："海燕何微眇，乘春亦暂来。岂知泥滓贱，只见玉堂开。绣户时双入，华轩日几回。无心与物竞，鹰隼莫相猜。"李林甫看了这首诗后，知道张九龄已经心生退意，对他的怨恨和戒备才稍稍缓解了一些。

燕子的故事不仅存在于朝堂之上，更多流传于民间。唐代一名叫任宗的人，离家行贾，数年不归。其妻郭绍兰对丈夫的思念之情无法传递，于是作诗系于燕足："我婿去重湖，临窗泣血书。殷勤凭燕翼，寄与薄情夫。"当时任宗正在湖北荆州，忽然有一天一只燕子落在自己肩上。他展开燕脚上的书信，读到妻子寄来的诗，感而泣之，立即踏上了归程。这个结局，比白居易笔下叹息"老大嫁作商人妇"的浔阳琵琶女，还是强多了。

· 注释 ·

1.《诗经》由风、雅、颂三部分构成，商颂是颂的最后一部分，共5篇，春秋时产生于商朝发源地河南商丘一带。

2. 契的来历，《毛诗注疏》："春分，玄鸟降。汤之先祖，有娀氏女简狄，配高辛氏帝，帝率与之祈于郊禖而生契。"

3. 邶风，《诗经》十五风之一，诗歌多取自殷商故地朝歌一带，既有揭露和反抗上层统治者丑恶行径的，也有反映妇女命运的，现存诗19首，包括《相鼠》《新台》等名作。

4.《燕燕》为"万古送别之祖"，持此说的是清初杰出诗人、学者、文学家王士禛，他关于诗学的理论主要反映在《带经堂诗话》一书中。

5. 庄姜送别戴妫，见《毛诗传笺》。但据《史记·康叔世家第七》，戴妫生下孩子后就死了，庄姜送的是其姐厉妫，当年是其姐厉妫生的孩子夭折，卫庄公才又娶她的。

6. 燕子南北迁徙规律，见《汲冢周书·时训解》。

（鸟）（部）

1.6 雄雉于飞

属于鸡形目的雉鸡是我国较为常见的鸟类，一般也叫环颈雉或者野鸡。雉鸡也是在中国古代文学作品中经常出现的鸟类，《诗经》中的《雄雉》《匏有苦叶》《兔爰》《小弁》等诗作都提到过。另外《车辖》中的"有集维鷮（jiāo）"，《斯干》中的"如翚（huī）斯飞"，《白华》中的"有鹙（qiū）在梁"，以及《简兮》《君子偕老》和《硕人》等诗篇中的"翟"，都属于野雉一类的动物。

《雄雉》是一首写居家妇女思念远方服役丈夫的诗歌。[1] "雄雉于飞，泄泄其羽"，"雄雉于飞，下上其音"：雄雉在空中飞翔，它舒展的翅膀是那样艳丽，它的鸣叫是那样悦耳。见物思人，这些都只是徒添女子对丈夫的想念。《诗经》中紧接着这篇的《匏有苦叶》同样是一首恋歌，是一个未婚女子在济水边等待未婚夫时所唱的情歌。匏瓜的叶儿已枯，正是秋季嫁娶之时，"雉鸣求其牡"，在野雉的求偶声中，年轻女子焦急地等待着情郎的到来。"深则厉，浅则揭"，水深你就抱着葫芦渡水过来，水浅你就提起下衣蹚水过来，表明了女子等待情郎来见面的急切心情。《兔爰》是一首感时伤乱之作。[2] "雉离于罗""雉离于罦（fú）""雉离于罿（chōng）"，诗中以野雉喻君子，野兔喻小人，耿介的野雉反复出现在罗网中，而狡猾的野兔却自由自在，这一反差强烈的对比，反映了诗人对世道不公、社会黑暗的愤慨。《小弁》是抒发废太子宜臼内心情感的一首诗。[3] 这位周幽王的儿子碰上褒姒这样的后母，命运的坎坷可想而知，不仅被罢黜太子位，而且被放逐。"雉之朝雊（gòu）"，早晨野雉发出的求偶鸣叫，只会增添他内心的孤单与落寞。

另外《车辖》中的"鷮"[4]、《斯干》中的"翚"[5]，以及其他诗篇中出现的"翟"[6]，它们虽然在各篇中名称不一样，但都属于野雉。古代野雉的叫法很多，南方曰鷮雉，东方曰鶅（zī）雉，北方曰鵗（xī）雉，西方曰鷷（zūn）雉；[7]《尔雅》还有一种分法：鷷雉、鷮雉、鳪（bú）雉、鷩（bì）雉。[8] 我们今天的鸡形目雉科鸟类也有十多种，其中比较著名的有黄腹角雉、红腹角雉、白鹇、白冠长尾雉，以及常见的鹌鹑。

古代人们就对野雉有着细致入微的观察。《埤雅》中说，野雉耿直好斗，每个群体都有自己的首领，也有自己的疆域；一定区域内以一只雄雉为首，其他的雄鸟虽多，但不敢发出自己的叫声；野雉一般不会跨出边境跑到别人的地界去。同样是野鸡，雉一般活动在原野，而翟则出没在山林。[9] "雉"的甲骨文是一个会意字，"矢"表示箭，"隹"即禽类，即以箭射鸟。用一个表示射杀鸟类的动作代指飞禽类的"雉"，说明上古时期所猎取的禽类主要是野鸡。"雉"在古代又是计算城墙面积的单位，高一丈长三丈为一雉。有学者认为，这大概就是不善飞的野鸡，一次飞行所能达到的高度和距离。雉别名野鸡，据说与汉高祖刘邦的夫人的名字有关。汉高祖的夫人名唤吕雉，为避汉家皇后讳，野雉被改叫野鸡。[10] 古人还认为，野雉味道鲜美，所有四足野兽中，麋鹿

味道最美，两足鸟类中，以鹬雉的味道最美。[11]

汉武帝刘彻酷爱收集世间的名禽异兽。他于公元前 138 年在秦代的一个旧苑址修建上林苑，规模宏伟，里面收集了很多鸟类，既有凫雁、池鹭，也有鹦鹉、翡翠。汉武帝还不满足。臣僚就给他献计说，淮南一带有鹍子，南越一带有翚雉，这些都是有名的五色鸟，于是上林苑又多了一些来自南越的野雉。[12]

《新唐书》中也有帝王与野雉的记载。唐太宗时，宫廷飞来几只野雉。太宗问臣下，这是什么征兆啊？褚遂良说，过去秦文公时，有童子化为雉，雌雉鸣叫于陈仓，雄雉鸣叫于南阳。童子说，"得雄者王，得雌者霸"。秦文公得雌雉，果然霸于诸侯；汉光武帝刘秀得雄雉，起兵于南阳一隅，后来却有了四海之国。陛下您本来只有秦地那么一小块地方，却雄雉雌雉并见，这是昭示您的宏大之德。太宗听了非常高兴，夸赞褚遂良是见多识广的君子。[13]

不过，野雉作为珍禽见重于帝王之家，最早莫过于周代。据传周公姬旦摄政六年，制定礼乐，天下太平，越裳国派人送来一只白雉——大概就是今天的白鹇之类，并说，他们国家认为，如果上天很久没有发怒，不起烈风、不作淫雨，一定是出了圣人，中国如今就是出了圣人，所以他们才千里迢迢给周朝进献礼物。周公为此专门写了一首《越裳操》[14]并且援琴而歌。歌毕，周公把白雉供奉在文王庙，把一切归功于文王，认为是文王的道德教化起了作用。

野雉也常常出现在诗词歌赋中。如东汉张衡《西京赋》"游鹬高翚，绝坑踰斥"，北周庾信《春赋》"苔始绿而藏鱼，麦才青而覆雉"，唐骆宾王"翔凫犹化履，狎雉尚驯童"，杜牧"南苑草芳眠锦雉，夹城云暖下霓旄"，宋代苏轼"向不如皋闲射雉，归来何以得卿卿"和陆游"壮哉带箭雉,耿介死不顾",等等。

· 注释 ·

1.《雄雉》诗旨,见《毛诗序》:"军旅数起,大夫久役,男女怨旷,国人患之。"

2.《兔爰》诗旨,见《毛诗序》:"闵周也。桓王失信,诸侯背叛,构怨连祸,王师伤败,君子不乐其生焉。"

3.《小弁》诗旨,见《毛诗序》:"刺幽王也,大子之傅作也。"

4. 鹪,见《车辖》:"依彼平林,有集维鹪。"

5. 翚,见《斯干》:"如鸟斯革,如翚斯飞。"

6. 翟,见《简兮》:"左手执龠,右手秉翟。"

7. 野雉的叫法,见《左传注疏》卷四十八。

8.《尔雅》对野雉的分类,见《尔雅·释鸟》。

9. 雉、翟的分布,见《尔雅·释鸟》。

10.《汉书·高后纪第三》注:"荀悦曰:讳雉之字曰野鸡。"

11.《埤雅·鹪雉》:"四足之美有麏,两足之美有鹪。"

12. 汉武帝畜养野雉,见《外史·上林篇》。

13. 唐太宗与野雉的故事,见《新唐书·列传卷三十》。

14.《越裳操》歌词:"雨之施物以孳,我何意于彼为。自周之先,其艰其勤。以有疆宇,私我后人。我祖在上,四方在下。厥临孔威,敢戏以侮。孰荒于门,孰治于田。四海既均,越裳是臣。""操"即曲子。

1.7

鹑之奔奔

作为自然界广泛存在的鸡形目鸟类的鹌鹑，《诗经》中《鹑之奔奔》和《伐檀》两首讽刺诗提到过。

《鹑之奔奔》诗旨，《毛诗序》认为是讽刺卫宣姜，宣姜本是嫁给太子伋的，却变成太子的母后，后来又嫁给自己儿子的同父异母兄，简直鹑鹊不如。[1] 也有人认为是讽刺、谴责卫宣公的。卫宣公做的最无耻的事情，是霸占了自己漂亮的儿媳，也就是太子伋的老婆，并筑新台。卫宣公另外一个儿子朔、后来的卫惠公也不是个好东西，在父亲跟前诽谤哥哥伋，并唆使宣公杀死了他，自己顺利接替王位。[2] 古人认为，鹌鹑和喜鹊都是忠于爱情的鸟，所谓"鹑不能乱其匹，鹊不能淫其匹"[3]。《鹑之奔奔》借用鹌鹑和喜鹊都有固定的配偶，双飞双宿，斥责宣公作为国君，完全是德不配位。《伐檀》是《诗经》中挞伐统治阶级不劳而获的名篇。"胡瞻尔庭有县貆兮？""胡瞻尔庭有县特兮？""胡瞻尔庭有县鹑兮？"诗中三个反问，情绪激烈，表现了对统治阶级不狩不猎，庭院里却挂满猪獾、大兽和鹌鹑的不满与愤懑。鹌鹑只是小动物也不放过，反映了统治阶级的贪婪本性，对老百姓财物的掠夺真是大小不拘，不遗余力。

　　鹌鹑体形小巧而浑圆，褐色羽毛中带有明显的草黄色矛状条纹，雄雌两性上体均具红褐色及黑色横纹，经常雌雄结对在溪边坡地的野草或灌木林中活动，主要吃豆类、谷物及浆果、嫩叶、嫩芽等，夏天会吃大量昆虫和小型无脊椎动物。人类社会对它们很早就有观察和记录，早在五千年前埃及的壁画上就有鹌鹑的图像，金字塔上也有食用鹌鹑的记载。我国古代经典《尔雅翼》对鹌鹑给予了很高评价，认为鹑是一种很淳朴的鸟类，"其居易容，其欲易给。审伏浅草之间，随地而安"。也就是说鹌鹑的吃和住都很简单，活动在浅草丛中，随遇而安。《庄子·天地》曰"圣人鹑居"，即圣人如鹑一样，不讲究住宿条件，自由自在，居无定所。宋晏殊诗《巢父井》有"安巢一枝上，岂曰鹑居陋"句，虽是褒扬隐士巢父，但也从侧面表现了对鹌鹑的肯定。

　　雄鹌鹑很好斗。"鹑之奔奔"，陆佃《埤雅·鹑》曰："奔奔，斗也。"斗鹑也是古人驯养鹌鹑的主要目的，据说起源于唐代。唐宋时期，赛鹑在皇宫和民间都非常盛行。除作为玩物外，鹌鹑更是美味的食物。我国是最早饲养野鹌鹑的国家之一，战国时代，鹑就被列入六禽[4]，成为筵席珍肴；明代发现其药用价值；清朝出现了有关鹌鹑的专著——陈石麟的《鹌鹑谱》。

　　《鹑之奔奔》对后世的影响远远不限于文化领域。《晋书·志第十八·五行中》记载了这样一件事：赵王司马伦篡位后不久，有一天，一只鹌鹑飞入太极殿，还有一只野鸡栖息在东堂。太极殿和东堂是朝廷听政的地方，现在鹌鹑和野鸡同一天飞进来，恐怕不是好兆头，因为《诗经·鹑之奔奔》早就说了："鹊之彊彊，鹑之奔奔，人之无良，我以为君！"这是上天在兆示赵王司马伦德不配位。果然，不久赵王司马伦就被人诛杀了。

　　宋人陈岩肖编撰的《庚溪诗话》讲述了这样一则故事：北宋

奸臣蔡京四任宰相，身份显贵，生活侈靡，性喜食鹑，每次都是先将鹑畜养一段时间，然后再宰杀烹饪。也许是鹌鹑吃多了，一天晚上蔡京梦见成百数千只鹌鹑在房前哭诉，其中一只鹌鹑更是上前扯着他的衣袖说："食君廪中粟，作君羹中肉。一羹数百命，下箸犹未足。羹肉何足论，生死犹转毂。劝君宜勿食，祸福相倚伏。"也许是报应吧，曾经风光无限的蔡京晚景甚是凄凉，在宋钦宗时被贬谪，客死潭州（今长沙）。也因此，人们纷纷劝导那些暴殄天物的饕餮之徒，应以此为戒。

· 注释 ·

1.《毛诗序》："《鹑之奔奔》，刺卫宣姜也。卫人以为宣姜，鹑鹊之不若也。"

2. 卫惠公故事，见《左传》桓公十二年至庄公二十五年，亦见《史记·卫康叔世家第七》。

3.《埤雅·鹑》："鹑不能乱其匹，鹊不能淫其匹。"

4. 六禽，指六种供膳的禽类。《周礼·天官·庖人》："掌共六畜、六兽、六禽。"郑玄注引郑司农曰："六禽，雁、鹑、鹦、雉、鸠、鸽。"郑玄注则曰："六禽，于禽献及六挚，宜为羔、豚、犊子、上鹿下弭、雉、雁，凡鸟兽未孕曰禽。"与郑司农说异。

鸟
部

1.8

莫黑匪乌

　　乌鸦在现今中国人眼中，是一种很遭人厌的动物，一般跟晦气和死亡联系在一起。这可能和它黑沉沉的外表、难听的叫声，还有食腐肉的习性有关吧。不过在古代，乌鸦的形象并不全是负面的，它甚至曾经也是祥瑞的象征，《诗经》就可以证明。在《诗经》中，《北风》和《正月》两首诗作提到过乌鸦，另外《小弁》中的"鸒（yù）斯"[1]，实际上也是乌鸦。

　　乌鸦是雀形目鸦科鸦属中数种黑色鸟类的俗称，农村也叫老鸹，嘴大喜欢鸣叫，是雀形目中体形最大的鸟类。乌鸦全身或大部分羽毛为乌黑色，乌鸦的名称因此而来。《北风》是一首刺卫君暴虐的诗歌。[2]诗歌开头就描绘北风呼啸、大雪纷飞的场景，渲染出卫君暴虐下民众纷纷逃亡的悲怆气氛。最后一节中"莫黑匪乌"，以乌鸦为不祥物，比喻天下乌鸦一般黑的昏暗统治。但同样是乌鸦，在《正月》中却是以吉祥鸟形象出现的。《正月》同样是一首讽刺诗，[3]不过它所讽刺的对象是臭名昭著的周幽王。为了博得宠妃褒姒一笑，周幽王上演了"烽火戏诸侯"的闹剧。后来西部少数民族犬戎真正攻入时，却谁也不再把他燃放的烽火当真，终于他被犬戎杀于骊山之下。乌鸦在《正月》中出现了两次。一次是"瞻乌爰止，于谁之屋"，这里体现的是当时的一种普遍认知——"富人之屋，乌所集也"[4]；另一次是"谁知乌之雌雄"，乌鸦通体黑色，辨别雌雄是一件非常困难的事情。

《小弁》同样是一首讽刺周幽王的诗，但它是以周幽王的儿子宜臼的口吻写的。幽王迷上褒姒后，把与申后所生儿子宜臼的太子位给罢黜了，有人为此鸣不平，写下这首情真意切、如泣如诉的《小弁》。诗作开头便运用了画面感极强的比兴手法："弁彼鸒斯，归飞提提。民莫不穀，我独于罹。"那些快乐的黑乌鸦啊，成群安闲飞回窝；人家个个都幸福，只我独自遭灾祸。这里的"鸒斯"便是乌鸦，而且是一群快乐悠闲的乌鸦。由此可见，乌鸦究竟代表吉祥还是不祥，古时候并无定论。

乌鸦是一种非常聪明的鸟类。科学家们依据脑容量占身体比例对动物智力进行区分，乌鸦的大脑占体重比例是鸟类中最高的。比如美洲鸦大脑约占体重的 2.3%，而一般家鸡只有 0.1%。因此，大家熟知的"乌鸦喝水"的故事就有了其智力基础：乌鸦喝不到瓶中的水时，能找些小石子投进瓶中以抬高水位，让自己的小尖喙够到水体。这种办法恐怕智力一般的人也不一定想得到。有一则新闻报道显示，乌鸦居然会扭开水龙头喝水。人们还发现，乌鸦在繁忙的街市竟然具有辨别红绿灯的能力，它会选择红灯亮起这个安全的空当，去啄食地面的食物。

因为乌鸦是这样一种聪明的动物，古代文献以及文化创作中，与乌鸦有关的故事和作品不可胜数。《尚书》曰："爱人者，兼其屋上之乌。"这是成语"爱屋及乌"的由来。古代军事家孙武说："古之善料兵者，观鸟起而知伏，视乌集而知遁。"[5]这是因为乌鸦喜欢空旷之地，而鸟雀喜欢人员密集的地方。能见微知著，于细小中参悟行军布阵之精妙，或许只有孙武这样的卓越兵家能够做到。乌鸦在《尔雅翼》这部南宋时期的训诂学著作中被赋予"孝鸟"的名号。该书认为，幼乌鸦出生后，母乌鸦会哺育它六十天，而幼乌鸦长大后，也会反过来哺育母乌鸦，时间也正好是六十天，因此乌鸦又名"哺公"[6]。古诗还有"嗷嗷林乌，受哺于子"[7]的说法。

《尚书大传》曾记载，周将兴之时，有红色大乌鸦叼来谷种，武王见了大喜，诸位大夫见之也都大喜。这个说法后来被汉代著名儒家代表人物董仲舒引用过。[8]宋代王钦若编修的《册府元龟》[9]记载有唐开元二十八年（740）四月、五月乌鸦两次飞入宫廷事件。四月那次是有乌鸦筑巢于紫宸殿。中书令李林甫为此向玄宗上表祝贺：陛下您让我去看这只乌鸦，这是您的孝悌和体恤黎民感动了神灵；乌鸦在宫里翱翔不愿离去，栖息在轩槛上，这是千古未有的吉兆啊！请陛下您昭示天下，让朝廷公卿大臣都来看看。一个月后，又有乌鸦筑巢于宣政殿，于是李林甫又大大地吹捧了一番皇帝的盛德洪恩。玄宗照例下达诏书：紫宸殿、宣政殿相继发生乌鸦筑巢栖息的事情，它们的意义是一样的，我虽然薄有恩德，但还是要感谢上天对我的恩慈，现昭告天下，希望大臣们都去看看。

开通大运河那一年，隋炀帝因为自己的这项不世功业而非常高兴，常常到草木茂盛、鸟兽繁息的皇家花苑游历。有天晚上，好色的隋炀帝在宫妃们的簇拥下正沉醉于笙歌曼舞，忽然有人说南唐后主陈叔宝求见。隋炀帝神思恍惚，忘记陈叔宝已经去世多年，竟然允见。陈后主进来后，献诗一首："隋室开兹水，初心谋太奢。一千里力役，百万民吁嗟……日脚沉云外，榆梢噪暝鸦。"[10]借乌鸦反映出人们对隋炀帝耗空国库致民贫穷的抱怨。

古代写到乌鸦的诗词也有很多。如北周庾信"金波来白兔，弱水下苍乌"，唐刘长卿"秋天苍翠寒飞雁，古堞萧条晚噪鸦"，唐王昌龄"玉颜不及寒鸦色，犹带昭阳日影来"，宋陆游"驿窗灯暗传秋柝，关树烟深宿暮鸦"。但就诗句所传达的气势来说，笔者最欣赏的还是三国时曹操《短歌行》中的这句"月明星稀，乌鹊南飞"。毕竟是杰出的政治家，其诗中所包纳的万千气象，一般的文学家还是难以望其项背。

·注释·

1. 鸒斯，见《毛诗注疏》："'弁彼鸒斯，归飞提提。'鸒，卑居。卑居，雅乌也。"

2.《北风》诗旨，见《毛诗序》："《北风》，刺虐也。卫国并为威虐，百姓不亲，莫不相携持而去焉。"

3.《正月》诗旨，见《毛诗序》："《正月》，大夫刺幽王也。"

4. "富人之屋，乌所集也"，见《毛诗正义》。

5. 孙武对乌鸦的观察，见《埤雅·乌》。

6. 哺公的叫法，见《尔雅翼·乌》："乌，孝鸟也，始生母哺之六十日，至子稍长则母处而子反哺，其日如母哺子之数，故乌一名哺公。"

7. "嗷嗷林乌，受哺于子"，见晋代文人束皙《补亡诗·南陔》。

8. 赤乌衔谷集屋，详见汉代董仲舒《春秋繁露·同类相动》。

9.《册府元龟》，北宋四大部书之一，是一部百科全书性质的史学类书籍。

10. 隋炀帝故事，见宋代传奇小说《隋炀帝海山记》。

1.9

鸡鸣喈喈

鸡是人们都非常熟悉的家禽，是否应该列入鸟类着实让我有些犹疑。但家鸡源于野生的原鸡，它与鸡形目的鸟类原本就是一个族类，而且与鸟类以亿年计的历史相比，鸡不过一万多年的驯化历史实在是太过短暂。鸡原本就是鸟类中的一员，况且《诗经》中有关鸡的几篇诗作——《君子于役》《风雨》《女曰鸡鸣》和《鸡鸣》——实在是非常精彩，充满浓郁的生活气息，于我而言，实在有些不舍割爱。

《君子于役》是一首写妻子怀念远行服役丈夫的诗歌。诗作最大特点就是自然、真实、朴素。"鸡栖于埘""鸡栖于桀"，这里的"埘"和"桀"都指鸡窝。太阳下山了，一天又要过去了，鸡已经回窝，可是远在他乡服役的丈夫，你什么时候才会归家呢？《风雨》是一首描写夫妻重逢或说喜见情人之作。其中"鸡鸣喈喈""鸡鸣胶胶"是鸡呼唤同伴的叫声，也暗示了主人公对心中人的思念。一个风雨交加的日子，"鸡鸣不已"，在望眼欲穿中，那个思念的人终于出现了……《女曰鸡鸣》是一首对话体诗作。"女曰鸡鸣"，女子说鸡叫天亮了，该起床了；"士曰昧旦"，丈夫睡眼惺忪地回答，还没呢；"子兴视夜，明星有烂"，不信你推窗看天上，还有好多星星在闪光呢；"弋凫与雁"，等天亮我去射野鸭大雁来给你尝……[1] 小夫妻的甜蜜温馨洋溢其间。《鸡鸣》与《女曰鸡鸣》风格类似，都是夫妻对话，不过是描写妻子催促丈夫早起上朝。"鸡既鸣矣，朝既盈矣"，女子说，公鸡已经叫了，大臣们已经去上朝了；"匪鸡则鸣，苍蝇之声"，男子回答，那不是鸡叫的声音，是苍蝇的嗡嗡声；"虫飞薨薨，甘与子同梦"，女子说，虫子飞来响嗡嗡，甘愿与你同入梦……每每读书至此，我都惊叹古人高超的语言表达能力，短短几句就把夫妻间的恩爱和情趣表现得淋漓尽致，而鸡这种最常见的家禽，显然是传达夫妇情感、表现家庭氛围的最好道具。

　　除《君子于役》外，《诗经》中与鸡相关的其他三篇诗作都写到鸡鸣，可见鸡在古代是一种重要的稽时动物。关于公鸡打鸣，有一个神奇的传说：东南方有一座桃都山，山上有一棵大桃树，桃枝覆盖有三千里；桃树上有一只天鸡，每天太阳的第一缕光线照在这棵桃树上时，它就开始鸣叫，然后，天下所有的雄鸡都跟着鸣叫。[2] 古人对公鸡司晨现象有很多解释。宋罗愿《尔雅翼》中说，鸡作为司晨动物，每天鸣叫一定是三次。[3] 司晨是公鸡的本分，如果哪天母鸡也在早上叫起来，所谓牝鸡司晨，那就是反常之事，一定是出现了幽王为褒姒所迷惑这样的祸事。古人还认为，夜晚群鸡鸣叫或者黄昏时单只鸡叫，都不是什么好兆头，前者预示着主家会有倒霉事发生，后者意味着主家会遭遇火灾。[4]

　　古代对鸡有很高的评价，认为它有"文、武、勇、仁、信"五德：鸡有冠，这是文；鸡脚有力，这是武；敢于同敌人死拼，这是勇；看见食物相互告知而不独食，这是仁；鸣叫守时，这是信。[5] 古人尤其推崇"鸡鸣而起"，认为是君子应有的表现。《孟子·尽心上》曰："鸡鸣而起，孳孳为善者，舜之徒也。"宋张耒

《进学斋记》中说，古之君子，"鸡鸣而兴，莫夜而休"。还有著名的"闻鸡起舞"，用每天听到鸡叫就起床舞剑形容有志之士的勤奋刻苦。

我国有着漫长的饲养家鸡史，因此历史文献中也不乏这方面的记录。北魏杰出农学家贾思勰所著《齐民要术》对养鸡有着专业系统的介绍：鸡种，要取桑叶飘落季节出生的，而且体形要小，羽毛要浅，腿脚要又细又短，要喜欢守巢、不太发声的；鸡窝，最好挖地为笼，里面设置栈道，这样鸡叫起来不至于声音太大，静养易肥，而且可避免狐狸之类动物侵袭。古代有关鸡的书籍中，有一大类属于鸡的食用和食补介绍。《本草纲目》中记载了很多鸡肉食用禁忌，如阉割后还能打鸣的雄鸡有毒，不能吃；四月份不要吃孵过蛋的母鸡……简直闻所未闻。还介绍了白雄鸡怎么吃，乌雄鸡怎么吃：看来古代对吃鸡很讲究。

斗鸡是中国古老的传统，大概始于周宣王时期。《庄子·达生》中讲述了一个"呆若木鸡"的故事。据传周宣王特别爱看斗鸡，他请齐国驯鸡高手帮他训练出了一只常胜不败的斗鸡。这只鸡站在那里，心神安定，不骄不躁，看上去就像木鸡一样。别的鸡见到它这副样子，全都吓跑了，不敢与它斗。不过这只呆呆的善斗的"木鸡"现早已失去本义，而演变成了人因恐惧或惊讶而发愣的样子。历史上喜欢斗鸡的远不止周宣王，南朝梁简文帝也算是其中一位。他在诗歌《斗鸡》中写道："玉冠初警敌，芥羽忽猜俦。"看来这位帝王也是深晓斗鸡之乐的。不过，古时候斗鸡绝不只是帝王的事，很多文人墨客把斗鸡当作一种娱乐，并且留下很多诗作。如三国魏著名才子曹植有《斗鸡诗》，其中"长筵坐戏客，斗鸡观闲房"句，说明大家是在一间大房子里，坐在竹席上观看斗鸡，俨然把斗鸡当作了表演。南北朝时期文人庾信也有一首《斗鸡诗》，其中"狸膏熏斗敌，芥粉壒（ài）春场"句，"狸膏"是指狐狸的脂膏。师旷著《禽经》上说，鸡最怕狐狸，狐狸的气味往往让鸡"闻之丧胆"，完全失去抵抗的斗志。斗鸡的人发现这一现象后，暗地里在鸡冠上涂抹狐狸脂肪，往往能够做到不战而胜。中国诗词史上关于斗鸡还有一则佳话，那就是唐代两位著名文化大师韩愈与孟郊的"斗鸡联句"。前后共进行了七个回合，两位诗人把斗鸡的精气神简直写得活灵活现。限于篇幅，现仅辑录前两回合：〔韩愈〕大鸡昂然来，小鸡竦而待。〔孟郊〕峥嵘颠盛气，洗刷凝鲜彩。〔韩愈〕高行若矜豪，侧睨如伺殆。〔孟郊〕精光目相射，剑戟心独在。

· 注释 ·

1. 也有说《女曰鸡鸣》"子兴视夜，明星有烂"是女子的话，接下来是男子的回话；还有一说，认为从"子兴视夜"起都是女子的话，女子对丈夫说，你起来看看天上，启明星都亮了；鸟儿们就要出来了，去射野鸭和大雁；野鸭大雁打回来，我为你烹饪做好菜……

2. 公鸡司晨的传说，见晋代地理博物类志怪小说《玄中记》。

3. 公鸡司晨的次数，见《尔雅翼》："鸡，司时之畜，鸣必三度。"

4. 鸡为稽时动物，见明李时珍《本草纲目·禽之二》："群鸡夜鸣者谓之荒鸡，主不祥；若黄昏独啼者，主有火患，谓之盗啼。"

5. 鸡有五德，见《尔雅翼·鸡》。

鸟部

1.10 弋凫与雁

凫也就是我们俗称的野鸭子，是湖泊湿地最常见的鸟类。这样一种常见鸟类，自然不会在《诗经》中缺席。《女曰鸡鸣》和《凫鹥（yì）》中都提到了凫。

《女曰鸡鸣》是一首对话体诗作。女子催促男子起床，说鸡叫了，已经天亮了。丈夫还想继续睡，说，还没呢，你看天上还有好多星星呢。接下来"将翱将翔，弋凫与雁"句，就是小两口的甜言蜜语了：等天亮了，鸟儿出来飞了，我去射野鸭和大雁来给你吃；也有说是女子的话：天亮了呢，鸟儿要飞出来了呢，正是去射野鸭和大雁的时候。就这样，短短几句睡眼惺忪中的对话，便描摹出夫妻间的浓情蜜意。在这样的寻常生活中"与子偕老"，该是一幅多么美妙的人生场景！同时，年轻的小夫妇并未沉湎于床第之欢，而是妻子催促丈夫起床，承担起家庭中主外的责任。因此，甚至连提倡"存天理，灭人欲"的朱熹也大为赞叹，认为这是一对符合道统观的"贤夫妇"，说"《女曰鸡鸣》一诗，意思亦好"，而《诗经》中其他一些男欢女爱作品，是很容易被他一棍子打为"淫奔之作"的。

《凫鹥》是以湖泊湿地为背景，描写周王绎祭神尸场景的诗作。神尸也就是周代宫廷的专职祭祀者。在生产力非常落后的时代，神尸作为连接上天与人间的中间人物，被赋予了神圣的使命和崇高的职责，也赢得了宫廷的尊敬。一般在天子诸侯第一天正式祭祀后，朝廷会为扮作神灵的神尸设宴回谢。凫是野鸭，鹥是白鸥，都生存于湖区湿地，共同出现在诗人笔下是最自然不过的事情。《凫鹥》中"凫鹥在泾""凫鹥在沙""凫鹥在渚""凫鹥在亹"，是说野鸭和白鸥一会儿在水中嬉戏，一会儿在沙滩歇息，一会儿停在河中的小洲，一会儿又到了河湾处。全诗以两种水鸟在大自然中无拘无束的停落起兴，展开了一幅神尸们大杯喝酒、大块吃肉，尽情享受宫廷赏赐的热闹画面。他们高兴了，祭天礼神的事情才会干得更加虔敬，灾难才不会降临到王室，天下才能太平。因此《凫鹥》又被古人视为"居安思危""持盈守成"之作。[1]而凫和鹥，既是太平盛世的景象，更是太平盛世的衬托。

凫这种鸟类，战国时期的屈原和庄子、唐代诗人陆龟蒙和明代医学家李时珍等都在其著作中提到过。

屈原在《楚辞·卜居》中写道："宁昂昂若千里之驹乎，将泛泛若水中之凫，与波上下，偷以全吾躯乎？"这是屈原在前路迷茫中，叩问内心的话：是宁愿昂昂然如志向高远的千里马呢，还是像浮游水中的野鸭，随波逐流而保全自身呢？在这里，显然凫的形象是平庸的。

凫的外表也谈不上美，它的一个典型特征就是腿短。《庄子》有句："凫胫虽短，续之则忧；鹤胫虽长，断之则悲。"[2]庄子是战国时期伟大的哲学家，也是最会讲寓言故事的人。他的意思，凫的短腿和鹤的长腿，都是天生的，加长凫的腿，或者是砍短鹤的腿，都只会让它们痛苦，比喻做事不能违背自然规律。

唐代诗人、农学家陆龟蒙，曾经在湖州、苏州这些地方当过刺史幕僚。他在《禽暴》一文中，自述有一年十月份去田里看庄稼，夜间往往听到一种如暴雨大作的声响，有时甚至一晚听到三四次。当地农人告诉他，这是当地为害多年的野鸭子，每每到来，遮天蔽日，把整个稻田都盖住了。因为野鸭子太多，根本不能用弓矢之类器械去捕杀，只能用一种叫"㯟糊"的胶体去粘它们。把这种胶体涂抹在树枝上再放置于坡地，这样一次粘住的野鸭往往成千上万，需要用船舶才能运走。

明代医学家李时珍的一则记录证实了陆龟蒙的说法。他在《本草纲目》中记载，东南江海湖泊中到处都是野鸭子，数百只为一群，早上和夜间遮天蔽日飞来，声音之大如暴风雨，所到之处往往稻粱被扫荡一空。[3] 又说野凫具有肥而耐寒的特征，肉甘凉无毒，可补中益气、平胃消食——李时珍作为一名医家，真是时时不忘记录各种动植物的药性。

· 注释 ·

1.《凫鹥》诗旨，见《毛诗序》："《凫鹥》，守成也。太平之君子，能持盈守成，神祇祖考安乐之也。"

2."凫胫虽短，续之则忧；鹤胫虽长，断之则悲"，见《庄子·外篇·骈拇》。

3. 李时珍有关凫的记录，见《本草纲目·禽部·凫》。

1.11

有鸣仓庚

仓庚这个鸟名，现代很少有人知道，但在《诗经》中它出现了三次，分别是在国风的《七月》《东山》和小雅的《出车》中。仓庚的现代名称响亮多了，它就是具有较高知名度的黄鹂，也叫黄莺。

在习稼穑、兴农事方面，后稷是与炎帝一样闻名的人物，不过炎帝主要在南方，而后稷主要在北方的黄河流域。后稷的优秀子孙，无论是封侯在豳（bīn）地的公刘、迁徙于岐山的周太王，还是在酆地的文王，或者是在镐京的武王，都继承了周朝先民的遗风，好稼穑，务本业。这些在豳风中都有较为集中的体现。其中《七月》这首著名的农事诗，生动记述了劳动者一年四季的生活，从春到冬，不停劳作，春种秋收，夏耘冬藏，采桑纺织，砍柴打猎，凿冰酿酒，筑场盖屋，周而复始。诗作涉及的虫子有桑蚕、知了、蚱蜢、纺织娘、蟋蟀，涉及的野兽有狐狸、野猪。这样一幅生动活泼的农村全景图自然不可能让鸟类缺席。

《七月》中写到了两种鸟，分别是仓庚和伯劳。"春日载阳，有鸣仓庚"，春天到来，天气渐渐变暖，黄鹂儿在枝头欢快啼唱。"遵彼微行，爰求柔桑"，姑娘们结伴而行，踏着乡间小路，专门

选择那些嫩嫩的桑叶采集。宋代朱熹在《诗集传》中对《七月》有着很高的评价，称其"仰观星日霜露之变，俯察昆虫草木之化，以知天时，以授民事"[1]。国风中的诗歌主要来自民间，如果不是对农村很熟悉，或对农事亲身参与，哪能写得出如此细致入微的诗歌来？这是真正来自劳动第一线的智慧。这种智慧也体现在民谚中。民间总结惊蛰时节的物候为：桃始华，仓庚鸣，鹰化为鸠。[2]也就是桃花红了，黄鹂叫了，布谷鸟来了。黄鹂作为早春惊蛰时节的重要自然物，在中国古代诗歌中的形象是十分欢快的，几乎总在自由鸣唱。如杜甫《绝句》中"两个黄鹂鸣翠柳，一行白鹭上青天"，《蜀相》"映阶碧草自春色，隔叶黄鹂空好音"，还有韦应物《滁州西涧》的"独怜幽草涧边生，上有黄鹂深树鸣"。

《诗经》中写到仓庚的另外两首诗《东山》和《出车》，都与周朝先人公刘东征战事有关。《东山》先说"我来自东，零雨其蒙"，即我从东方班师回来，正逢蒙蒙细雨；接下来回忆自己出征前新妇过门那天，"仓庚于飞，熠耀其羽"，黄鹂在空中翩翩飞舞，身上羽毛闪闪发亮。最后一句，"其新孔嘉，其旧如之何"，新婚的时候，她可真美啊！多年不见了，不知道她变成了什么样？这就把一个战士归途中想赶快见到妻子那种期盼、向往又有些忐忑的心情，入木三分地刻画了出来。

《出车》中"春日迟迟，卉木萋萋。仓庚喈喈，采蘩祁祁"的描写与《七月》中"有鸣仓庚"句颇为相似。但《七月》反映的是农事繁忙、农人劳苦，虽然只是平铺直叙，通篇读来，却让人伤感沉重；而《出车》本是战士出征凯旋之歌，这一场景也是敌人已被歼灭、战事已经平息，征人高高兴兴回家途中所见，虽然"采蘩"，但并不见劳作辛苦，倒是处处透着生机，反映了征人心中的自豪和喜悦。

· 注释 ·

1.《诗集传》接着写道："女服事乎内，男服事乎外。上以诚爱下，下以忠利上。父父子子，夫夫妇妇，养老而慈幼，食力而助弱。其祭祀也时，其燕飨也节，此《七月》之义也。"该评价是朱熹理学思想的体现。

2.《礼记·月令》："（仲春之月）始雨水，桃始华，仓庚鸣，鹰化为鸠。""鹰化为鸠"是古人对天时变化的一种记录，是指天空中看不到鹰飞翔了，但是布谷鸟开始出来到处活动了，并不真是鹰变成了鸠。

1.12 七月鸣鵙

　　《诗经·七月》中的鵙，《尔雅·释鸟》云："鵙，伯劳也。"后来很多古籍也对其身份进行了辨析，明朝李时珍在《本草纲目》中，结合自身观察，并对《禽经》《礼记·月令》等众多典籍加以分析、辨误后，确认鵙就是伯劳。"七月鸣鵙"，也就是七月的时候，伯劳鸟叫了。"七月"正好也是诗的名称，不过这首诗的命名与鸣鵙没啥关系，而是因为全诗开头第一句"七月流火"。这里的"火"是星座名，即心宿，夏历五月出现于正南方，位置最高，夏历六月开始逐渐西移，所以称"流火"。因此，伯劳这种鸟七月鸣叫，并不是说它在一年中天气最热的时候出现，而是在暑热开始消退，天气开始转凉入秋的时候出现。[1]

　　伯劳是雀形目鸟类，它的外表很有特点：眼部具有很明显的黑色长条形贯眼纹，从眼周直到脑侧，像是戴了一个黑色眼罩；喙粗壮而侧扁，先端有利钩和齿突，很像鹰嘴。只看头部，简直就是一只缩小版的鹰。伯劳双脚强健，趾有钩爪，性格凶猛，以蛙、蜥蜴和鸟类等小动物为食，同时也是十分重要的食虫鸟类。伯劳捕食，通常是先在高高的树枝上观察地面动静，发现猎物便迅速俯冲而下，用尖锐的嘴咬住食物后返回树枝，然后将猎获物穿在带刺的树枝上，撕扯食之。这种方式很残忍，类似屠夫将肉挂在肉钩上，故伯劳又被称为"屠夫鸟"。

伯劳在古代的时候并没有好名声，似乎总跟不祥和分离联系在一起，个中原因据说与尹吉甫的故事有关。尹吉甫是周宣王时贤臣，也是宣王治下尹国的国君，据说还是《诗经》的采集者，有着"中华诗祖"之称。宣王东征时，他与方叔等一起出过大力。尹吉甫听信后妻谗言杀了与前妻的儿子伯奇，而伯奇并无过错，是出了名的孝子，是后母想让自己的儿子继位才挑拨离间。后来尹吉甫隐约知道了真相，想起伯奇就伤心后悔。有一次尹吉甫到郊外打猎，看见一只鸟在桑树上鸣叫，叫声非常悲怆，突然想到儿子伯奇。于是他问，你是伯奇吗？你是否很辛苦？你如果是我儿子的话，就飞到我的车盖上；如果不是我的儿子，请你飞开。[2] 那只鸟听了尹吉甫的话，便飞到车盖上。尹吉甫最后把鸟儿带回了家，并射杀后妻以告慰儿子伯奇在天之灵。而这只鸟，也因为尹吉甫"伯奇，劳乎"这句问话，从此有了"伯劳"的名称。只是，也是因为这个传说，民间对它的叫声很嫌恶，认为它"所鸣之家必有尸"。

这则故事有多种版本，也有说伯奇不是被杀害而是被放逐。蔡邕《琴操》中说伯奇被放逐后并没有记恨父亲，虽然感伤自己命运悲惨，也只作《履霜操》来排遣心中烦忧。而曹植在《令禽恶鸟论》中讲述这个故事，主要是对这种人云亦云的"恶鸟论"大加驳斥，认为是好事之徒的牵强附会。

伯劳虽然是一种小型猛禽，但在文学作品中，却颇有哀婉的意味，它往往和燕一起构成离别的意象。《乐府诗集·东飞伯劳歌》有"东飞伯劳西飞燕，黄姑织女时相见"句，"劳燕分飞"一词便出自此，比喻夫妻离别。清代戏剧家洪昇的《长生殿》中

"伯劳东去燕西飞，怎使做双栖"句，也是同样意思，以伯劳与燕子虽然瞬间相遇，但飞往不同的方向，注定不再聚首，喻分离、孤单。只是，伯劳真的是东飞，燕子真的是西飞吗？不过是文学创作罢了。伯劳和燕子都是候鸟，夏北冬南。不过，恰恰是这些流传千古的美丽诗句，留住了它们美丽的倩影，让后世的我们，得以认识它们。

· 注释 ·

1.《豳风·七月》中是周历和夏历并用，凡言某月指夏历，"一之日"等处指周历。周历以夏历十一月为正月，夏历以正月为始月。所以"七月流火"中的七月是夏历七月，相当于阳历的八九月份，并不是指最热的时候。

2. 宋李昉《太平御览·羽族部十·伯劳》引曹植《令禽恶鸟论》："无乃伯奇乎？""伯奇，劳乎？是吾子，栖吾舆，非吾子，飞勿居。"

1.13 脊令在原

兄弟关系是五伦[1]之一，所谓兄友弟恭。《诗经》中不乏写兄弟情感的诗篇，其中《常棣》和《小宛》就是。两首诗都借鹡鸰这种小鸟，也即《诗经》中的"脊令"起兴，然后引出主题。

《常棣》的作者是谁一直众说纷纭，但一般都认为它的创作与周公兄弟的紧张关系有关。周公在辅佐了哥哥周武王后，继续辅佐侄儿周成王，并开始了长达三年的东征。这个时候，年幼的君主与周公的关系受到了周公兄弟管叔和蔡叔的挑拨，他们说周公将做出不利于成王的事情，离间成王与周公的感情。《常棣》[2]以花萼、花蒂紧密相连的棠棣花起兴，从各个方面阐述"凡今之人，莫如兄弟"。其中就有"脊令在原，兄弟急难"，以原本栖息于水边湿地的鹡鸰流落高原，喻兄弟处于危难，说这时候只有自家兄弟才会伸出援手，而那些平时亲近的朋友，最多长叹几声罢了。诗歌在接下来进一步的阐述中，留下了有关兄弟人伦的千古名句："兄弟阋于墙，外御其务（务通侮）。"兄弟之间在家可能会争吵，可是遇到外敌的时候，就会一致对外；而这个时候，那些平时亲近的朋友往往帮不上什么。这样层层递进，深刻地揭示了兄弟情高于一切，要珍惜骨肉亲情的道理。

　　《小宛》的创作主旨，众说纷纭。《毛诗序》说是"刺幽王"[3]，郑玄认为是"刺厉王"，朱熹《诗集传》则认为是"大夫遭时之乱，而兄弟相戒以免祸之诗"。根据文中"念昔先人""有怀二人"句，及接下来通篇内容，感觉朱熹的观点更贴近诗作。全诗就像是一位有责任感的兄长在父母去世后对有点不懂事的弟弟的叮咛：喝酒要节制，举止要沉稳，要教育好孩子，要继承祖德，不要辱没父母的好名声……全诗并不是平铺直叙，而是多处运用比兴，其中"题彼脊令，载飞载鸣"，就是以在空中自由自在飞翔鸣叫的鹡鸰，反衬自己的奔波劳累。

　　鹡鸰为雀形目鹡鸰科鸟类，长约 20 厘米，背羽纯色而无纵纹，体毛大都呈黑白二色。中国有白鹡鸰、灰鹡鸰和黄鹡鸰。鹡鸰主要以昆虫为食。因多活动于沼泽、池塘、水库、溪流、水田等水边地带，停息时尾巴上下摆动，人们一般又叫它"点水雀"。据说鹡鸰很团结，如果有一只离散，其他鸟就会不停鸣叫，希望它听见飞回来；《禽经》有"鹡鸰共母者，飞鸣不相离"的表述：也许这就是《常棣》中把兄弟比作鹡鸰的原因吧。

　　自《常棣》写下"脊令在原"后，中国文字中就把"在原"当作了兄弟的同义词。《资治通鉴·宋纪十五》中就有"既迷在原之天属，未识父子之自然"的表述，直接用迷失"在原"写兄弟失和。而与鹡鸰有关的宫廷故事，比较有名的应是《旧唐书》中记载的李隆基的故事。李隆基为太子时，曾经缝制大被子和长枕头，与诸王兄弟共同享用。父亲睿宗得知后非常赞赏。李隆基登上皇位后，改兴庆坊旧邸为兴庆宫，兄李成器和弟李隆业赐居在胜业坊，申王李成义和岐王李范赐居在安兴坊：兄弟宅邸相望，环于宫侧。玄宗还在兴庆宫西、南两边分别置楼，西边的叫花萼相辉楼，南边的叫勤政务本楼。玄宗经常登上这两座楼，召集兄弟们一起饮酒、作诗，并不时赏赐他们。由于皇帝敦睦友善，朝廷上虽然也有妖言扰乱，但终究不能动摇他们兄弟间的友好关系。[4] 那个时候，经常有数千只鹡鸰栖息在麟德殿的树木上，廷僚们因此作诗称颂，认为这是天子友悌的吉祥之兆。

李隆基也很高兴，自己写了一首《鹡鸰颂（并序）》[5]：

……秋九月辛酉，有鹡鸰千数，栖集于麟德殿之庭树，竟旬焉，飞鸣行摇，得在原之趣，昆季相乐，纵目而观者久之，逼之不惧，翔集自若。朕以为常鸟，无所志怀。左清道率府长史魏光乘，才雄白凤，辩壮碧鸡，以其宏达博识，召至轩槛，预观其事，以献其颂。夫颂者，所以揄扬德业，褒赞成功，顾循虚昧，诚有负矣。美其彬蔚，俯同颂云：

伊我轩宫，奇树青葱，蔼周庐兮。冒霜停雪，以茂以悦，恣卷舒兮。连枝同荣，吐绿含英，曜春初兮。蓐收御节，寒露微结，气清虚兮。桂宫兰殿，惟所息晏，栖雍渠兮。行摇飞鸣，急难有情，情有馀兮。顾惟德凉，夙夜兢惶，惭化疏兮。上之所教，下之所效，实在予兮。天伦之性，鲁卫分政，亲贤居兮。爰游爰处，爰笑爰语，巡庭除兮。观此翔禽，以悦我心，良史书兮。

李隆基当然有粉饰自己、给帝王家贴金的味道，但后代人并不买账，清乾隆四十三年（1778）进士、广东钦州人冯敏昌就写过一首《唐元宗鹡鸰颂墨迹卷》。其中写道："尘烟蔽天玄武门，唐家四海无弟昆。诗人叹息何为者，急难鹡鸰思在原。逡巡三郎作天子，媲美贞观称开元。""花萼楼头风日美，麟德殿前花鸟繁。""遥遥千载发长喟，尺布斗粟空仁恩。"冯敏昌虽然也写了花萼楼头的无边风月，麟德殿前鹡鸰相聚，但一切的一切都由开头一句定调了，只要想起李世民在玄武门射杀李建成、李元吉两位兄弟，以及唐玄宗继位后，杀死自己的亲姑姑太平公主，强夺儿子李瑁的妻子杨玉环，公然聚麀于后宫，谁能说唐代李氏王朝有真正的兄弟手足之情？所有的鹡鸰之爱，不过是李隆基还只是太子时一场蓄谋已久、引而不发的表演！

· 注释 ·

1. 五伦：古代中国的五种人伦关系和言行准则，君臣、父子、兄弟、夫妇、朋友是五种人伦关系，忠、孝、悌、忍、善是五伦关系准则。

2.《常棣》诗旨，见《毛诗序》："常棣，燕兄弟也，闵管、蔡失道，故作常棣焉。"

3.《毛诗序》："《小宛》，大夫刺幽王也。"幽王荒淫昏聩也是子女失和的原因。

4. 唐玄宗与鹡鸰的故事，见《旧唐书·列传·睿宗诸子》。

5. 唐玄宗这篇《鹡鸰颂（并序）》，有他本人书法传世。

1.14
交交桑扈

　　《小宛》和《桑扈》两首诗中出现了一种新的鸟类——"桑扈"。今天的鸟谱中没有它的名字。其实桑扈就是我们生活中常见的蜡嘴雀，其中的黑头蜡嘴雀甚至在笔者居所附近经常见到。

　　蜡嘴雀体长不足 20 厘米，比鸽子小一点，短厚而尖的黄色喙是它的典型特点。蜡嘴雀在林子里十分活跃，尤其喜欢桑林，经常在树枝间跳跃或在树丛间飞来飞去。它的食物主要是草籽、葵花子等种子，偶尔也吃小米、玉米、高粱、小豆等农作物。陆佃《埤雅》称扈有九种，其中春扈是督促农民耕种的，夏扈是督促农民耘籽的，秋扈是督促农民收割的，冬扈是督促农民收藏的，而桑扈则主管蚕桑事务，担负着为蚕虫驱逐鸟雀的职责。[1] 桑扈白天驱鸟，夜间驱兽，通宵达旦在田间忙乎，因此有扈鸟的地方，农民没有好逸恶劳的。不过，古时候很多人，包括《小宛》的作者，可能都认为桑扈的主要食性是肉食，因此给它取了一个别名——"窃脂"。不过这种历史的误会，早在明代，医学家李时珍就进行了指谬，他的《本草纲目》明确记载了桑扈的植物食性，[2] 并指出其之所以被人称为"窃脂"，是因为其嘴或淡白如脂，或凝黄如蜡，并不是有人说的好"盗食脂肉"。

《小宛》是一篇"贤者自箴"的诗作，体现了兄长对弟弟的关心与爱护。托物起兴是这首诗的典型特征，与斑鸠、鹡鸰一样，桑扈在《小宛》中也是诗人用来比拟和起兴之物。"交交桑扈，率场啄粟。哀我填寡，宜岸宜狱。握粟出卜，自何能穀？"交交啼叫的桑扈沿着打谷场啄着小米，可怜我不仅贫病交加还连遭诉讼。抓把小米去算一卦，什么时候才能转运啊！想到自己的不幸命运，诗人又谆谆告诫，处于乱世，一定要小心谨慎啊，要"战战兢兢""如履薄冰"——这两个成语，也是《小宛》为中国文化作出的贡献。

《桑扈》是一首周天子宴请诸侯的乐歌，全诗洋溢着喜庆欢乐的气氛。"交交桑扈，有莺其羽"，"有莺其领"，交交鸣叫的桑扈，身上有着华丽的羽毛，颈上的羽毛闪闪发亮，这是多么欢快的托物起兴。接下来所引出的主题，也与桑扈的这种欢快相应：颂扬大人君子们的快乐是上天所赐，赞扬大人君子们是国家栋梁，祝愿他们万福会聚——前提是克制有礼不倨傲，这就有点劝谏的意味了。而诗中桑扈与宴饮场景交替出现的写作手法，也大大加强了作品的画面感和生动性。

· 注释 ·

1.《埤雅》此处原文："春扈趣民耕种，夏扈趣民耘籽，秋扈趣民收敛，冬扈趣民盖藏。棘扈为果驱鸟，桑扈为蚕驱雀，行扈唶唶，昼为民驱鸟。"

2.《本草纲目·禽部·桑扈》："扈鸟处处山林有之，大如鸲鹆（qúyù），苍褐色，有黄斑点，好食粟稻。"

1.15

维鹈在梁

曹国是周朝偏居在今山东菏泽定陶一带的小国。所谓小国事微，诗三百仅仅收录曹风四篇，在整个十五国风中与桧风相当，其中就包括《候人》。

《候人》是一首表达对清贫劳苦小官"候人"的同情，同时嘲讽那些"不称其服"的新贵的诗作。[1]《诗经》中表达对小职员同情的还有《小星》《东方未明》《北门》等几首诗作。《小星》可说是一首小官吏自伤劳苦、自叹命薄的怨歌：天空还稀稀朗朗挂着星星的时候，夙夜在公的小官吏，便不得不抛开香衾暖被，为王事奔波。[2]同样是为了公务，《东方未明》中的小官吏不得不早早起床，胡乱中把衣服都穿反了，裤子套在头上，双脚伸进了袖筒。[3]诗歌构筑的画面让人觉得滑稽又心酸。《北门》写忙于王事而顾不上家事的劳碌小官吏回到家里，本想在这个避风港里享受一丝温暖，却没想到受到家里每个人的抱怨。[4]与以上三篇一开始就托物起兴不同的是，《候人》开头部分采取了赋的文学手法，开篇就倒苦水："彼候人兮，何戈与祋。彼其之子，三百赤芾。"官职低微的候人啊，背着沉重的兵器；而那些朝中的新贵，却穿着簇新的朝服。

也许新贵的朝服太过刺眼，勾起了候人内心的不满，他想起了湖泽河畔的鹈鹕，"维鹈（tí）在梁，不濡其翼"。鹈鹕（hú）是一种特别会捕鱼的水鸟，不会潜水的它有一种很特别的捕鱼工具——颔下的大皮囊。它觅食时会张开大嘴，用囊袋装入大量水，滤去水后就吞食其中的鱼。遇到小水坑，鹈鹕们会齐心协力把水吸进自己的大皮囊，这样鱼儿乖乖地出现在它们眼前，它们就可以大快朵颐了。人们因为鹈鹕这种"竭泽而渔"的捕食方法，专门给它取了个名字叫"淘河"[5]，就是把水淘干的意思。庄子高度赞赏鹈鹕的这种捕鱼本领，认为鹈鹕是靠智力取鱼，所以"鱼不畏网而畏鹈鹕"[6]。

鹈鹕捕鱼的本领让人佩服，但它们站在高高的堤坝上，翅膀都未沾水就可以吃到鱼，未免让诗人觉得是"不劳而获"，有些愤愤不平。这当然不是指责鹈鹕，而是指桑骂槐，那些衣着华丽的新贵们，你们什么都没做，哪里配得上这套官服？小人得志、贤士无名，历来是中国文学表达的重要主题。《候人》开创了这类文学创作的先河，后世文人深受影响。屈原在《卜居》[7]中就发出过"蝉翼为重，千钧为轻；黄钟毁弃，瓦釜雷鸣"的慨叹。

《汉书》记载，汉昭帝时，有两只鹈鹕飞到了昌邑王刘贺的宫殿里，刘贺让人把它们射杀了。西汉皇室宗亲、写过《列女传》的刘向就说，鹈鹕是吉祥之鸟，杀了它恐怕不是什么好事。当时的昌邑王刘贺恣意妄为，侮慢大臣，甚至对皇上都不恭敬，有人认为这都是因为有妖孽横行，鹈鹕被杀肯定不是好兆头。后来刘贺虽然当了皇帝，但被大将霍光以"行淫乱"之名而废，成了西汉历史上在位时间最短的皇帝。[8]

《晋书》记录了帝王之家另一则鹈鹕的故事。魏文帝黄初四年（223）五月，有鹈鹕集于灵芝池，魏文帝专门下达诏书：这

就是《诗经》中所称的"洿泽"，《曹风·候人》讽刺曹共公远
君子近小人，现在是不是有贤智之士处于下位的现象？不然的
话，它怎么会飞进宫中来？我号令大家一定要为朝廷举荐"俊德
茂才、独行君子"。魏文帝下达招贤令后，杨彪、管宁这样的贤
能之士都被举荐到朝廷。[9] 杨彪或许并不为人所熟知，但是他培育
了一个大名鼎鼎的儿子——东汉名士杨修；而"管宁割席"的经
典故事，表现了管宁不慕荣华的高尚品德。曹丕的兄弟曹植、曹
彰、曹昂个个都是人中龙凤，曹丕何以能独承大统、登上帝位，
除了曹操长子的优先身份外，恐怕与他这种"见妖孽、知畏惧"
的品性也有关。

· 注释 ·

1. 《候人》诗旨，见《毛诗序》："《候人》，刺近小人也。共公远君子而好近小人焉。"

2. 《小星》此处原文："嘒彼小星，三五在东。肃肃宵征，夙夜在公。"

3. 《东方未明》此处原文："东方未明，颠倒衣裳。颠之倒之，自公召之。"

4. 《北门》此处原文："王事适我，政事一埤益我。我入自外，室人交遍谪我。"

5. "淘河"一词，见《埤雅·鹈》。

6. 庄子夸鹈鹕语见《庄子·杂篇·外物》。

7. 屈原《楚辞》中的一篇，因文中有"乃往见太卜郑詹尹曰：余有所疑，愿因先生决之"而得名。

8. 刘贺的故事，见《汉书·五行志第七》。

9. 魏文帝见鹈招贤的故事，见《晋书·志·五行中》。

1.16

值其鹭羽

商朝的时候，虽然社会生产力得到显著发展，但整体上来说，还处于水平较低的阶段，万舞[1]和公尸[2]等宗教形式的存在就是证明。也正因此，肇始于原始时代的图腾崇拜，在商朝还广泛存在。商代人们崇尚白色，通体白色的鹭，或许就是他们心目中的神。鹭在《诗经》中有着重要的位置，分别写进了《宛丘》《振鹭》和《有駜》等篇章。

《宛丘》是陈风中的第一篇。陈这个地方，也就是今天河南淮阳、柘城和安徽亳州一带，临近东南吴楚之地，土地平旷，人性平和，崇尚巫鬼，少北方刚烈之气，多南方绮靡之风。《宛丘》是一篇歌颂舞女的诗作，就颇具陈风的味道。鹭就是首先出现在这首诗歌当中。而且与后两首诗歌表现白鹭直接振羽不同，《宛丘》中的鹭，是以羽毛的方式出场的："无冬无夏，值其鹭羽"，"无冬无夏，值其鹭翿（dào）"，无论寒冬与炎夏，洁白的鹭羽制成的小扇子都在舞女手中飞扬，鹭羽制成的头饰都在云鬓上戴着。而这位舞姿翩翩的少女，正是诗人朝思暮想、心心念念的人。

《振鹭》是一篇描写周王招待客人的诗作。"振鹭于飞，于彼西雍"，一群白鹭冲天起，西边泽畔任鸟翔，以飞翔在天的白鹭起兴，引出下文宋、杞两国客人的到来。鹭羽是白色的，来的客人也是身着白色的衣服。在图腾崇拜的时代，通体纯白的鹭鸟被商代人视为高洁神圣之物，它飞翔时优美的姿势，栖息时从容的神态，正是美好仪表与内在高尚精神完美的结合。《有驷》是一首叙写鲁僖公与群臣欢乐宴饮的乐歌。"振振鹭，鹭于飞"，手持鹭羽翩翩起舞，就好比白鹭在空中飞翔，多年遭遇饥荒的鲁国在鲁僖公的治理下，终于迎来五谷丰登、国泰民安，人们用歌舞来祝颂这幸福安康的日子，纯洁吉祥的白鹭理所当然成了这场歌舞最好的道具。

　　古代人们对鹭的观察可谓细致入微，不仅是它通体的白色，连同它的步伐形态，在《毛诗草木鸟兽虫鱼疏》等书籍中都有记录：白鹭头上有一尺多长的丝丝白毛，捕鱼时这些白毛就自然地倒伏下来。[3]白鹭喜欢群飞，但如同鸿雁一样，讲究长幼有序，小不逾大，因此有成语"鸿仪鹭序"。

　　白鹭向来是中国古代文人歌咏摹画的灵性之鸟。李白在《白鹭鹚》中写道："白鹭下秋水，孤飞如坠霜。心闲且未去，独立沙洲傍。"刘长卿也写过一首《白鹭》，他眼中的白鹭则是"亭亭常独立，川上时延颈。秋水寒白毛，夕阳吊孤影"。田园诗人王维有过"漠漠水田飞白鹭，阴阴夏木啭黄鹂"之描写。杜甫的《绝句》"两个黄鹂鸣翠柳，一行白鹭上青天"，与王维的诗属于异曲同工，但似乎更为后人所熟知。同为唐代诗人的张志和在《渔歌子》中咏叹"西塞山前白鹭飞，桃花流水鳜鱼肥"，同样通俗易懂，朗朗上口。

　　我国明代著名的世情小说《金瓶梅》中有"雪隐鹭鸶飞始见，柳藏鹦鹉语方知"句——藏在雪中的白鹭鸶，如果不飞起来，没人会发现；隐身在柳树中的鹦鹉，如果不鸣叫，也没人知道——把鹭鸶之白堪与冬雪相比，体现得淋漓尽致。

　　古代文人不仅写诗歌咏白鹭，还画白鹭，尤其是明代，白鹭图创作达到顶峰。如明代花鸟画家吕纪创作的《秋鹭芙蓉》，同时代郑石的《芙蓉白鹭》等。⁴吕纪还创作了一幅《九鹭图》，九只白鹭在整个画面中布局奇巧，神态各异，被时人叹为神来之笔。同时代的文人萧镃专门为此撰写题记，末尾处更是不吝赞叹之词："林生精艺有如此，座客见之谁不喜。洞庭湘渚在眼前，暝色惨淡凉飙起。方今圣主覃恩波，四海山泽无虞罗。悠悠群鹭各自适，虽有鹰鹯奈尔何。"

　·注释·

　1. 万舞：古代舞名。先是武舞，舞者手拿兵器；后是文舞，舞者手拿鸟羽和乐器。《诗经》中《简兮》《闷宫》《那》等多篇诗作提及。

　2. 公尸：古代天子祭祀，代被祭者的神灵而受祭的活人；由于以卿为尸，故称公尸。《诗经》中《既醉》《凫鹥》等篇什提及。

　3.《毛诗草木鸟兽虫鱼疏》："鹭，水鸟也"，"头上有毛十数枚，长尺馀。毵毵（sānsān）然与众毛异。甚好将欲取鱼时，则弭之"。

　4. 吕纪和郑石画作均收藏在台北"故宫博物院"。

1.17
鴥彼飞隼

　　周厉王臭名昭著却有一个较为争气的儿子——周宣王，在他手中曾经一度出现过"四方既平，王国庶定"的中兴盛象。周宣王时代，是一个不断从北向东、向南征伐的时代，他任用南仲、尹吉甫、方叔等为将，先后完成了对玁狁、淮夷、楚国的征伐，也就是从陕甘一带，一直向今天的安徽、江苏、湖北、湖南等地进军。

　　《采芑》反映的正是宣王南征荆楚的一次战争（也有说只是一次军事演习）。[1] 这场战争中，代表周宣王南征楚国的是赫赫有名的方叔。方叔率部军容整肃、军纪严明。不过再名垂千古的战争，都离不开粮草兵马，诗人还是从身边事落笔，从采集芑菜写出粮草之丰盛，从"鴥彼飞隼，其飞戾天"写出战车之威猛、兵甲之齐备。飞隼既是起兴之物，也是军威强大的象征。不过到了《沔水》，王朝衰弱，危机四伏，起兴之物隼也从"其飞戾天"变成了"载飞载止""载飞载扬"和"率彼中陵"，时而高飞，时而遄降，时而平飞，时而沿着山陵翱翔，接下来便写到流离失所的人民和沸沸扬扬的谗言。

　　隼是一种拥有众多家族成员的猛禽，成员大小不一，有的长一米多，有的则比麻雀大不了多少，只有十几二十厘米；但不管大小，它们都有着粗壮有力的大腿，弯曲带钩、强壮且锐利的喙和爪，以及敏锐的目光，而且凶猛刚烈。这使它们成为禽类中的捕猎高手并处于禽类食物链的顶端。隼虽然是捕食高手，但遇到怀胎的猎物总是隐忍不杀，这便为它赢得了"义鸟"的名声。[2] 隼的食物较为广泛，从各种昆虫、鼠、鸟等小动物到哺乳动物都有。长期的进化使隼对病菌具有极强的抵抗能力，一生中它们会吃下许多带疫患的个体，却能保证自己不受感染，很好地控制了疫病的传播。

人类很早就注意到隼善于捕猎，并驯化它们为自己服务。隼、鹰等猛禽与狗一样都是人们捕猎的好帮手，但同为猛禽，隼和鹰还是有一定区别：鹰是鹰形目猛禽，翼宽大、弧线圆润，扑翼慢，而隼是隼形目猛禽，一般比鹰小，翼狭长有尖角，擅长疾飞，时速近 400 公里，有"鸟中歼击机"之称；隼的眼睛大而圆，瞳孔与虹膜区别不明显，而鹰的眼睛虹膜与瞳孔区别明显，且有突出的眉骨；隼上颌边缘有齿突，鹰没有；隼的视力更敏锐，可以远距离发现快速移动的猎物，几乎是鸟类中视力最好的动物；鹰双爪异常有力，大型鹰两爪可以负担几十斤的重量，甚至可以折断小鹿的脊椎，因此主要用爪子抓取食物，而隼是在空中发现猎物后，疾速冲刺到猎物身旁用脚爪击落猎物，然后在猎物下落过程中截住猎物抓回享用。

还有雕、鹫也是很容易跟鹰、隼相混的猛禽。鹫为鹰科腐食性大型猛禽，有很强的嘴钩，趾爪不锐利，喜欢吃动物尸体；雕是鹰科雕属大型昼行性猛禽，形体比鹰更大，同样具锐利的嘴和趾爪，能够捕食包括兽类在内的大型动物，但繁殖能力极低，每次繁殖数量不超过 2 只。

　　隼、鹰、雕这类猛禽总是给人一种强大威严的感觉，从《采芑》中的"鴥彼飞隼，其飞戾天"，到杜甫笔下的"蛟龙得云雨，雕鹗在秋天"[3]，再到现代毛泽东主席诗词中的"鹰击长空"[4]，都显示出它们的雄壮有力和勇猛无畏。也正因此，历史上一些部落、民族以它们为图腾，甚至现今还有国家以隼为国鸟。可由于生态环境的变化、偷猎者捕杀以及杀虫剂的危害，隼越来越少，已经是国家二级保护动物。

· 注释 ·

1. 《采芑》诗旨，见《毛诗序》："《采芑》，宣王南征也。"

2. 五代南唐谭峭撰《化书》："隼，悯胎，义也。"

3. "蛟龙得云雨，雕鹗在秋天"，见杜甫《奉赠严八阁老》。

4. "鹰击长空"见毛泽东《沁园春·长沙》。

1.18

肃肃鸨羽

世界上能飞翔的鸟类中，最重的大概就是鸨了。一只中等体形的雄性大鸨，就可能重达 15 公斤。也许是太重的缘故，鸨虽是鸟，却不擅长飞翔，更擅长走路。硬要它飞行的话，样子十分笨拙，丝毫没有御风而翔的轻松和优雅。《鸨羽》的作者敏锐捕捉到了大鸨这一特征，并以此起兴，表达了沉重徭役给人民带来的痛苦。

"肃肃鸨羽，集于苞栩"，"肃肃鸨翼，集于苞棘"，"肃肃鸨行，集于苞桑"，有着笨重身躯的大鸨，费力地扇动着翅膀，一会儿栖息在柞木上，一会儿停在酸枣树上，一会儿又出现在桑树上。因为大鸨爪间有蹼而无后趾，没有尖而有力的爪子牢牢扣住树枝，沉重的身子压在摇摇晃晃的树枝上，非常容易掉下来，所以《毛诗草木鸟兽虫鱼疏》和《毛诗注疏》等古籍都称大鸨"性不树止"，即大鸨的习性是不在树枝上停栖的。《诗经》的作者都善于托物起兴，他们就是从大鸨这种不合常情的现象想到了自己：王室的差事没完没了了，徭役永无尽期；家里的田地荒了，黍子种不成了，高粱麦子种不成了，我靠什么养活父母啊？……对朝治混乱、徭役沉重发出了愤怒的控诉。[1]

　　大鸨虽然不习惯在树枝上栖息，但却是行走的高手，一小时能走七八公里。大鸨行走与鸵鸟类似，但它不仅长于陆地行走，还能在水中游走。大鸨这种有着庞大身躯的鸟类，一般陆行居多，因此比一般鸟类更为常见。东汉许慎在《说文解字》中认为，鸨从"七"从"十"，喜群居，如大雁般讲组织讲纪律。[2]又有传说云，它们之所以名"鸨"，是因为一般七十只为一群，故在鸟字旁的左边加一"七十"字样。而且古人认为"鸨无舌"[3]，即认为鸨不能鸣叫，走路时无声无息。不过大鸨确实十分沉默，只在求偶或遇到外敌时才会发出低沉的声响。

　　鸨鸟雄性比雌性体形大好几倍，看上去就像是两种不同的鸟，古人便以为鸨"滥交"，遇到什么鸟就和什么鸟交配，于是就把鸨鸟当作"淫鸟"，而把开设妓院的女人叫作"老鸨"。[4]明人朱权在《丹丘先生论曲》中就说："鸨似雁而大……喜淫而无厌，诸鸟求之即就。"实际上，这是古人的一种误判，鸨鸟既不"滥交"，也非异类相交，而是雌雄鸨鸟正常交配的。

　　属于鹤形目的大鸨，是传统的狩猎鸟类，性格勇猛。尽管如此，它也要防范其他如雕、鹫等猛禽的袭击。据载，当遇到危险时，大鸨能瞬间从体内喷出鸨粪，导致对手羽毛尽落。[5]自然界动物的生存智慧，真让人称奇。

　　全球二十多种鸨中，中国仅仅有三种，即小鸨、波斑鸨和大鸨。小鸨和波斑鸨分布在中国新疆天山南北，大鸨则广泛分布在新疆以东地区。古代历史故事中也有不少关于大鸨的记录。辽景宗时，有一年闰月庚午，一只鸨飞来停落在御帐上，景宗深为诧异，叫人捕获后用以祭天。[6]辽圣宗四年夏四月也有类似记载，辽屯兵于"沙姑河之北淀"，部下们纷纷来朝拜，圣宗"以近侍粘米里所进自落鸨祭天地"。[7]

古代比较常见的大鸨，也总是出现于文人笔下。明初著名政治家、文学家，明朝开国元勋刘基似乎对大鸨情有独钟，留下了"水暖菰蒲沙鸨集；月明洲渚榜人歌"和"朴樕（sù）有枝寒集鸨，梧桐无叶夜啼鸦"等诗句。

· 注释 ·

　　1.《鸨羽》诗旨，见《毛诗序》："《鸨羽》，刺时也，昭公之后，大乱五世，君子下从征役，不得养其父母，而作是诗也。"

　　2. 陆佃《埤雅·释鸟·鸨》："《说文》曰，皁，相次也。从七从十，盖鸨性群居如雁。"

　　3.《埤雅·释鸟·鸨》："闽谚曰，鸨无舌，兔无脾。"

　　4. 此说见明代刘元卿撰《贤奕编》："古优女曰：娼后称娼，老妇曰鸨，考之鲳鱼为众鱼所淫，鸨鸟为众鸟所淫，相传老娼呼鸨，意出于此。"

　　5. 唐段成式《酉阳杂俎》："鸨遇鸷鸟，能激粪御之。粪着，毛悉脱。"

　　6.《辽史·本纪·景宗下》："闰月庚午，有鸨飞止御帐，获以祭天。"

　　7. 见《辽史·本纪·圣宗二》。

1.19

鸱鸮鸱鸮

鸱鸮鸱鸮，你这可恨的恶鸟，已经夺走了我的雏子，再不能毁去我的窝巢！这是《诗经·鸱鸮》开篇发出的强烈控诉和苦苦哀求。

鸱鸮在当代鸟类学中是一个独立科目，属于白天休息夜间行动的猛禽，头骨宽大，腿脚偏短，面盘圆形似猫，常被称为"猫头鹰"。它分布广泛，从寒带到热带到处都有，种类较多，体形大小不一。鸱鸮食性较多样化，有些以鱼为食，有些则以昆虫、小鸟和鼠类为食。三国吴陆玑在《毛诗草木鸟兽虫鱼疏》中把它描写为比黄雀还小的"巧妇"，不过两晋时期的郭璞不认同。[1] 鸱鸮口碑较差，据古籍记载，它是"不孝之鸟"，一旦长成，便会食母。[2]

《鸱鸮》这首诗的主角，是一只孤弱无助的母鸟。当它在诗中出场的时候，恶鸟鸱鸮刚刚洗劫了它的危巢，攫着雏鸟在高空得意地盘旋。诗之开笔"鸱鸮鸱鸮，既取我子，无毁我室"，即以突发的呼号，表现了母鸟目睹"飞"来横祸时的极度惊恐和哀伤。宋张舜民有云："诗是无形画，画是有形诗。"《鸱鸮》开篇展现的正是未见其影先闻其"声"的母鸟惊见子去巢破的悲惨画境。当母鸟仰对高天，发出凄厉呼号之际，人们能体会到它此刻该是怎样的毛羽愤竖、哀怒交集。但鸱鸮那么凶猛，孤弱的母鸟无能为力，只能一边因为家毁子亡而悲愤呼号，一边无望地眼看鸱鸮远去……

谁是《鸱鸮》的作者？一直以来众说纷纭，但主流观点是周公姬旦。周武王去世后，继位的周成王年幼。历史上虽然有"周公吐哺，天下归心"的美谈，但周公在忠心耿耿辅佐了自己的哥哥周武王后，继而辅佐自己的侄儿周成王的时候，受到朝廷小人的诋毁。他的两个弟弟管叔鲜、蔡叔度说"公将不利于孺子"，让周成王对周公有了猜忌之心。所谓"诗言志"，《鸱鸮》就是周公写给侄子成王的一篇明志之作。[3]

除了这篇《鸱鸮》外，这种凶猛的鸟类还出现在《墓门》和《泮水》中。《墓门》写道："墓门有梅，有鸮萃止。"《泮水》中有"翩彼飞鸮，集于泮林"。《墓门》是一篇讽刺春秋时陈佗的诗作。[4]陈佗趁兄长陈桓公病重，杀死了太子也就是自己的侄儿，篡得帝位，陈国于是大乱。[5]《泮水》是一首颂扬鲁僖公修泮宫的诗歌。[6]鲁僖公战胜淮夷之后，君臣们在泮宫水滨饮酒宴乐，诗歌向来都是助兴之物，于是就有了这篇《泮水》。诗中回顾了威武王师平定淮夷的壮举，并发出"翩彼飞鸮，集于泮林。食我桑黮，怀我好音"的慨叹：可恨的鸱鸮，飞停在泮宫的林子里；偷食了我的桑葚，就应该感念我的仁德。可见在《泮水》里，鸱鸮依旧是一只恶鸟。《诗经》另外一篇《旄丘》中，有"琐兮尾兮，流离之子"句，一般认为这里的流离，同样是有着坏名声的鸱鸮。[7]《诗经》中还有一首《晨风》，开篇就写道："鴥彼晨风，郁彼北林。"诗中的晨风一般认为是鹯，也是鹰鹯一类的猛禽。[8]鹯疾飞而过，停在郁郁苍苍的北边树林。鸟倦飞而知返，而诗人思念的君子却忘了家，不想回来。人啊，有时真不如这些自由飞翔的鸟类。

因其恶名声，猫头鹰自古不受人待见。《史记》记载，汉武帝让东郡给宫廷送来鸱鸮，五月五日端午节制成枭羹，赐给廷僚百官，就是"以恶鸟，故食之"。[9]

《鸱鸮》这首寓言诗，对中国古代文学产生了深远影响，催生了很多优秀的同类作品，如汉乐府《蜨（dié）蝶行》《枯鱼过河泣》，三国时曹植的《野田黄雀行》，唐代杜甫的《义鹘行》、韩愈的《病鸱》等。直接以鸱鸮入题的文学作品还有贾谊的《鵩鸟赋》。他在这篇著名的赋的序中写道：我贾谊做长沙王太傅的第三年，一只鵩鸟飞入了我房间，停在座位旁。鵩长得像猫头鹰，不吉之鸟。我被贬谪到长沙这个地方，气候潮湿也就不说了，如今住房里又飞进来这只鸱鸮，是不是兆示我活不长了，于是提笔写下这篇《鵩鸟赋》自我宽慰。[10]

清代洪昇《长生殿》中有一段描写"安史之乱"后长安动荡不安局面的话："六宫中朱户挂蟏蛸（xiāoshāo），御榻傍白日狐狸啸。叫鸱鸮也么哥，长蓬蒿也么哥。"蟏蛸、狐狸与鸱鸮都是《诗经》中出现过的动物，加上疯长的野草，一起传达了一种浓浓的萧索、枯寂与荒凉感。

·注释·

1. 郭璞的《尔雅注疏》认为：鸱鸮为大鸟，接近于《旄丘》中的流离；而巧妇为《小宛》中的桃虫。

2. 鸱鸮的恶名，见《尔雅注疏》："枭者，不孝之鸟。""伛伏其子，百日而长，羽翼既成，食母而飞。"

3.《鸱鸮》诗旨，见《毛诗序》："《鸱鸮》，周公救乱也。成王未知周公之志，公乃为诗以遗王，名之曰《鸱鸮》焉。"

4.《墓门》诗旨，见《毛诗序》："《墓门》，刺陈佗也。陈佗，无良师傅，以至于不义，恶加于万民焉。"

5. 陈佗的故事，见唐代孔颖达《毛诗正义》。

6.《泮水》诗旨，见《毛诗序》："《泮水》，颂僖公能修泮宫也。"

7.《旄丘》之流离，见《毛诗草木鸟兽虫鱼疏》："流离，枭也。自关而西谓枭为流离。"

8. 晨风，见《毛诗注疏》："晨风，一名鹯。鹯，挚鸟也，郭璞曰鹞属。"

9. 枭羹的来历，见《史记三家注·孝武本纪》："汉使东郡送枭，五月五日为枭羹，以赐百官。"

10. 贾谊写作《鵩鸟赋》本意，见其序文："谊为长沙王傅，三年，有鵩鸟飞入谊舍，止于坐隅。鵩似鸮，不祥鸟也。谊既以谪居长沙，长沙卑湿，谊自伤悼，以为寿不得长，乃为赋以自广。"

1.20

鸿雁于飞

　　鸿雁是《诗经》中出场频率很高的鸟类，前后出现了六次，分别是《匏有苦叶》《新台》《大叔于田》《女曰鸡鸣》《九罭》和《鸿雁》。

　　鸿雁是大型水禽，体长接近 1 米，体重 2.8 至 5 公斤。嘴黑色，体色浅灰褐色，头顶到后颈暗棕褐色，前颈近白色。鸿雁主要栖息于开阔平原和湖泊、水塘、河流、沼泽及其附近地区，主要以各种陆生植物和水生植物的芽、茎为食，也吃少量甲壳类和软体动物。鸿雁常成群活动，会随季节迁徙。古人很早就记录了鸿雁的迁徙规律，如"雨水又五日，鸿雁来"[1]，即雨水节气后，大雁从南方飞回北方。至于迁徙地带，则有"南翔衡阳，北栖雁门"[2]，如今在湖南衡阳有回雁峰，在山西忻州代县边界有雁门关。迁徙性鸟类中能如此"留名"的，大概也只有鸿雁了。值得一提的是，我们今天一直是把鸿雁当作一种鸟，但在古代，鸿和雁是有区别的，大的叫鸿，小的为雁。《淮南子》云，仲秋鸿雁来，季秋候雁来，候雁比鸿雁小，故推鸿雁为鸿，而候雁为雁。[3]

　　《诗经》中有关鸿雁的六首诗，每一首都堪称经典。《匏有苦叶》是一首大胆直白的爱情诗。"雍雍鸣雁，旭日始旦。士如归妻，迨冰未泮。"在飞雁雍雍鸣叫、朝阳冉冉升起的美好早晨，春心荡漾的年轻女子等待着河那边的未婚夫：如果要娶我，就趁冰雪未融的时候来吧！《新台》是讽刺卫宣公劫夺儿媳的无耻行径的诗作，"鱼网之设，鸿则离之"[4]，借鸿雁被捕入网中，痛斥卫宣公癞蛤蟆想吃天鹅肉。《大叔于田》赞美了一位孔武有力、能徒手搏虎的年轻猎人。"叔于田，乘乘黄。两服上襄，两骖雁行。"尊贵的大叔乘车来到猎场，拉车的四匹马儿毛色金黄。驾辕的马儿昂头奋力奔跑，外侧的马儿如雁行般紧紧跟随。这是诗人注意到了鸿雁飞行有序、列队而行的特点，这也是鸿雁"四德"[5]之一。《女曰鸡鸣》这种对话体的艺术形式所营造的浓浓生活气息，特别富有感染力。诗中"将翱将翔，弋凫与雁"是写捕杀野鸭和鸿雁，这在当今时代当然是不允许的，但在三千多年前的周朝，为妻子射回野鸭和鸿雁，却是自然而又充满爱意。《九罭》诗旨，有说是赞美周公姬旦，[6]也有说是燕饮时主人所赋留客的诗。诗中写道："鸿飞遵渚，公归无所，於女信处。"用鸿雁留宿沙洲第二天就会飞走，比喻尊贵的客人短暂停留后就会离开。您离开也没有地方住，就请在这里多留几天吧！"鸿飞遵陆，公归不复，於女信宿。"大雁沿着河岸向远处飞去，尊贵的客人一旦离开，就如大雁南飞一样，不知何时再来，就请再多留几天吧！《鸿雁》是一首赞美周宣王派遣使者到处救济流民的诗歌，同时也是一首流民自叙悲苦的诗歌。[7]"鸿雁于飞，肃肃其羽"，由鸿雁在空中飞翔，不禁想到穷苦人野外奔波的辛劳；"鸿雁于飞，集于中泽"，看到鸿雁聚在沼泽中央，不禁感叹，筑墙服苦役的人，今天不知宿在何处；"鸿雁于飞，哀鸣嗷嗷"，由雁之哀鸣，想到生活中各种苦楚，不知道这世间，有谁能理解。

提到鸿雁的著作很多。晋代崔豹《古今注》中《雁衔芦》写道：鸿雁从黄河以北飞向江南时，身体瘦瘠轻盈能够高飞，不怕猎人的射具；但江南一带土地肥沃、物产丰富，几个月后，等要回黄河以北时，鸿雁已经肥胖得不能高飞。为了防止被人射中捕获，鸿雁常常嘴里衔一根数寸长的芦苇。[8]这种说法是否正确，历史上一直聚讼纷纭。有人认为这是鸿雁的生存智慧，比如李时珍；但更多的是怀疑，衔芦能防缯缴吗？是不是有别的用途？不过，大雁夜泊洲渚，群雁栖息在内，会安排一只雁在外警卫，倒真是一种让人惊叹的智慧。

《周易》中也有鸿雁。有一个"渐"卦，爻辞中就有鸿渐于干、鸿渐于磐、鸿渐于陆、鸿渐于木、鸿渐于陵、鸿渐于阿。鸿就是鸿雁，六句爻辞，表示鸿雁从山涧、河岸、平地一路向上，飞过树木、飞过山头，最后飞上大山。象征着一路坦途，没有磨难，大吉大利。

人与鸿雁之间的故事，最动人的莫过于《汉书》里苏武的故事。天汉元年（前100）苏武奉命出使匈奴，被扣留。匈奴贵族多次威胁利诱，欲使其投降，未果，便将苏武迁到北海边牧羊。汉昭帝即位数年后，匈奴与汉和亲，汉昭帝提出归还苏武，匈奴谎称苏武死了。后来汉使再次至匈奴，当年随苏武一起出使匈奴的常惠在夜里秘密会见汉使，把事情的前后经过原原本本告诉了汉使，并叫使者对单于说，汉朝天子在上林打猎时捕获一只大雁，足上系有帛书，帛书上写了苏武等人在某大泽中放羊……使者按常惠所言对单于说了，单于只得承认苏武等人确实还活着。这样，苏武在匈奴放牧十九个春秋后终于回到汉廷。这则故事中的鸿雁传书，不仅让人觉得浪漫，更有种义薄云天的浩然正气蕴含其中。

至于中国文学作品中，更是不乏以鸿雁为意象托物抒怀之作。譬如唐朝，诗人卢照邻写过《同临津纪明府孤雁》："三秋违北地，万里向南翔。河洲花稍白，关塞叶初黄"；骆宾王留下了《秋雁》："联翩辞海曲，遥曳指江干。阵去金河冷，书归玉塞寒"；据说贵为皇帝的唐太宗，也写了一首《赋得早雁出云鸣》："初秋玉露清，早雁出空鸣。隔云时乱影，因风乍含声"。宋朝欧阳修写了《江行赠雁》："云间征雁水间栖，缯缴方多羽翼微。岁晚江湖同是客，莫辞伴我更南飞。"而元杂剧作家王实甫《西厢记》中的"碧云天，黄花地，西风紧，北雁南飞。晓来谁染霜林醉？总是离人泪"，堪称古往今来用飞雁寄离愁最让人伤怀的诗句。清代戏曲家孔尚任《桃花扇·拒媒》中"似一只雁失群，单宿水，独叫云，每夜里月明楼上度黄昏"，也是借用对爱忠贞的大雁这一文化意象，表达了李香君对才子侯方域的相思与钟情。

· 注释 ·

1. 《汲冢周书·时训解》："雨水又五日，鸿雁来。鸿雁不来，远人不服。"

2. 南翔衡阳，北栖雁门：出自东汉张衡《西京赋》。

3. 鸿、雁的区别，见《尔雅翼·雁》。

4. 也有说"鸿则离之"中的"鸿"是指癞蛤蟆。

5. 明李时珍《本草纲目·禽部·雁》："雁有四德：寒则自北而南止于衡阳，热则自南而北归于雁门，其信也。飞则有序而前鸣后和，其礼也。失偶不再配，其节也。夜则群宿而一奴巡警，昼则衔芦以避缯缴，其智也。"缯缴：猎取飞鸟的射具。缯通矰，古代射鸟用的箭。缴为系在短箭上的丝绳。

6. 《九罭》诗旨，见《毛诗序》："《九罭》，美周公也。周大夫刺朝廷之不知也。"

7. 《鸿雁》诗旨，见《毛诗序》："《鸿雁》，美宣王也。万民离散，不安其居，而能劳来还定安集之，至于矜寡，无不得其所焉。"

8. 《雁衔芦》原文："雁自河北渡江南，瘦瘠能高飞，不畏缯缴。江南沃饶，每至还河北，体肥不能高飞，恐为虞人所获，尝衔芦长数寸以防缯缴焉。"

1.21

鹳
鸣
于
垤

鸟
部

鸟
部

　　鹳在中国是具有极高美誉度的鸟类，它体形庞大，姿态优雅，性情娴静，因为在自然界中较为稀少，历来与鹤一起被视为尊贵之鸟。鹳在《诗经》中唯一一次出场是在著名的抒情诗《东山》中："鹳鸣于垤，妇叹于室。"

　　《东山》是随周公东征三年回来的征夫，渴望归乡的心灵之作，满满的都是出征游子对家乡的切切思念：天空蒙蒙的细雨，桑叶上蜷曲的幼蚕，缠绕屋檐的藤蔓，屋内爬行的地鳖，门窗上挂着的蜘蛛，还有夜色中一闪一闪的萤火虫……这一系列物象构成了征人对家乡的全部想象。然而藏在心灵最深处的还是久别未见的新妇。分别三年，她还好吗？她是否在扫房修屋，等我回家？或者，是不是屋外，白鹳停在土堆哀鸣，而屋内，妻子哀伤叹息？

　　鹳出现在这里别含深意。古人认为鹳和蚂蚁都是能够预知天雨的动物。陆佃《埤雅·鹳》有云："垤，蚁冢也。鹳知天将雨，有见于上。蚁知地将雨，有见于下。""鹳鸣于垤"，这是大雨将至啊！大雨至，那征夫的归期又要往后推，难怪妻子哀叹。而思归的征人，早已是心急如焚，偏偏又逢大雨，何时才能见到我心

爱的妻子？短短几句，年轻夫妻急切想见面的渴望与焦虑便跃然纸上。鹳是对配偶具有极高忠诚度的鸟类，用它来表达和反映夫妻间的情感，是极为妥当和贴切的。

三国时陆玑在《毛诗草木鸟兽虫鱼疏》中详细描写过鹳：像大雁但更大，长脖子、红嘴巴，身子白色、尾翅黑色；在树上做窝，窝大如车轮，下的蛋也很大，差不多有装三升[1]水的杯子那么大。[2]陆玑笔下的鹳，应该是白鹳。鹳科鸟类很多，并不都是红喙、白羽，我国就有黑鹳、白鹳和东方白鹳等几种，它们都是国家重点保护动物。

鹳是大型涉禽，嘴长而粗壮，多在高树或岩石上筑大型的巢，以鱼为主食，也捕食其他小动物。人们生活中常常将鹳、鹤相混，其实，仔细看，鹳和鹤还是有区别的：鹳体形较鹤粗壮，头部占比也较鹤大，身上羽毛排列整齐、紧密，能栖息在地面、树上或是岩壁上；而鹤体形相对修长，头较小，脖子、腿都很长，只能栖息于地面。

我国古代有很多与鹳有关的诗作、典故。公元 759 年，杜甫为避“安史之乱”，携家入蜀居于成都草堂，在那里度过了四年相对安稳的时光，也写下了他一生中格调最为轻松的诗歌。其中就有一首提到了鹳：“老夫卧稳朝慵起，白屋寒多暖始开。江鹳巧当幽径浴，邻鸡还过短墙来。”[3]如今再造访杜甫草堂，见那树荫下的碧水沉潭，依旧可以想见当年鹳鸟游弋、鸡群飞跃的农家场景。唐代诗人王之涣创作的《登鹳雀楼》，几乎妇孺皆知。其中的鹳雀楼原名云栖楼，是北周时期建造的一座供军事瞭望用的戍楼，正是因为常有鹳雀栖息楼上，才得名“鹳雀楼”。而《登鹳雀楼》中那句“欲穷千里目，更上一层楼”，也让此楼名扬天下，成为中国名楼。

《江南通志》记载了一段有关鹳的美谈：明嘉靖年间，有一天松江大风，树木被连根拔起，树上的鹳巢掉落在地。所幸小鹳没有受伤。一侯姓老人见之，捡起小鹳悉心呵护，又为其重建鹳巢。后来侯姓老人生病，几乎要气绝时，鹳衔来一棵草放在他口中，老人竟然复活。有人说那只鹳衔来的是东海祖洲不死草。

江淮地区人鹳不了情似乎还在继续。2007 年 3 月 9 日，江苏省高邮市 220 千伏澄安线突然跳闸，高压电路巡线员周士清发现，澄安线 86 号塔顶有一只直径一米左右的巨型鸟巢。2011 年 5 月 7 日，高邮 220 千伏平秦线跳闸。周士清巡线时发现，平秦线 117 号塔上又出现一只巨巢，里面有一只很像仙鹤的大鸟。他赶紧用手机拍下，并及时向公司报告。经专家证实，周士清发现的大鸟是极为罕见的白鹳。2007 年以来高邮境内的 10 次跳闸都与白鹳有关。对此，周士清和他的同事没有采取简单驱逐的办法，而是充分开动脑筋，最终在输电线路的 17 处地方共安装了 33 块一米见方的环氧树脂绝缘板，既保护了鸟类，也防止了电线断电。2019 年初周士清退休那天，四只白鹳在空中盘旋流连，人们认为这是白鹳在送别最后一天值岗的巡线员。

· 注释 ·

1. 三升：三国时期 1 升约相当于现在的 200 毫升，3 升约为现在的 600 毫升。

2. 三国陆玑《毛诗草木鸟兽虫鱼疏》："鹳，鹳雀也。似鸿而大，长颈赤喙，白身黑尾翅，树上作巢，大如车轮，卵如三升杯。"

3. 诗句出自唐杜甫《王十七侍御抡许携酒至草堂奉寄此诗便请邀高三十五使君同到》。

1.22

鹤鸣于九皋

中国众多鸟类中，鹤具有崇高的威望，所有鸟类中能够在名称前冠以"仙"字的，大概也只有鹤了。每每提到鹤时，我们总会想起"鹤发童颜""驾鹤西游"等词语，眼前就会呈现一幅仙气飘飘的场景。

《诗经》中提到鹤的诗作有《鹤鸣》和《白华》两首。关于《鹤鸣》的创作主旨有多种说法，不过诗作举贤荐能意显而易见。诗中鸣于九皋的鹤、潜在深渊的鱼、他山之石，无不指向一个共同的目标——贤人。吴陆玑《毛诗草木鸟兽虫鱼疏》中说，鹤形大如鹅，长三尺，高三尺余，喙长四寸余；又说鹤天生一副大嗓门，"其鸣高亮，闻八九里"。《鹤鸣》中突出了鹤的这一特征，所谓"声闻于野""声闻于天"，不仅毫不夸张，而且给人一种直击心灵的震撼。而汉语词汇中的"鹤鸣之士"，正是指德才兼备之隐士。

《白华》作为一首闺怨诗[1]，表达的情感哀怨痛苦。"有鹙在梁，有鹤在林"，丑恶的鹙作为一种似鹤而又不是鹤的水鸟，停在鱼坝上，原本栖息在沼泽、浅滩、芦苇塘等水边湿地，以小鱼虾、昆虫、贝类等为食的高洁的鹤，却飞进了树林。这是一种反常。鹤的后趾小并且居于高位，不能与前三趾对握，根本就不容易栖息在树上。这种自然现象的失常，反映了作者遭遇无情抛弃的悲苦命运。

鹤雌雄相随，步行规矩，情笃而不淫，具有很强的家庭观念，对家族传承和子嗣延续非常负责。它们的巢多筑于沼泽地的草墩上或草丛中，产卵一至二枚，雌雄轮流孵化。31天后蛋中小鹤开始啄壳，双亲在旁静立守候一昼夜。才出壳的雏鹤形如小鸭，觅食时紧随双亲左右。等长到一岁，双亲要忍痛将其赶走，让它自立，再去抚养新生的雏鹤。鹤都是白天活动夜间休息，群鹤栖息时有一或二只鹤专门负责放哨。不过在古人看来，鹤的生育繁殖充满神秘色彩，《禽经》等一些古代名物学典籍认为："鹤以声交而孕。雄鸣上风，雌承下风则孕。"这与现代科学对卵生鸟类的认知完全是风马牛不相及。

鹤作为一种引人注目的美丽鸟类，自古以来人们就对它进行了深入观察和认真记录。如春秋时师旷编写的《禽经》，就有多处关于鹤的特点的记载，如"亢为鹤"，"鹤爱阴而恶阳"，"鹤老则声下而不能高"。西汉刘安《淮南子》云："鸡知将旦，鹤知夜半。"就是说，跟鸡鸣报晓相反，鹤是在夜半啼叫。江苏镇江焦山江边的一块崖壁上，刻有一篇《瘗（yì）鹤铭》[2]，也即为埋葬仙鹤所写的碑文，碑落款为"华阳真逸"。只是这位华阳真逸究竟是谁，是陶弘景，还是差不多同时代的书法家王羲之或者是诗人陶渊明，历史上向来争论不已。明代还专门出版了一本《相鹤经》，这本书写道："鹤之上相，瘦头朱顶，露眼黑睛，高鼻短喙。"即说最好的鹤是这样的：瘦脑袋、红头顶，黑眼球突出，高鼻子短嘴巴。

脖颈修长、膝粗指细的丹顶鹤，自古就是吉祥和高雅的象征。而在对中国文化尤其是中国民俗文化具有深远影响的道教中，鹤更是长寿的象征，因此有仙鹤的说法，而道教的仙人大都是以仙鹤或者神鹿为坐骑。在中国、朝鲜和日本，人们常把仙鹤和挺拔苍劲的古松画在一起，寓意长寿。按中国传统习俗，年长的人去世叫"驾鹤西游"。实际上鹤也确实给人类延年益寿提供了有益的启示。东汉末年医家华佗创制了模仿虎、鹿、熊、猿、鸟动作的导引养生法——"五禽戏"，其中鸟戏第三式为"白鹤飞翔"。而在中国太极拳中，有个招式叫"白鹤亮翅"。

历代文人还创作过很多与鹤有关的诗歌。如明代于谦《夜闻鹤唳有感》，"灵风振缟衣，华露泡丹顶。清响彻云霄，万籁悉以屏"；明代戏曲家、文学家汤显祖《部中鹤》，"轩墀看鹤人，时与小翩翾。凤皇犹可饲，安得羽中仙"；而唐代刘禹锡《秋词》中的"晴空一鹤排云上，便引诗情到碧霄"，更是为人们所熟知。词赋方面，则有宋朝苏轼的《放鹤亭记》，明代解缙的《白鹤颂》、王世贞的《二鹤赋》，等等。

全球15种鹤中，我国占据9种，其中最著名的是白鹤、灰鹤与丹顶鹤。鹤在我国属迁徙鸟类，除黑颈鹤与赤颈鹤生活在青藏、云贵高原外，其余鹤类均出生在北方，每年10月下旬迁至长江流域一带越冬，第二年4月春回大地再飞回北方。江苏盐城沿海滩涂湿地和黑龙江齐齐哈尔的扎龙湿地，是我国南北两个重要的鹤类保护基地，每年栖息丹顶鹤、白鹤等大量珍稀鹤类。正是在这两个鹤类保护湿地，演绎了当代中国最动人的护鹤悲歌。

1979年，在齐齐哈尔扎龙湿地建立了我国首个国家级鹤类自然保护区。当地渔民徐铁林成了扎龙第一代养鹤人。他女儿徐秀娟，17岁便成为我国第一位养鹤姑娘。1986年，从东北林业大学进修结业、已是护鹤专家的徐秀娟受邀南下，援建刚刚成立的江苏盐城国家级珍禽自然保护区。她为保护区带去了三枚珍贵的鹤蛋。经过 83 天的悉心照顾，最后三只小鹤成功孵化。养鹤很累，要担水、配食、喂鹤、放鹤、诊治护理病鹤等，徐秀娟样样都干得相当出色。她单独饲养的幼鹤成活率达 100%，经她驯化的小鹤能听人指挥跳舞。国家领导人曾观看过她的驯鹤表演，扎龙自然保护区的驯鹤技术也因她闻名中外。1987 年 9 月 15 日，她从内蒙古带来的两只白天鹅走失。她在芦苇荡中找了一整天，没找着，第二天一早又继续找。终因疲劳过度，倒在沼泽地里。那一年，她才 23 岁。被她的事迹感动，又因其与丹顶鹤的情缘，词曲家创作了《丹顶鹤的故事》并由歌手朱哲琴演唱。歌声悲怆感人，就如"鹤鸣九天"般哀婉又高亢。

也许是有关鹤的故事本身就略带一抹凄婉，徐秀娟的故事还在继续。像父亲和姐姐一样，在扎龙自然保护区护鹤的徐建峰，于 2014 年 4 月的一次巡湖检查中，因为摩托车失控冲进了扎龙湖，献出了自己 47 岁的生命。不过，也许是一种注定的情缘，徐秀娟的侄女、徐建峰的女儿徐卓，大学毕业后又回到扎龙自然保护区，成为徐家第三代养鹤人。她说："只有在这里，我才能找到内心的安宁。"

· 注释 ·

1.《白华》诗旨见《毛诗序》："《白华》，周人刺幽后也。"

2.《瘗鹤铭》全文：鹤寿不知其纪也，壬辰岁得于华亭，甲午岁化于朱方。天其未遂吾翔寥廓，奚夺仙鹤之遽也。乃裹以玄黄之币，藏乎兹山之下，仙家无隐我竹，故立石旌事篆铭不朽。词曰：相此胎禽，浮丘著经，乃征前事，出于上真。余欲无言，尔也何明。雷门去鼓，华表留形。义唯仿佛，事亦微冥。尔将何之，解化藏灵。西竹法里，厥土惟宁。后荡洪流，前固重扃。左取曹国，右割荆门。山阴爽垲，势掩华亭。爰集真侣，瘗尔作铭。雘岳征君，丹杨外仙尉，江阴真宰。

1.23

鸳鸯于飞

　　鸳鸯，或许是我们最耳熟能详的鸟类了，各种文学作品包括年画、剪纸中都会见到它，不过现实生活中，如果不是生活在湖区湿地，见到鸳鸯的机会就不会很多。《诗经》中，提到鸳鸯的是小雅中的《鸳鸯》和《白华》。

　　《鸳鸯》，《毛诗序》认为是刺幽王之作，[1]但宋代理学大师朱熹认为是一首祝福天子的诗，另外更多的人则认为是祝福夫妇和美的诗作，总之它被看作是一首充满喜庆幸福的诗歌。《鸳鸯》首章"鸳鸯于飞，毕之罗之"，描写一对美丽的鸳鸯，挥动着绚丽的翅膀，飞翔在辽阔的天空，即使在遭遇捕猎的危险时刻，仍然成双成对，忠贞不渝，并不像其他凡鸟，大难临头各自飞。次章"鸳鸯在梁，戢其左翼"，水中石坝上，一对鸳鸯相依相偎，尖尖的嘴儿插入左翅温暖的羽毛里，神态恬静安详，好一幅诗意又温暖的画面。这二章一动一静，描摹毕肖，既是对婚姻的主观要求和美好希望，也是对今后婚姻生活的象征性写照。

　　《白华》承接了《鸳鸯》"鸳鸯在梁，戢其左翼"的细节描写，不过全诗的情感发生了变化。一般认为《白华》是周幽王抱得新人褒姒归后，旧妇申后所写的一首弃妇诗。《诗经》中这类诗不少，《谷风》《氓》《我行其野》均是。《白华》中的女主人公虽然贵为王后，地位很高，但无论在民间还是在上层社会，遭遇背叛与遗弃，痛苦都是一样的，或许作为王后，失去的更多，痛苦较常人更深。因此同样是写鸳鸯在坝上小憩，《白华》却情词凄婉，托恨幽深，既有"天步艰难"的哀叹，又有"啸歌伤怀"的幽怨，而在看到忠贞挚爱的鸳鸯后，更是睹物思人，发出"之子无良，二三其德"的控诉。

雄性为鸳，雌性为鸯，鸳鸯雌雄从不分离。如果一只被人捕获，另外一只会相思而死，因而鸳鸯又被称为"匹鸟"[2]。有感于它们之间忠贞的爱情，古人一直认为鸳鸯是婚姻和美的象征，不会去捕杀它们，更不会去掏它们的蛋、毁它们的窝。它们的图案经常出现在新婚夫妇的床头，寄寓夫妻和睦白头偕老的美好祝愿。

历代文人墨客留下了无数有关鸳鸯的动人诗篇，且多为赞美或艳羡鸳鸯之钟情的。如西汉司马相如《琴歌》："何缘交颈为鸳鸯，胡颉颃兮共翱翔！"南朝梁简文帝《和徐录事见内人作卧具》："衣裁合欢襦，文作鸳鸯连。"南朝陈徐陵《鸳鸯赋》："特讶鸳鸯鸟，长情真可念。"民间更是不乏有关鸳鸯的美丽传说。《搜神记》[3]载，战国时期，宋康王舍人韩凭的妻子何氏貌美如花，康王见后动了色心，占为己有。韩凭愤而自杀。韩妻悲痛，意欲同死，于是暗中让自己的衣服朽烂，趁有天与宋康王一起登上高台时，从台上跳下。随从去拉她，只拉住破烂的衣袖，何氏跳台身亡。韩妻何氏在衣带上留下遗愿，希望宋康王能允许自己与丈夫韩凭合葬。康王恼怒，不理会何氏的请求，故意让何氏与韩凭的坟墓遥遥相对，并说："既然你们如此相爱，如果坟墓能合起来，我就不阻止你俩了。"孰料，没多久，两个坟头竟有梓树生出，树根交于地下，树枝连于空中，而且不知从哪里飞来一对鸳鸯，绕树悲鸣不止。宋人感慨之，因称这种树为相思树，说那对鸳鸯就是韩凭夫妇的精魂。

　　元代志怪小说《江湖纪闻》[4]讲述了另外一则鸳鸯的故事。宋时潮州有个富人，江行中见一双生兄妹，甚是美貌。兄妹二人父母早亡，依傍舅舅生活，但不为舅母所容，过着乞丐一般的生活。十三岁那年兄妹离开舅舅家。哥哥每天捕鱼，风雨无阻，得鱼除献主人外，和妹妹一起吃；妹妹会刺绣，绣的鸳鸯毫发毕现，极其工巧。过三年，妹妹出落得如花似玉，主人打起了坏主意，题诗于妹妹的衣裙："觅得如花女，朝朝依绣床。百花浑不爱，只是绣鸳鸯。"哥哥说："依附别人生存很难，不如离开。"于是妹妹题诗于壁——终日绣鸳鸯，懒把蛾眉扫。且归水云乡，百年可偕老——兄妹二人化作鸳鸯飞去。

· 注释 ·

1.《毛诗序》："《鸳鸯》，刺幽王也。思古明王交于万物有道，自奉养有节焉。"

2. 晋代崔豹撰《古今注》："鸳鸯，水鸟凫类也。雌雄未尝相离。人得其一，则一思而至于死，故曰'匹鸟'。"

3.《搜神记》：东晋史学家干宝所撰的一部笔记体志怪小说集。

4.《江湖纪闻》：元郭霄凤编撰的志怪小说集。

鸟部

1.24

凤凰于飞

　　在现代科学看来，凤凰完全是一种由先人们臆想出来的神鸟，就好比中华民族的另一图腾——龙。正因为此，凤凰在我国古代所有的鸟中具有至高无上的地位，《诗经》在《卷阿》中就有"凤凰于飞"的诗句。

　　凤凰是我国古代传说中的百鸟之王，但它的形象是不断变化的，而且和龙的形象一样，愈往后愈复杂。《山海经》中的记载仅仅是"有鸟焉，其状如鸡，五采而文，名曰凤皇"[1]，也就是说它是一只长得像鸡的鸟。春秋时期师旷编撰的《禽经》中，凤凰的形象成了鸿前、麟后、蛇首、鱼尾、龙纹、龟身、燕颔、鸡喙，五彩色，高六尺许，明代医学家李时珍也这么认为。凤凰这种鸟类图腾形成的原因是，早期社会生产力低下，人们在严酷的自然环境里生存，不能解释自身来源，对自然界充满幻想、憧憬乃至畏惧，崇拜各种比人类更强大的自然或超自然力量。鸟图腾崇拜多与太阳崇拜相联系，如神话传说中的三足乌，又称三足金乌，就是"日中神鸟"。正是这种对太阳和鸟图腾的双重崇拜，促生了中国文化中的重要形象——凤凰。

　　写有凤凰的《卷阿》，是一首赞美周王求贤用贤的诗歌，但并不是一味歌颂，而是寓戒于颂。[2]周成王年少时受过管叔、蔡叔蛊惑，有过一阵子荒唐与迷失，但周公、召公的忠诚之心，日月可鉴，在他们的辅佐下，周成王平定了内乱，西周出现了政治稳定、经济繁荣的局面，也就是历史上的"成康之治"。

诗作开篇即写成王与群臣们轻轻松松、欢欢乐乐地来到野外山陵游宴。君王平易和乐，臣子吟诗献颂，其乐融融，充满对国运恒昌的祝福。被视为神鸟的凤凰也前来助兴了。凤凰在空中飞翔，翅膀挥动，发出"翙翙"的声响。它一会儿冲入穹苍，一会儿栖落树上；它飞跃高冈，最后停在蓁蓁萋萋的梧桐树上。向阳而生的梧桐，枝叶浓密，从中传来雍雍喈喈的凤凰和鸣。

古人相信，凤凰是鸟王，飞翔起来，张开的翅膀就像坚硬的盾牌，鸣唱就如悠扬的洞箫。它不啄活着的虫子，不折新生的小草，"不群居，不旅行，不罹罗网"。这样的神鸟却来到君臣宴乐的地方，不正象征着周王膺受天命、周王朝的福祉绵长吗？同时也更为这次的游宴平添了几分尊贵与神秘。

《庄子》说凤凰"非梧桐不止"。庄子是战国时人，是否受到这首《卷阿》的影响，不得而知。《竹书纪年》[3]里说了一则关于凤凰的故事。黄帝即位，居住在有熊。五十年秋七月，宫廷里飞来一只凤凰，黄帝因此祭祀于洛水。黄帝问天老、力牧、容成等神职人员，这说明什么？天老回答："我听说，国泰民安，君王好文修德，凤凰就会飞来；国家动荡不安，君主好武征伐，凤凰就会飞走。今凤凰快快乐乐地飞翔于东郊，鸣叫声平和柔顺，这是与天道相符的吉兆。"这则记载，体现出了与《卷阿》相似的文化信仰，只是传说中的黄帝不知比周成王早了多少年。

凤凰虽然是人们想象出来的图腾，但历朝历代留下了很多与之有关的艺术创造。在新石器时代的陶器上，就有很多鸟纹是凤凰的雏形。1977年，距今七千年的河姆渡文化遗址出土了双鸟朝阳纹象牙蝶形器。这件器物正面中间刻着太阳，两侧对称各刻有一只鸟，伸颈昂首，围着放射光芒的太阳。有人说这两只鸟就是凤鸟。它们一度被考古界认为是中国最早的凤凰。但1991年，考古学家又在湖南省洪江市高庙文化遗址发掘了一件刻有凤凰图案的白陶罐，分别在颈部和肩部，一只正面，一只侧面回首，跟神话传说中的凤凰一样，有冠，有尖尖的喙、修长的脖颈和漂亮的长尾巴。让人惊异的是，两只凤凰的胃部还刻有吐露獠牙的兽面纹。据专家考证，此件陶器距今已有7800年历史，比河姆渡象牙蝶形器早了约四百年，上刻凤凰是迄今为止中国最古老的凤凰图案。

有关凤凰的文学创作更是浩若繁星。据说最早是周文王有感于商纣王无道，人们纷纷逃亡，更见一只凤凰栖息在他当时所居住的郊外，于是创作了一首《凤凰歌》[4]。到了唐代，凤凰文化非常发达，大明宫正南门即名为丹凤门，人们以凤喻人、以凤为饰、以凤为美称，等等。这种"凤凰热"也体现在了《全唐诗》中：凤字出现2978次，凰字出现282次，鸾字出现1080次，约每十首唐诗中就有一个凤、凰或鸾字。唐代李白有诗句"积雪照空谷，悲凤鸣森柯""楚人不识凤，重价求山鸡"；杜甫有"归凤求凰意，寥寥不复闻""仁鸣南岳凤，欲化北溟鲲"。钱起写下"院梅朝助鼎，池凤夕归林"，李商隐感慨"桐花万里丹山路，雏凤清于老凤声"。

唐代也是凤凰世俗化和平民化时期。唐以前，一般不轻易以凤喻人，偶尔能够被喻为凤凰的仅为君王圣贤或是超群拔俗之人，被喻为凤凰的女性更是寥寥无几，凤冠仅能当作皇后的头冠。然而到了唐代，凤凰喻人开始变得自由而随意，凤凰造型也被更多地运用到实用工艺美术中。陕西出土的唐代鎏金凤鸟纹六曲银盘中那侧身回首之凤鸟，振翅欲飞，极具动感，不由让人惊叹，不知是怎样的神工巧匠，才打磨出如此巧夺天工的艺术品。劳动人民的智慧，真是永远让人无法想象。

凤凰虽为百鸟之王，但也有"得食猫儿强似虎，落毛凤凰不如鸡"之说。当然，这句俗语是想提醒那些身份高贵、地位显赫的人，你们身处高位的时候，让人仰望，一旦跌落地下，处境可能比一般人更惨，所以，还是要保持一颗平常心，得意之时莫忘形，低调处世才能持盈保泰。

· 注释 ·

1.《山海经·南山经》记载凤凰"五文"为："首文曰德，翼文曰义，背文曰礼，膺文曰仁，腹文曰信。"

2.《卷阿》诗旨，见《毛诗序》："《卷阿》，召康公戒成王也。言求贤用吉士也。"

3.《竹书纪年》：战国时期魏国的编年体史书。又名《汲冢竹书》《汲冢纪年》《竹书》《纪年》等。晋太康二年（281）在汲郡（今河南卫辉市西南）的魏襄王墓中出土。

4. 周文王《文王操》，又叫《凤凰歌》："翼翼翔翔，彼凤凰兮。衔书来游，以会昌兮。瞻天按图，殷将亡兮。苍苍之天，始有萌兮。五神连精，合谋房兮。兴我之业，望来羊兮。"

1.25 肇允彼桃虫

《小毖》中的"肇允彼桃虫，拚飞维鸟"，译成现代白话文就是，"现在才发现，当初小小的一只鹪鹩（jiāoliáo），长大后竟然是一只凶恶的大鸟"。也即，桃虫不是虫，而是一种名为鹪鹩的鸟。鹪鹩是小型鸣禽，身长10~17厘米，比黄雀小，常常筑巢于苇草。苇草顶端那些用芦花编织、大小如鸡卵的鸟巢，就是鹪鹩的窝。但古人也认为小鹪鹩可以转化为大鸟——雕，并有"鹪鹩生雕"[1]之说，当然，这与当时人们没有现代生物胚胎学的知识，对自然万事万物的认识有限有关。

《小毖》是一首写周成王诛灭管叔、蔡叔和武庚之乱后，深刻检讨自己应该汲取教训、任用贤臣的诗作。诗中用自然界寻常可见的小鹪鹩成长为凶恶大鸟来说明，天下大事，常起于微末，小事不慎，可能酿成大祸。深奥的道理用浅显的例子说出，增强了作品的感染力。而这首《小毖》开头一句"予其惩，而毖后患"，后来也演化成了一个成语——惩前毖后。

桃虫，因其个头小巧，在古代典籍中经常被称为巧妇或工雀，但有时也被误认为鸤鸒，原因是桃虫和鸤鸒都被称为鸋鴂（níngjué），况且《鸤鸒》《小毖》两首诗都与管蔡之乱有关。不过这种认识的混乱，在清代徐鼎《毛诗名物图说》中得到了澄清。

在《小宛》中作为教化工具的鹡鸰，在自然界中是一种很招人喜爱的小动物，有着极强的家庭观念。鹡鸰实施一夫一妻制，雄鸟承担主要的建巢责任，它们的巢常常建在树洞、岩洞、岸边洞隙乃至芦苇顶端，鸟巢一般用树枝、草叶、苔藓、细茎等物交织而成，呈深碗、圆屋顶和小球状。鹡鸰有着很强的领地意识，一旦发现有敌人入侵自己的巢穴，雄鸟会蹲下扇动翅膀用力拍击背部，并晃动尾羽恐吓敌人，而雌鸟是最后一道防线，负责阻止试图侵入者。鹡鸰有着敏锐的防范风险意识，见人临近会马上隐匿在灌木或草丛中，从另外一侧潜逃。飞行时，一般约离地面一米高度呈直线飞翔，飞行不远即行栖止，在林区也常从一株树的低处侧枝分级逐步跳至树顶。待觉得周围安全无虞时，它会高翘其尾，放声歌唱，歌声非常悦耳。

古人很早就观察到鹡鸰的生活习性，并从中提炼出一些生活哲理。《荀子·劝学》写道，南方有种鸟叫蒙鸠（即鹡鸰），用羽毛做窝，还用毛发把窝系在芦苇花穗上。一阵风吹来，苇断巢落，鸟蛋破碎。这不是因为鸟巢不坚固，而是所系的地方太过脆弱了。西汉刘向编纂的杂史小说集《说苑》中，讲述了一个大致相同的故事。孟尝君在齐王府当幕僚，三年了还未得到重用，孟尝君下面的食客就对他说，这是齐王不能慧眼识君。孟尝君说，我听说，线虽然是靠针的引导才进入物体，但不会因此而变得又快又急，齐王不重用我，是因为我才能不够。食客答道：不啊，我看见鹡鸰筑巢于芦苇花穗，用羽毛编织鸟巢，鸟巢非常完美，就是心灵手巧的绣花女工也未必做得那么好，但是大风一来，把芦穗吹断，便卵破子亡。为什么会这样？是鹡鸰所托非物啊！先生想想是这道理吧。

西晋张华非常博学多才，他的《博物志》在历史上具有广泛的影响。他在还没有出名时，写过一篇《鹪鹩赋》，对"毛弗施于器用兮，肉不登乎俎（zǔ）味"的鹪鹩大加赞赏，称其无欲无求、淡泊处世："其居易容，其求易给；巢林不过一枝，每食不过数粒。栖无所滞，游无所盘；匪陋荆棘，匪荣茝（chǎi）兰。"同时代的阮籍是个狂放不羁的人，一般人人不了他的眼，读了这篇《鹪鹩赋》后也不禁称赞张华："王佐之才也！"[2]

·注释·

1. 鹪鹩生雕：吴陆玑《毛诗草木鸟兽虫鱼疏》："桃虫，今鹪鹩是也。微小于黄雀，其雏化而为雕，故俗语鹪鹩生雕。"

2. 阮籍评价张华，见宋代文学家苏轼《东坡志林》。

兽部

兽部 〇

2.1 麟之趾

龙是中国古代图腾，凤凰是神鸟，麒麟则是神兽。麒麟在古代被当作祥瑞出现的征兆。诗经三百篇中，麒麟唯一一次出现是在国风《麟之趾》中。这首总共 33 字的短诗，提到了"麟之趾""麟之定"和"麟之角"，也就是麒麟的脚趾、额头和角三个地方，歌颂的对象则是贵族公子。

《麟之趾》是《诗经》中十分重要的一篇，在《毛诗序》中，《麟之趾》与《关雎》一起被称为"王者之风"[1]。《麟之趾》据说是贵族婚礼上吟唱的喜歌，诗中出现麒麟身体那三个部位其实很有深意。宋代严粲所著的《诗辑》中说麒麟："有足者宜踶（dì），唯麟之足，可以踶而不踶，是其仁也"；"有额者宜抵，唯麟之额，可以抵而不抵也"；"有角者宜触，唯麟之角，可以触而不触"。意思是说麒麟有足能踢但不踢，有额头可以顶但不顶，有角可以撞但不撞，虽然孔武有力但不妄用武力，是真正的仁兽。

朱熹在《诗集传》中将麒麟描述成獐身、牛尾、马蹄的动物，也就是俗称的"四不像"。[2]我国有一种原产于长江中下游沼泽地带的兽类麋鹿，因为头脸像马、角像鹿、蹄子像牛、尾像驴，也叫"四不像"，以青草为食物，性好群居，善于游泳。1998年长江特大洪灾时，一群麋鹿从湖北石首泅渡长江，到达洞庭湖。这一路的艰难险阻无人能知，但不到三十年，洞庭湖区域这群麋鹿已经繁衍到150头左右。

中国古代文献中，有关孔子与麒麟的记载颇多。《左传》记载，鲁哀公十四年春在大野狩猎，叔孙氏家臣锄商捉到一只怪兽，认为是不祥之物，赐给掌管大野苑囿之虞人。孔子见了，认出是麒麟，不由哀伤流涕。子贡疑惑，问夫子为何哭泣。孔子叹曰：麒麟乃珍稀吉祥之物，太平盛世，麒麟凤凰游于世间，受人保护，可如今它出现却无人识得，反受伤被害，是来得不是时候啊！孔子的哭泣可能不只是为麒麟，也是为自己空怀安邦治国之志，一生奔波，周游列国，却"累累若丧家之狗"吧！《孔丛子》这部"孔家杂记"也记录了这则获麟故事：锄商捕获麒麟后，没有人认识这种动物，他以为是不祥之兆，随便将其丢在大路上。冉有告诉孔子这件事后，孔子怀疑是麒麟，连忙带弟子们去看。见后，果然是麒麟。孔子一位叫言偃的弟子问："飞鸟中最尊贵的是凤凰，走兽中最尊贵的是麒麟，请问先生，今天遇到这么难见的麒麟，是有什么征兆吗？"孔子回答："天子布德于天下，就会出现太平盛世，麒麟、凤凰、乌龟和龙出现是吉祥的先兆。现周室将亡，天下无主，麒麟为什么来呢？"说着流下泪来，叹道："我这个人啊，就如走兽中的麒麟。麒麟出现就死了，大概我的路也快到尽头了。"于是作歌："唐虞世兮麟凤游，今非其时吾何求，麟兮麟兮我心忧。"

《搜神记》关于孔子与麒麟的故事则颇具神话色彩。说是鲁哀公十四年的某晚，孔子做了一个梦，梦见在沛县的丰邑境内三棵槐树间，有红色云气升起，于是就叫颜回、子夏一起去看。他们乘车来到楚国西北面的范氏街，看见有个小孩把一只动物打伤了，正想用一捆柴草把它盖起来。孔子问小孩："你看见什么了?"小孩说他看见一只怪兽，像麇，长着羊头，头上有角，角的末端有肉，向西边跑了。孔子于是预言，天下将归炎汉刘邦，而他之前陈胜、项羽两人会短暂为王。³这则故事显然是西汉时人编撰的，照应着陈胜起义、项羽称霸、刘邦兴汉这段历史。

孔子是圣人，刘邦是开国帝王，既然麒麟在《毛诗序》中就作为仁兽被定义为"王者之风"，把麒麟与圣人和帝王关联在一起，让他们的形象更为神圣、更为凛然不可侵犯，便是十分自然的事情。也因此，中国历史上各种获麟的进表与词赋层出不穷。元代文学家杨维桢写过《狩麟赋》。明永乐十二年（1414），东印度一名叫榜葛剌（清代叫孟加拉）的小国给永乐皇帝进献了一只"麒麟"。大学士沈度写了一篇《瑞应麒麟颂》，宫廷画师还画下了进献麒麟场景。不过由图可知，所谓麒麟，不过是长颈鹿罢了。可能是发现中国对麒麟有种特别的喜好，永乐十三年（1415）秋，麻林国（今非洲东岸肯尼亚之马林迪一带）复遣使来献麒麟，夏原吉又写了一篇《麒麟赋》。榜葛剌和麻林去中国甚远，却不远万里来献宝物，可见明朱棣时代统御万方、无远弗届的大国气象。麒麟，古人云"为圣人出"，一般都是进献给帝王，但宋欧阳修写过一篇《获麟赠姚辟先辈》，不过这位姚辟也不是等闲之辈，他是仁宗皇祐元年（1049）的进士、著名散文家。

· 注释 ·

1. 王者之风，见《毛诗序》："然则关雎麟趾之化，王者之风，故系之周公。"

2. 见朱熹《诗集传》："麟，麇身、牛尾、马蹄，毛虫之长也。"

3. 故事原文见《搜神记》卷八。

2.2

呦呦鹿鸣

　　鹿在古代很常见，因此在《诗经》中也频繁出现。如《鹿鸣》中"呦呦鹿鸣，食野之苹"，《东山》"町畽（tīngtuǎn）鹿场"，《野有死麕》中"野有死鹿"，《吉日》和《韩奕》中"麀（yōu）鹿噳噳（yǔ）"，《小弁》"鹿斯之奔，维足伎伎"，《灵台》"王在灵囿，麀鹿攸伏"，《桑柔》"瞻彼中林，甡甡（shēn）其鹿"。

　　鹿是哺乳纲偶蹄目鹿科动物，马身羊尾，四肢细长，雄性体形大于雌性，通常雄性有角。鹿有很多种，一般生活在树林里的叫鹿，生活在水泽里的叫麋。鹿性情非常温顺，饮食时像鸡一样，会发出叫声招朋引伴，从来不像虎狼等兽类吃独食，鹿的这种食性被作为美德在古代传颂。小雅的第一篇《鹿鸣》就以"呦呦鹿鸣，食野之苹"起兴。《鹿鸣》是一首周王宴会群臣的乐歌。[1]全诗借鹿鸣起兴，很好地烘托了宴会欢乐的气氛。君王有美酒佳肴，群臣们高兴地宴饮。鼓瑟吹笙中，国君谦逊地向客人询问治国安邦之道，而臣子也抛开了平日的拘谨，敞开心扉。曹操《短歌行》引用了《鹿鸣》的前四句，以表其求贤若渴的心情。而从唐代始，地方上举行的祝贺中贡生或举人的"乡饮酒"宴

会，便叫"鹿鸣宴"，后发展为皇帝宴请新科状元。《红楼梦》第
九回"恋风流情友入家塾　起嫌疑顽童闹学堂"也提到这首《鹿
鸣》：（李贵）又回说："哥儿已念到第三本《诗经》，什么'呦
呦鹿鸣，荷叶浮萍'，小的不敢撒谎。"可见这首诗影响之深远。

《灵台》是一首歌颂周文王受命治理天下，天下归心、万民
咸服的诗作。[2]"王在灵囿，麀鹿攸伏"和"王在灵沼，于牣鱼
跃"，这是用鹿安于场囿、鱼乐于池沼的自然景象，说明文王之
德，广布灵沼灵囿，恩及麀鹿池鱼。

古代人们认为鹿属于阳兽，麋属于阴兽。东汉郑玄《礼记注
疏》卷十七记载："鹿是山兽，夏至得阴气而解角；麋是泽兽，
故冬至得阳气而解角。"解角就是脱角、掉角的意思。儒学经典
《周礼》说"冬献狼，夏献麋，春秋献兽物"，也是同样道理。狼
为山兽，阳性，故狼膏温，冬献之；麋是泽兽，阴性，故麋膏
凉，夏献之；而春秋寒温适中，故兽物皆可献。

古时候麋鹿很多，《后汉书》《博物志》等很多古籍都有记
载。《博物志》说海陵县多麋，"十千为群，掘食草根，其处成
泥"，百姓种稻于山，"不耕而获，其收百倍"，进而说"多麋宜
稻"。最神奇的是，《三国志·魏书》中记载了公元215年三月曹
操打张卫的一次战役，曹军本来已经"粮道不继"，害怕士兵造
反，去偷袭张卫也是放手一搏，并无胜算，没想到出现神奇一
幕："夜有野麋数千突坏卫营，军大惊。"大半夜有数千麋鹿冲进
张卫军营，张卫军大乱，最后投降。

不过随着自然环境的变化，曾经在古代很常见的麋鹿，一度
处于灭绝的边缘，而且还经历了一段很长时期的海外漂泊。1865
年，法国生物学家、传教士阿曼德·戴维在北京南海子发现了麋
鹿，他从没见过这种动物，于是买通侍卫，在一个夜里将两副麋

鹿骨架偷运至法国进行鉴定。鉴定结果让世界刮目：这是个新物种！从此中国的"四不像"有了个洋名字——戴维鹿，并开始散落他乡，被德国、荷兰、比利时等西方列强偷偷运走，而中国——麋鹿的故乡，几乎找不到麋鹿的踪迹。19世纪末，热心动植物保护的英国贝福特公爵十一世，出高价把饲养在巴黎、柏林、科隆、安特卫普等地动物园濒临灭绝的麋鹿全部买下，放养在他的乌邦寺庄园。1985年，在世界野生动物基金会努力下，22头麋鹿从英国运抵北京。从此，在中国灭绝多年的麋鹿，得以重生。

鹿是一种警惕性很高的动物。《埤雅》记载，鹿在群居的时候会将鹿角一致对外，围成圆形，以防人群和外族入侵。[3]而军中埋在营地周围以阻止敌人的带枝树木，亦名鹿角。鹿在古代文化中一直被视为长寿之仙兽，《述异记》云，"鹿千年为苍鹿，又五百年为白鹿，又五百年化为玄鹿"。神话传说中，鹿经常与仙鹤一起，保卫灵芝仙草。鹿又与三吉星"福、禄、寿"中的禄字同音，因此又经常进入绘画中，寓意健康吉祥、福禄绵长。

古代还有许多与鹿相关的故事，其中最著名的莫过于秦代奸臣赵高指鹿为马。赵高野心勃勃，想把持更大的权力，又不知道群臣心理，便想试探一下。有一天他牵来一只鹿，献给秦二世说这是一匹马。胡亥虽然穷凶极恶，害死包括哥哥扶苏在内众多兄弟姐妹，但脑子似乎还清楚，笑说："丞相错了，指鹿为马。"赵高又问其他朝臣是什么。朝臣们有的装聋作哑，有的顺着赵高说是马，也有少数正直人士不愿附和，指出是鹿。结果照实回答的官员全部被赵高处死，群臣们更加害怕赵高。[4]

不过，古人对鹿也不是一味推崇。《汉书·五行志》中记载，春秋时期鲁庄公十七年（前677）冬，山林中忽然出现很多麋鹿。

那时，庄公准备娶齐国一女子为妻，出现这种异象，很多人认为是上天在警示，不要娶齐女。可庄公不听，执意娶回齐女。果然，齐女嫁来后，淫乱祸国，与庄公的弟弟庆父勾搭成奸。虽然后来两人皆被处死，但社稷安定受到了严重影响。这则故事很明显带有些天人感应的谶纬色彩，但也说明古人对鹿的另一种认知，即认为麋，惑也，性淫，预示女祸。西汉《京房易传》也说："废正作淫，大不明，国多麋。"

唐代骆宾王的《为徐敬业讨武曌檄》，骂武则天狐媚惑主，"践元后于翚翟，陷吾君于聚麀"。这里的"聚麀"，是乱伦的意思，也是借用了古人对鹿性淫的认知。[5]不过武则天的气魄也足够大，读了这篇檄文，非但没有诛杀骆宾王，还对他的才华与勇气大为赞赏，责问宰相，为什么没有重用他？

虽然古人对鹿有一些偏见，但我国历史上留下的关于鹿的诗词歌赋，还是奉鹿为祥瑞的居多。如唐虞世南的《白鹿赋》、萧昕的《上林白鹿赋》，宋代文学家苏辙的《白鹿诗》，还有明代著名书法家徐渭两次献给皇帝的《白鹿表》，等等皆是。

· 注释 ·

1.《鹿鸣》诗旨，见《毛诗序》："《鹿鸣》，燕群臣嘉宾也。"

2.《灵台》诗旨，见《毛诗序》："《灵台》，民始附也。文王受命，而民乐其有灵德以及鸟兽昆虫焉。"

3.《埤雅》："群居则环其角外，向以防物之害己。"

4. 指鹿为马故事，见《史记·秦始皇本纪》。

5. 汉郑玄《礼记注疏》："夫唯禽兽无礼，故父子聚麀。注：聚，犹共也。鹿牝曰麀。"禽兽不知父子夫妇之伦，故有父子共牝之事。后以指两代的乱伦行为。

（兽部）

2.3
硕鼠硕鼠

　　老鼠是比人类更加古老的动物。据考古发现，远在人类还没出现以前，老鼠就在地球上生活了 4700 万年。老鼠顽强的生命力，使得生物学家都深信，即使有全球性灾难发生，大部分物种都灭绝了，老鼠也会坚持到最后。《诗经》中有好几篇作品都提到了老鼠，当然最负盛名的还是魏风中的《硕鼠》。

　　老鼠属于哺乳纲啮齿目鼠科啮齿类动物，门齿发达且终身生长。老鼠繁殖次数多，孕期短，产仔率高，性成熟快，数量能在短期内急剧增加。老鼠适应性很强，除南极洲外，全球几乎所有的下水道、厕所、厨房、屋檐以及田间、草丛，都是其寄生之所。老鼠以植物为主食，是劳苦大众的主要夺食者，而且食量奇大，因而鼠害一直是传统农业的主要灾害。《硕鼠》形象地把剥削者比作又肥又大的老鼠，自私贪婪，不顾人们死活，表达了劳动者反抗剥削，渴望摆脱苦难，寻找到理想乐土的美好愿望。[1]

　　《硕鼠》是千古以来控诉统治者的名篇佳作。在内容上，它反映了统治者与被统治者之间长期的针尖对麦芒的紧张对立关系；在艺术表达上，诗篇以物拟人，一咏三叹，具有极大的艺术表现力和感染力。全诗三阕，从"无食我黍""无食我麦"再到

"无食我苗"，层层递进，既道出大老鼠食遍黍子、麦子和禾苗等农作物的贪婪，又在艺术手法上层层强化。先是恳请老鼠不要再贪食我的庄稼；接着控诉，我已经被你盘剥了多年，你却对我不闻不问，更别说感谢；最后发誓，我将背井离乡寻找新的家园，那将是美好的乐土。虽然乐土何在，谁也没给出答案，但有憧憬，有梦想，还是给未来投注了一缕希望之光。

老鼠因为贪婪，历来被当作苛捐杂税的代名词。五代时期战争频繁，统治者变本加厉搜刮百姓，立了许多稀奇古怪的名目征税。赋税除正项之外，还有许多附加税。《旧五代史》记载，旧制，秋夏苗租民缴粮一斛[2]，再另交二升谓"雀鼠耗"[3]；到后汉隐帝时，"雀鼠耗"由纳粮一斛补两斗增至补四斗，百姓更是苦不堪言。"雀鼠耗"本来是指粮苗在运输途中被鼠雀偷食所造成的损耗，但是，很多不法官吏以雀鼠耗为名敲诈盘剥百姓，增加民众负担。在民众眼里，这些官吏就像老鼠一样令人厌恶，便背地里称他们为"耗子"；时间久了，叫着叫着，老鼠也被叫成了耗子：这就是中国文字中老鼠被称为"耗子"的由来。

除了名篇《硕鼠》外，《诗经》中还有几篇诗作也提到了老鼠。如《行露》中的"谁谓鼠无牙"。《行露》是一首女子控诉逼婚的诗，用老鼠和麻雀比喻无德的男子。农事诗《七月》中"穿窒熏鼠，塞向墐户"，展现的是一幅非常具有生活气息的画面，是指女子为了让征人回来有个舒适宜居的家，赶紧堵塞所有的鼠穴，用烟熏跑老鼠。《斯干》的主旨是赞美周王新建宫殿。"风雨攸除，鸟鼠攸去"，宫殿建造得如此坚固严密，从此不必忧风惧雨，鸟兽老鼠也都溜光跑净。

中国用动物生肖纪年，老鼠在十二生肖中排第一位。唐代柳宗元除写了《黔之驴》外还写了《永某氏之鼠》，二者与《临江之麋》一起，共同构成《三戒》。其中的《永某氏之鼠》，把那些依仗外力保护"饱食而无祸"的人比喻成老鼠，深刻有力地讽刺了纵恶逞凶的官僚和猖獗一时的丑类，昭示了小人虽可得志一时却不能嚣张一世的人生哲理。

老鼠形象虽差，但在德被万物的中国文化中也不总是被谴责的对象。南朝宋文学家刘义庆《世说新语·德行》中有一则与老鼠有关的故事，说的是晋简文帝在担任抚军大将军的时候，他坐的床榻上积满灰尘却不让人擦拭，有时候看到上面有老鼠的踪迹还会很高兴。有个参军有次看到老鼠白天跑出来，拿起笏板一拍，就把老鼠打死了。简文帝见了脸色沉下来，很不高兴。一旁的下属察言观色，就来弹劾这个参军。简文帝就告诫道：老鼠被打死了尚且让人不忍，现在却因为老鼠的缘故来惩治人，这样不是更不应该吗？还有宋代文人苏轼的一首五言诗，其中"为鼠常留饭，怜蛾不点灯"句，也表现出了对贪食鼠辈的怜惜。

· 注释 ·

1.《硕鼠》诗旨，见《毛诗序》："《硕鼠》，刺重敛也。国人刺其君，重敛蚕食于民，不修其政，贪而畏人若大鼠也。"

2. 见《旧五代史·汉书九·列传第四》。斛，古量器名。唐朝之前为民间对石的俗称，1 斛 = 1 石 = 10 斗 = 120 斤；宋朝开始，改为 1 斛 = 5 斗，1 石 = 2 斛。

3. 雀鼠耗也见《梁书·列传第二十六》张率传："在新安，遣家僮载米三千石还吴宅，既至，遂耗大半。率问其故，答曰：雀鼠耗也。率笑而言曰：壮哉雀鼠。"

2.4

有猫有虎

　　周王朝经历了厉王时代的社会政治大动乱后，在宣王执政时代，迎来了复苏发展，号称"宣王中兴"。人们对这位励精图治的新主子，一开始是满意的，并寄予厚望。《诗经》中《韩奕》所叙述的，就是周宣王时期韩侯受封、觐见、迎亲、归国的过程。[1]"有熊有罴，有猫有虎"，是说韩侯封地土地富庶，川泽遍布，熊罴出没，猫虎同行，充满生机。

　　罴是体形大一点的熊，猫和虎都是猫科动物，但它们之间的差异显然大于熊罴之间差异。猫分野猫和家猫，家猫的驯化史也就 3500 年左右，大体比《诗经》形成的时间稍微早一点。在古代人们就对猫有细致的观察。《埤雅》认为，老鼠啃啮禾苗，但猫吃老鼠对禾苗有益，因此猫字从"苗"；猫的眼睛早、晚都是圆的，中午的时候却是眯成一条线；猫的鼻尖常年都是冷的，但在夏至这一天却是暖的，大概是因为猫属于阴性动物；薄荷能使猫昏迷，埋死猫的地方能长出竹子。[2]猫和老虎一样，谋食都有自己的势力范围，一般只在自己的地盘捕食老鼠。

　　唐宋八大家之一的韩愈写过一篇非常有名的《猫相乳》，其中刻画了一只相当有爱心的母猫形象：司徒北平王家里，有两只母猫同一天产子后，其中一只母猫死了，它的两只幼仔因为吃不到奶叫得很悲哀。另一只母猫正在哺乳自己的孩子，听到了幼仔的叫声，站起来，跑过去把失去母亲的两只幼猫一一叼进自己的窝里，并像对待自己的孩子一样，耐心地给它们喂奶。

有关猫的诗作也有不少，比较有名的是宋陆游的《赠猫》："裹盐迎得小狸奴，尽护山房万卷书。惭愧家贫策勋薄，寒无毡坐食无鱼。"还有宋黄庭坚的《乞猫》："秋来鼠辈欺猫死，窥瓮翻盘搅夜眠。闻道狸奴将数子，买鱼穿柳聘衔蝉。"诗中"狸奴"和"衔蝉"都是猫的别称，而"裹盐"和"买鱼穿柳"则是请猫进屋的"聘礼"。据说从宋朝始，人迎猫须下聘礼。如果是家猫，则要给猫主人送盐，即陆诗所说"裹盐"；而如果是野猫生的小猫或者是猫贩子那里的，则要将小鱼儿穿成一串送给母猫，也即黄诗所说"买鱼穿柳"。金元好问有《醉猫图（二首）》："窟边痴坐费工夫，侧辊横眠却自如。料得仙师曾细看，牡丹花下日斜初。""饮罢鸡苏乐有馀，花阴真是小华胥。但教杀鼠如山了，四脚撩天却任渠。"真是诗中有画，把猫儿可爱又放肆的睡态描摹得惟妙惟肖。

古代很多文人都很宠猫，不仅为其题诗，还常常将其入画。如宋代《狸奴小影》《冬日婴戏图》，元代《听琴图》《同胞一气图》等，里面的猫儿均灵动有神，尤其与所绘场景交融，极具生活气息。

古代文人养猫一般是为了保护书籍免于鼠害，因为猫捉老鼠。关于猫捉老鼠，有这样一则故事，跟孔圣人有关。据说孔子有一天在室内鼓琴，学生闵子在窗外听了，觉得琴声不对，对曾子说："先生一向琴音清澈平和，今天却琴声幽沉，有利欲贪得之声，不知为什么会这样，我们去看看吧。"于是两人进屋说明来意，问孔子是怎么回事。孔子回答说："是的，你们说的对。
我刚才看到一只猫捉老鼠，希望猫能抓到老鼠，心有杂念，所以
才弹出这样的音律。"[3]

·注释·

1. 《韩奕》诗旨，见《毛诗序》："尹吉甫美宣王也。能锡命诸侯。"

2. 《埤雅·猫》："鼠善害苗，而猫能捕鼠去苗之害，故猫之字从苗。""旧传猫旦暮目
睛皆圆，及午即从敛如线。其鼻端常冷，唯夏至一日暖，盖猫阴类也，故其应阴气如此。
世云薄荷醉猫，死猫引竹。"

3. 孔子见猫捉老鼠乱心的故事，见《孔丛子》卷一。

2.5
我马玄黄

　　马是草食性动物，在四千年前被人类驯服，大体略早于《诗经》形成的时代。马在古代是农业生产、交通运输和军事等活动的主要工具，因此在《诗经》中经常提到。在风、雅、颂中有三十多篇诗作提及，其中包括《卷耳》《汉广》《大叔于田》《卷阿》等名篇。

　　《卷耳》诗旨众说纷纭，有说是妻子怀念远方丈夫的诗作，也有人云是在外的丈夫思念家中妻子而作。[1]之所以有如此不同的判断，是因为全诗第一章是从采集卷耳的妇女的视角，抒发妻子对远方丈夫的无限思念，而后面几章却场景一变，描写一位骑马在山间的男子的无限惆怅："我马虺隤""我马玄黄""我马瘏矣"，用马儿神思倦怠，马儿双腿已软，马儿累倒在地来烘托艰辛征途中，丈夫对妻子的牵肠挂肚和缕缕思念。《汉广》是一首樵夫吟唱的恋歌。诗中借用汉水、长江的宽阔难渡，比喻爱情的难以实现，可是樵夫还是心存幻想："之子于归，言秣其马"，"之子于归，言秣其驹"，女子如果嫁给我，我要喂饱她的马，我要饲养她的小马驹——以幻想给心爱的姑娘喂马表达深切爱意，这也充分体现出古代马在人们生活中的重要性。

《大叔于田》²赞美一位贵族青年勇猛善猎、精于骑射，因此全诗不乏对马匹的精彩描写，如"两服上襄，两骖雁行"，"两服齐首，两骖如手"，中间驾辕的两匹马儿昂首奔跑，外侧的两匹马儿紧紧跟随、步调一致，仿佛完全懂得驾车人的意思，充分展示了"大叔"高超的御马技术。《卷阿》这首可称为君臣游宴小记的诗作，末尾一句"君子之车，既庶且多。君子之马，既闲且驰"，再次点明了出游排场的盛大——车轮滚滚，马儿奔腾，同时也从侧面反映了当时周王朝有贤才良士辅佐，河清海晏、天下安定的局面。

马在古代有很多别名，仅在《诗经》中，就有骊、駵、骐、骝、驳、骆、骃、骓、駓（pī）、骍（xīng）等几十种。清代名物学家徐鼎在《毛诗名物图说》中，先秦文化史研究和古籍校勘考据专家高亨在《诗经今注》中，对《诗经》中出现的马一一进行了甄别。

古代因为马匹不仅影响人们出行，甚至关涉战事胜利，相马便成为一种很重要的专业技术。我们最为熟知的相马大师便是伯乐了。伯乐本名孙阳，春秋时期郜国人。据说他作为相马师，为秦国的发展壮大立下了汗马功劳，进而被秦穆公封为"伯乐将军"；他还总结自己毕生相马经验，为后世留下了一部珍贵的相马学著作——《伯乐相马经》。有人认为《伯乐相马经》是我国历史上第一部相马经，但在湖北省云梦县睡虎地秦简《日书·马》出土后，有专家认为这才是我国历史上第一部相马经。

唐代韩愈的《马说》中写道："世有伯乐，然后有千里马。千里马常有，而伯乐不常有。"可见一位专业的相马大师是多么难得。伯乐不仅会相马，还擅长选拔人才。他没有向秦穆公举荐自己的儿子而是举荐九方皋的故事，历来为人们所津津乐道。九方皋受命为秦穆公选马，说是选中了一匹黄色母马，牵来看却是一匹黑色雄马。秦穆公不悦，责问伯乐，一个雄雌都分不清楚的人，怎么能相马？伯乐喟然长叹："他已经到如此境界，千万个我也不及呀！九方皋所注意的，是奥秘所在呀，看其精髓而忘记其他，观其内在本质而遗忘外在，只看应该关注的，疏忽没必要在意的，像九方皋这样的相马者，比宝马要贵重得多呀！"后来马来了，果然是天下一等一的好马。[3]

在中国漫长的历史画卷中，驰骋过一些名声赫赫的马，它们是：周穆王的盗骊[4]，项羽的乌雅，关羽的赤兔，赵子龙的照夜玉狮子，刘备的的卢，曹操的绝影、爪黄飞电，唐太宗李世民的飒露紫，秦琼秦叔宝的黄骠马[5]……至于成吉思汗，则是靠着体格矮小的蒙古马征服了世界。如今的内蒙古鄂尔多斯，还供奉着七百多年前成吉思汗的转世白神马。

三国关羽的赤兔是一匹汗血马。之所以称为汗血马，是因为此马皮肤较薄，奔跑时几乎可以看到血液在血管中流淌，又因肩颈部汗腺发达，枣红色或栗色毛马出汗时，这里的颜色会更加鲜艳，给人以"流血"的错觉。汗血马早在汉代就有记载：张骞出使西域时，在大宛国（今费尔干纳盆地，乌兹别克斯坦东部、塔吉克斯坦北部和吉尔吉斯斯坦南部三国交界处）见到一种马，耐力、速度相当惊人，能日行千里，更奇特的是，会从肩膀附近流出像血一样红的汗液；贰师将军李广利西征大宛，在斩首大宛王后，获得一匹汗血马，汉武帝欣喜万分，专门写了一首《西极天马歌》（又叫《蒲梢天马歌》）[6]："天马徕兮，从西极。经万里兮，归有德。承灵威兮，障外国。涉流沙兮，四夷服。"我国现在名气极大的一种野马是普氏野马。这种马栖息于山地草原和荒漠，相当机警，极善奔跑，原来分布于我国新疆准噶尔盆地北塔山及甘肃、内蒙古交界的马鬃山一带，曾一度灭绝。20世纪80年代开始，陆续从英、美、德等国运回野马养殖，才结束了野马故乡无野马的历史。

　　随着人类社会生产力的发展、科技水平的提高，马在现实生活中的作用已经越来越小，甚至在日常生活中已经很少看到，但是它们在人类发展中的辉煌印迹，有关它们的传奇，将永远留在史册。

· 注释 ·

1. 余冠英《诗经选》认为《卷耳》是女子怀念征夫的诗。陈子展《诗三百解题》说是"岐周大夫于役中原，其妻思念之而作"。高亨《诗经今注》认为是在外服役的小官吏，怀念家中妻子之作。

2. "大叔于田"中的大叔，《毛诗序》认为是郑庄公之弟共叔段。现代多数学者认为，古人以伯、仲、叔、季排行，叔应指老三，大约相当于今日民歌中的"三哥"。

3. 伯乐荐九方皋故事见《列子·说符第八》。

4. 盗骊，见《穆天子传》："天子之骏，赤骥、盗骊。"

5. 三国时期各名马见《三国志》《三国演义》，唐朝名马见《旧唐书》《隋唐演义》。

6. 汉武帝与汗血马故事，见《汉书·武帝纪》："贰师将军广利斩大宛王首，获汗血马来。作西极天马之歌。"

2.6 谁谓尔无牛

　　牛与羊一样，都是与人类关系十分密切的动物。巧的是，《诗经》中所有诗篇涉及的牛，几乎都是与羊结伴而行。如《君子于役》之"日之夕矣，羊牛下来"，《无羊》中的"谁谓尔无羊""谁谓尔无牛"，《行苇》中"牛羊勿践履"，《楚茨》中"絜尔牛羊"，以及《我将》中"维羊维牛"和《丝衣》中"自羊徂牛"。

　　《君子于役》反映的是春秋无义战背景下的闺妇思夫，用傍晚时分牛羊踏着落日余晖回家这一寻常农村情景，凸显丈夫常年征战沙场，留守妇女的孤独落寞。《君子于役》中日暮怀人的借景抒情描写，对后世创作产生了极大的影响。如三国曹植《赠白马王彪》中"原野何萧条，白日忽西匿。归鸟赴乔林，翩翩厉羽翼"，晋代潘岳《寡妇赋》中"时暧暧而向昏兮，日杳杳而西匿。雀群飞而赴楹兮，鸡登栖而敛翼"，均有明显借鉴继承痕迹。《无羊》"谁谓尔无羊？三百维群。谁谓尔无牛？九十其犉（rún）"，极言牛羊众多，后面"尔牛来思，其耳湿湿[1]"短短八字，形象地写出了牛儿们边吃草边扇动耳朵的样子，体现了古人对事物的细致观察。据说耳朵灵活且暖和的牛才是健康的牛，那么，《无羊》中的牛，就是不仅多而且壮了。《行苇》[2]是一首描写贵族家庭宴会、校射、祭神、祈福的乐诗，体现出周代提倡忠厚慈爱并仁及草木，内睦九族、外尊垂老，积善成德、以成福禄的社会风尚。诗开头即以芦苇起兴，道旁芦苇如此茂盛，牛羊啊牛羊，千万不要去践踏它。对草木犹生怜爱之心，遑论兄弟？而另外三首《楚茨》《我将》和《丝衣》，其实都是写同一件事——祭祀。远古时期，生产力极其低下，人们对很多自然现象不能理解，于是便把其视作有生命意志和巨大能力的神加以崇拜。所谓"国之大事，在祀与戎"，祭祀在古代是非常重要的事。《礼记》对我国祭祀用的祭物有着严格的规定："天子社稷皆太牢，诸侯社稷皆少牢。"牢为所畜之牲，太牢为牛、羊、豕三牲，少牢则羊、豕二牲。[3]《诗经》中的祭祀都是宫廷王室的盛事，自然用的是三牲。至于寻常百姓，他们也期待风调雨顺、福瑞吉庆，按礼制，他们以鱼祭祀，[4]不过后来随着时代发展，生产力的提高，逐渐演变成猪、鱼、鸡，俗谓小三牲。

　　由于牛与人们生产生活密不可分，古代历来就有"相牛经"，就像我们熟知的伯乐相马。南北朝《齐民要术》和明《农政全书》都记载有系统的养牛方法。经过长期的细致观察，人们还发现，牛和羊虽然同为食草动物，但牛吃过草的地方还会再度长出青草，而羊吃过草的地方却很难长出青草。究其原因，一是牛吃草是用舌头卷进嘴里，不伤害草根，而羊吃草是用牙咬，甚至吃草根，就会影响草的生长；再就是牛吃草后的排泄物比较湿润，是很好的肥料，土壤会越来越好，而羊粪比较干燥，会吸收土壤中的水分，让土地荒漠化。正因如此，有农谚说，"牛食如浇，羊食如烧"。

　　牛身上有很多美德。唐宋八大家之一的柳宗元写过一篇《牛

赋》，盛赞牛的品德：每天在田里拉犁，耕地近百亩，任劳任怨；每天在荒野忙碌，吃的却只是草，毫不计较；而且，最终皮被剥掉，角被割掉，全身骨肉都毫无保留地奉献出来。《牛赋》其实是一篇托物言志的文章，作者在多方面揭示牛勤劳朴实、无私奉献的内在美德的同时，运用对比的手法，刻画谄媚钻营、趋炎附势之羸驴，对腐朽的封建官僚进行了辛辣的讽刺。

苏轼晚年贬谪在海南儋州，有感于当地杀牛成风，写了篇《书柳子厚牛赋后》。文中写道：五岭以南地区都好杀牛，尤以海南为最，被驱往田地的牛与被屠宰的牛常常各占一半；海南人病了不吃药，只杀牛来祈祷健康，富有人家甚至一次杀十多头牛；病没医好死去的人就不说了，幸运没死的，就归功于巫觋。柳子厚就是柳宗元，苏轼这篇散文特意写明是作于柳宗元的《牛赋》后，可见他也是跟柳宗元一样，对鞠躬尽瘁、劳累一生的牛心存敬意，对牛在海南的悲惨命运愤慨又同情，希望自己的文章能够唤起大家的共鸣，剪除陋习。

古代文人在写出对牛的悲悯的同时，也有很多反映牧童放牛的作品。如杨万里《安乐坊牧童》，“前儿牵牛渡溪水，后儿骑牛回问事。一儿吹笛笠簪花，一牛载儿行引子”；陆游《牧牛儿》，“南村牧牛儿，赤脚踏牛立”；等等。

当然，牛作为一种与人类活动密切相关的动物，历史上也留下了很多与其相关的奇闻异事。东晋罗含《湘中记》讲述过这样一则故事：长沙西南有个地方叫金牛岩。汉武帝时，有一农夫牵赤牛，告诉渔人想渡到河那边去。渔人说：“船太小，恐怕载不起牛。”农人说：“只要装得下我和牛就行，不会超过您船的承载量。”于是渔人让农夫和赤牛都上了船。行至江中，牛拉粪于船。农夫说：“这是送给您的。”渔人对牛粪弄脏渔船非常恼怒，用桨把粪拨至河中。快全部弄完时，才发现原来牛粪竟然是金子。渔人非常惊讶，偷偷跟在农夫和牛后面，看见他们进了一座山岭。他跟着赶到，在他们消失的地方掘地寻找，却总是找不到他们，至今掘地的痕迹还在。

· 注释 ·

1. 湿湿（chì）：摇动的样子。

2.《行苇》诗旨，见《毛诗序》："《行苇》，忠厚也。周家忠厚，仁及草木，故能内睦九族，外尊事黄耇，养老乞言，以成其福禄焉。"

3. 明胡广《礼记大全》第五卷："严陵方氏曰，牢者圈也，以能有所畜，故所畜之牲皆曰牢也。太牢具牛羊豕焉，以其大故曰太；少牢则羊豕而已，以其小故曰少。"

4.《国语》卷十七："庶人有鱼炙之荐。"

2.7

羔羊之皮

　　羊与人类关系密切，与中华民族传统文化的发展有着很深的历史渊源。羊皮和羊毛同时也是十分难得的珍贵衣料，历来只有富贵人家才穿得上。《羔羊》[1]就是一篇讽刺衣羊裘、食公餐，大腹便便、踱着方步却又无所事事的朝廷公侯的诗作。

　　《诗经》中其他歌咏羊的诗篇，主要集中在小雅中，诗的内容则多写燕飨之乐。如《伐木》[2]篇中有"既有肥羜（zhù），速召诸父"。"肥羜"就是肥美的羔羊，意思是烧好肥嫩的小羔羊，请来叔伯尝一尝。《无羊》题目说"无羊"，实际上是"有羊"，因此开头便是"谁谓尔无羊?"的直接发问，而且说"尔羊来思，其角濈（jí）濈"，把众多羊儿聚在一起时的羊角相触貌表达得淋漓尽致。《甫田》是暮春时节祭祀祈求丰年的乐歌。"以我齐明，与我牺羊，以社以方"，虔诚地把黍稷放在祭器里，献上纯色的羔羊，祭完土地祭四方。这与其说是一首诗歌，不如说是一篇周王祭祀实录。《苕之华》是一首饥民自伤生而不幸的诗歌。全诗情调凄怆悲愤，造语奇特警辟，如"牂（zāng）羊坟首，三星在罶（liǔ）"句对荒年饥馑的描述：无草可食，羊饿得只剩下一个硕大的头颅，看不到身子；水中的鱼也饿死了，夜里，捕鱼的竹器里，只看见几点倒映的星光。清末女诗人、训诂学家王照圆评价此句：从一只羊身上知道陆上万物萧索，举捕鱼一例可知水物之凋零。[3]

羊是羊亚科的四腿反刍动物，本性驯顺，抓它时不会鸣，宰杀时也不叫，这些都被视为美德。我们的很多带褒义色彩的文字，如"美""善""祥"等也和羊相关。《易经》以正月为泰卦，三阳生于下，表冬去春至，阴消阳长，有吉祥之象，因此以"三阳开泰"作为春节时吉祥之语。因为人们喜欢用"羊"字讨吉利，"三阳开泰"便慢慢变成了"三羊开泰"。吐鲁番出土的南北朝织物中的"三羊开泰"，就是三只羊的图案。

正因为在人们心中，羊是那么美好，所以，羊不仅是祭祀仪式中的重要牺牲，同时也经常作为礼物奉送给尊贵的长者。儒家经典《礼记·曲礼下》记载，初次拜见尊长，所送的礼物都各有定数，天子用香酒，诸侯用玉，而卿用羔羊，大夫用雁。[4]羊最为人所称道的美德是跪乳，古代儿童启蒙读物《增广贤文》中就有"羊有跪乳之恩，鸦有反哺之义"的表述。儒家如此推崇羊这种柔顺的性格，一方面也是因为古代统治者希望人性如羊，便于管理。历代帝王眼中的壮丽图景皆是：领土像大海一般辽阔，人民像绵羊一样温顺。

虽然在大多数人的印象中，羊比较温顺，但在《史记·项羽本纪》中，楚军上将军宋义却颁布了一项令人费解的命令——"猛如虎，很（通'狠'）如羊，贪如狼，强不可使者，皆斩之"。这就反映出羊还有"狠"的一面。牧羊人都知道，羊吃软不吃硬，不会让你拽着它走；羊很倔，打起架来，用犄角狠命地抵住对方，经常不是你死就是我亡；公羊会在发情期为争夺交配权而不停争斗，根本无法阻止，只能设法让公羊们别碰面。

羊主要产于北方，非常有意思的是反倒是南方的广州被称为羊城。这个名称的来历有多种说法。《汉书·南越志》记载：尉佗奉秦始皇命令征岭南，平定南越后，任南海郡龙川令，时有五色羊出现，人们认为这是祥瑞之兆，因此称南海郡也即今天的广州为羊城。晋代裴渊所撰《广州记》则写道：战国时期，有五位仙人，皆手持一茎六出的谷穗，乘五羊而至，仙人之服与羊色彩各异。他们赠穗于广州人后，便腾空飞去，而羊化为石像留在广州。据说，仙人骑羊而来时，持穗祝曰：愿民间永无饥荒。后来果然应验。[5]广州人因此在羊化为石像之处建祠祭祀，广州从此也有了"羊城"之名。现在广州市越秀公园就矗立着一座高 11 米的五羊石像，是广州市闻名海内外的城标雕塑。

· 注释 ·

1.《羔羊》诗旨，《毛诗序》："《羔羊》，鹊巢之功致也。召南之国，化文王之政，在位皆节俭正直，德如羔羊也。"

2.《伐木》诗旨，见《毛诗序》："《伐木》，燕朋友故旧也。自天子至于庶人，未有不须友以成者。亲亲以睦，友贤不弃，不遗故旧，则民德归厚矣。"

3. 王照圆《诗说》原文为："举一羊而陆物之萧索可知，举一鱼而水物之凋耗可想。"

4.《礼记·曲礼下》："凡挚，天子鬯，诸侯圭，卿羔，大夫雁。"挚：同"贽"，古时初次求见人时所送的礼物，即见面礼。香酒：祭祀用酒，郁金草和黑黍酿成。

5. 裴渊《广州记》："高固为楚相时，有五仙人乘五羊，各持谷穗一茎六出，衣与羊色，各如五方，遗穗与州人，腾空而去，羊化为石，州人即地为祠。相传仙骑羊来时，持穗祝曰：愿阛阓永无饥荒，后果验。"

2.8 壹发五豝

　　猪几乎是我们今天最常见的牲畜，但《诗经》中根本没有"猪"这个字，这个字最早出现是在《尔雅·释兽》。《诗经》中，"猪"的名字叫豝、豵（zōng）、豜（jiān）等，如《驺虞》"壹发五豝""壹发五豵"，《七月》"言私其豵，献豜于公"，和《吉日》"发彼小豝"。古人管一年生猪叫豵，二年生猪或母猪叫豝，三年生猪叫特或者豜。另外，《伐檀》"胡瞻尔庭有县貆兮"中的"貆"，实际上是猪獾，与猪同属哺乳纲动物，但一个属于鼬科，一个属于猪科，算是远房兄弟。

　　《驺虞》是一首赞扬在天子园囿中管理鸟兽的官员驺虞的诗作。驺虞先是从繁茂的芦苇丛中赶出一群二年生猪，接着又从繁茂的蓬蒿丛中赶出一群一年生猪，对工作非常尽职尽责。[1]《吉日》是一首描写狩猎的诗作，"发彼小豝，殪（yì）此大兕"，先是捕获了一只小野猪，然后又射中一只大犀牛，猎获物非常丰厚。

　　古代礼制非常严格，在猎场打猎，天子诸侯射杀熊虎豹一类猛兽，大夫、士只能射杀鹿豕之类动物，猎获物的分配也有等级之分。《七月》中"言私其豵，献豜于公"，就是说一年生小兽自己拿着，三年生大兽则要献给王公。[2]

猪的历史要追溯到四千万年前，那个时代的化石证明，有像野猪一样的动物穿梭于森林和沼泽中。我国是世界上最早驯化野猪的国家，养猪的历史可以追溯到新石器时代。殷墟出土的甲骨文记载，商、周时代已有猪的圈舍，甚至还发明了阉猪技术，而这基本上早于《诗经》成书时代。湖南湘潭还出土了制作精良的商代豕形铜尊。汉代养猪技术出现较快发展，猪的养殖也由最初的放养为主改为圈养，这个时候更加成熟的猪舍出现了。北魏时期的《齐民要术》专门辟有"养猪"一节，从种猪的选择，猪圈的修葺到母猪、公猪以及猪仔的不同饲养方法等，都有较为明确的介绍。猪肉的药用价值也逐渐为人所发现，唐代医家孙思邈所著《千金方》和明代医家李时珍所著《本草纲目》，都对猪肉的药用价值有着清楚的记录，并且附有很多药方。

历史上酷爱吃猪肉的人不在少数，宋代著名文人苏东坡就是一个。苏东坡在元丰年间因乌台诗案贬谪到黄州（今湖北黄冈）后，不仅留下《念奴娇·赤壁怀古》和《前赤壁赋》《后赤壁赋》一词两赋，以及书法作品《黄州寒食诗帖》，同时还留下了一道美味——东坡肉。这道菜的制作方法有几种版本。第一种版本是用稻草捆着慢火整煮。据说是请苏东坡吃饭的农夫问猪肉怎么做好吃的时候，正巧听到苏东坡念了句"禾草珍珠透心香"。农夫仔细琢磨，"和草整煮透心香"？哦，不切，跟稻草一起煮，并且要煮透。吃饭时，菜端上桌，苏东坡见一整块肉用稻草捆着，有些疑惑。农夫就说，我听您说"和草整煮透心香"，于是按照您的意思做了。这种做法戏说的意味很浓，可靠的版本还是苏东坡《猪肉颂》所载："净洗铛，少著水，柴头罨烟焰不起。待他自熟莫催他，火候足时他自美……"也就是少放水，微火慢炖，等水干了，肉也就熟了进味了。苏东坡还在文中说："黄州好猪肉，价贱如泥土。贵者不肯吃，贫者不解煮。早辰起来打两碗，饱得自家君莫管。"一副红烧肉穿肠过，满足又惬意的姿态，充分反映了东坡先生善于在平凡生活中寻找并制造乐趣的乐天性格。毛泽东主席也爱吃猪肉，尤其是红烧猪肉，说是可以解馋补脑。正因为毛泽东主席喜欢吃红烧肉，才有了闻名天下的"毛氏红烧肉"。

猪虽然与牛、羊、犬、鸡并为五畜，一直为人们所看重，但在明代正德年间却发布了禁猪令[3]，养猪业遭受严重摧残。正德十四年（1519），明武宗朱厚照下令禁止百姓养猪，理由为：一是自己姓"朱"，与"猪"同音，要避讳；一是他出生于猪年，养猪、杀猪、猪瘟还有猪狗不如等词都对他这位朱姓皇帝不利。结果，明武宗巡幸所至地域，猪被宰杀殆尽，有的没被宰杀的，也是减价贱售或是被埋弃。这远比汉朝时刘邦的妻子姓吕名雉而把野雉改叫野鸡严重得多。不过人们的生活实在是太离不开猪肉了，这道禁令最终只实行三个月便废止。

生猪养殖一直是个十分重要的民生问题，现代生猪养殖的困境在于过度使用人工饲料，导致猪肉品质下降，以及养殖带来的环境污染。人们对猪肉品质和环境保护两方面的需求，使得现代生猪养殖的发展趋势是，由农村地区家家户户养殖，变成大型规模化工厂养殖。

· 注释 ·

1. 也有说"壹发五豝"中的"发"是射杀的意思。

2. 古代献猪的规矩，见《诗集传》："兽之小者，私之以为己有，而大者献之于上。"

3. 明代禁猪令，见《万安县志》："正德中禁天下畜猪，一时埋弃俱尽。"

2.9

有兔爰爰

　　兔子长相可爱、性格温顺，尤其一身洁白的毛发，配上红宝石般的眼睛，给人一种纯洁又聪明的感觉，是很多人都爱养的小动物。可是在很久以前的古人看来，兔子可不是什么"好家伙"，至少在《诗经》里，兔子的形象就跟可爱没一点关系。

　　《诗经》中有《兔罝（jū）》《兔爰》《小弁》《巧言》和《瓠叶》等多篇诗作提到兔子。《兔罝》一诗赞美了扈跸（bì）游猎的"赳赳武夫"，英姿伟抱，护家卫国。不过这首诗在《毛诗序》乃至朱熹的《诗集传》中还是被看作"后妃之化"[1]。古代经学家对《诗经》的解读，可能是所属阶级原因，让今人看来颇有些费解。《兔爰》[2]是一首感时伤乱之作。诗人慨叹自己刚出生的时候，没有战乱，没有徭役，没有灾害，可自己成年后，却遭遇忧患、苦难、祸端。生逢乱世，性格狡诈的兔子自由自在，耿介正直的野雉却落入牢笼，真是世道昏暗啊！我宁愿从此睡着永远不醒来，就什么也看不见、听不见！《小弁》传说是周幽王遭受放逐的儿子抒发忧伤哀怨的诗篇。"相彼投兔，尚或先之"，不小心自投罗网的兔子尚且有人解救，我呢？曾经贵为太子，如今却无人问津，自然见物伤怀，悲伤不止。　《巧言》中"跃跃毚

（chán）兔，遇犬获之"，也是用狡兔比喻进谗言的小人，并痛斥那些造谣中伤的小人，就如狡猾的野兔终究逃不过猎犬的利爪，他们也一定不会有好下场。

《战国策》里还有个"狡兔三窟"的故事。战国四公子之一的齐国孟尝君有一位叫冯谖的门客，为孟尝君到薛那个地方收债。他擅自烧掉了所有欠债凭证，老百姓都以为是孟尝君仁德。后来孟尝君在薛地避难，老百姓携老扶幼，夹道欢迎。孟尝君对冯谖说：先生为我买的"义"，我今天见到了。冯谖说：狡兔有三窟，今天这一窟仅仅是免于死难，还不能做到真正的高枕无忧，接下来我再为您凿两窟吧。于是冯谖去见梁惠王，游说梁惠王请孟尝君帮他治理国家。可梁惠王派人邀请孟尝君到梁国担任要职，一连请了三次，冯谖都叫孟尝君别答应。消息传到齐国，齐王赶紧派人请孟尝君回齐国当相国，并答应了孟尝君提出的在薛地兴建祠庙的要求。祠庙建好后，冯谖对孟尝君说："现在属于您的三个安身之地都建好了，从此以后您就可以高枕无忧了。"[3]

宋罗愿《尔雅翼》说：古人称太阳里有三足乌，所以用乌鸦指太阳；月亮里有兔子，所以用兔子代表月亮。[4]又说兔子"视月而有子"，就是说兔子望月而孕。这可能是我国古代神话喜欢把兔子跟月亮联系到一起的原因吧。比如《嫦娥奔月》故事，有种说法就是嫦娥被逄蒙所逼，无奈吞下西王母赐给丈夫后羿的不死之药后，飞到月宫，王母为了惩罚她，便把她变成兔子，每天捣药。

古人崇尚书法，历史上有秦朝大将蒙恬用兔毛制笔的说法。不过根据出土文物和有关历史记载，我国应该在新石器时代就出现了毛笔，秦将蒙恬主要是在改良毛笔方面作出了贡献，而且用的也不是兔毛，而是鹿毛和羊毛。[5]当然，也有兔毫制笔的，不过较少。

　　古代有很多有关兔子的诗文。北朝乐府民歌《木兰辞》里花木兰代父从军的故事可谓家喻户晓。文末说："雄兔脚扑朔，雌兔眼迷离；双兔傍地走，安能辨我是雄雌？"雄兔两脚不住乱动，雌兔眼睛眯成一条线；两只兔子一起跑动起来，怎能认出谁是雌谁是雄呢？说明兔子还有个重要的特点，就是雌雄难辨。另外，晋代文学家夏侯湛的《猎兔赋》，描写了猎兔的盛大场面和猎手的敏锐与专注："盾戈接于广漠，弓矢连于旷野"，"视毚兔之所隐，乃精望而审发"。唐代文臣路季登的《皇帝冬狩一箭射双兔赋》，把兔子的善跑描写得可谓出神入化："骋六龙而电发，顾双兔而飙逝"。作为一种小动物，大多数情况下兔子都是人类猎捕的对象。不过据《岳阳风土记》，岳阳一带人把兔子当作地神，非常敬重，没有人敢猎取射杀。[6]这里的兔子可谓有福了。

· 注释 ·

1. 《毛诗序》："《兔罝》，后妃之化也。"

2. 《毛诗序》："《兔爰》，闵周也。"

3. "狡兔三窟"的故事，见《战国策·齐四》。

4. 兔子与太阳、月亮的关系，见《尔雅翼·兔》："古者称日乌月兔，相传已久。"

5. 晋崔豹《古今注》："蒙恬始造，即秦笔耳。以枯木为管，鹿毛为柱，羊毫为被，所谓苍毫，非兔毫竹管也。"

6. 宋范致明《岳阳风土记》："岳人以兔为地神，无敢猎取者。"

2.10 遇犬获之

狗是人类最忠实的朋友，不过《诗经》中提到狗的诗篇并不多。《野有死麕》《巧言》中出现过，另，《卢令》中的"卢"是黑色猎犬，《驷驖》中的"猃"是指长嘴猎犬。

《野有死麕》是一首描写男女之间爱情的诗作。第一句写男子以用洁白茅草捆起的猎物小鹿为礼，向春心萌动的少女表达爱意。显然少女是接纳的，便有了后来的两情相悦。不过女子还是严守礼节，告诫男子："无感我帨兮！无使尨（máng）也吠！"意思是你不要碰我的佩巾！不要惊动了我的长毛狗！[1]《巧言》表达的是忧谗畏讥的千古主题，表现了一个受到谗言伤害、郁郁不得志的官吏，对统治者听信谗言以致祸国殃民的愤慨。[2]"跃跃毚兔，遇犬获之"，意思就是上蹿下跳的狡兔，遇到猎狗被捕获。诗中把狡兔视为夸夸其谈、信口雌黄的小人，并预言，这些丑恶之徒终将落得可耻下场。《卢令》是一首赞美年轻猎人的诗，"卢令令""卢重环""卢重鋂（méi）"，是说黑毛猎犬的项圈叮当作响，黑毛猎犬脖子上套着双环，黑毛猎犬颈上大环套小环。全诗以猎犬项圈铃声起兴，表现出猎犬跟猎人出猎时的兴奋与喜悦，反映了猎犬与猎人之间生死相依的亲密关系，同时也从侧面展现了猎人的温厚与英武。

在古代，打猎是与耕种同样重要的农事活动，所以，人们对猎犬的驯养很重视。元末明初陶宗仪《南村辍耕录》记载："北方凡皂雕作巢，所在官司必令人穷巢探卵，较其多寡。如一巢而三卵者，置卒守护。日觇视之，及其成鷇，一乃狗耳。取以饲养，进之于朝。其状与狗无异，但耳尾上多毛羽数根而已。田猎之际，雕则戾天，狗则走陆，所逐同至，名曰：鹰背狗。"意思是说，在北方，但凡皂雕做窝的时候，官府会派人去察看窝里有几只蛋。如果一个窝里有三只蛋，就会等破壳而出的时候取出是狗的那个喂养。那狗长得与平常的狗没什么两样，就是耳朵上多几根羽毛，因是雕所生，所以叫"鹰背狗"。打猎的时候，这种狗在地上奔跑的速度，几乎可与天空飞的雕媲美。这种"雕窠生犬"的故事颇有些神话色彩，多流传于契丹、蒙古等游牧民族地区。为什么是雕窠呢？因为在人们眼中，鹰是特别敏锐又勇猛的空中猎手，很多地方都是以猎狗和猎鹰相互配合来狩猎。宋代诗词大家苏轼《江城子·密州出猎》"老夫聊发少年狂，左牵黄，右擎苍"便展现了这一场景：左手牵着黄狗，右臂托着苍鹰，带着大队人马，浩浩荡荡去山冈。

狗通人性，与人类关系密切。历史上留下了不少记录人狗情深的文字。《礼记·檀弓下》记载，孔子养的狗死了，让学生子贡去埋葬，说："敝帷不弃，为埋马也；敝盖不弃，为埋狗也。丘也贫，无盖；于其封也，亦予之席，毋使其首陷焉。"帷是车帘，盖是车篷，孔子的意思是："废车帘不要丢，可以埋马；烂车篷不要丢，可以埋狗。我也穷，没有车篷，就用我的席子盖住它吧，不要让它的头直接埋在土里。"这也是成语"帷盖之义"的由来。

明代张筹写了一篇《义犬志》，专门纪念为救自己而中毒身亡的黄狗：张筹料理完父亲丧事后去看望一位叫得庵的亲戚。正逢大雨，路上深及尺余的泥泞盖过了木屐齿，张筹坐在一块石头上洗脚的时候，一条毒蛇缠住了他的左脚。当时只有一条黄犬随行，张筹望狗叹息。黄狗仿佛看懂了张筹的意思，将蛇咬成数段。张筹的性命保住了，黄狗却因中毒太深死去。张筹感叹，古人说的结草衔环，自己算是亲身经历了。后来，他与得庵用四张莞席包裹着那条忠诚的狗，将它埋葬在了河南的一个山丘。

狗对主人很忠诚，因此民间有"狗不嫌家贫，儿不嫌母丑"，"打狗看主人"等俗语。《礼记》中甚至规定，在尊贵的客人面前，不得斥责家犬，认为这样很不礼貌。[3] 而形容一个人毕其一生服务于自己的主子最终却被抛弃，就说"狡兔死，良犬烹"。至于在别人面前介绍自己的儿子时称"犬子"，只是汉语表达的谦词，丝毫没有鄙薄之意。

再就是"狗尾续貂"，这也算是狗尾巴为丰富汉语词汇所作的贡献了：晋武帝时，赵王司马伦串通他人发动"八王之乱"夺权篡位后，为了笼络人心，滥封官爵。朝廷高官都是统一服饰，帽子上都要插根貂尾，结果，因为官员太多貂尾不够用，只能用狗尾巴代替。时人曰："貂不足，狗尾续。"后来就演变成了成语"狗尾续貂"。[4]

· 注释 ·

1. 《毛诗注疏》："尨，狗也。非礼相陵则狗吠。"

2. 《毛诗序》："《巧言》，刺幽王也。大夫伤于谗，故作是诗也。"

3. 《礼记·曲礼上》："尊客之前不叱狗。"

4. "狗尾续貂"故事见《晋书·列传二十九》。

2.11

狼跋其胡

　　狼在古代比较常见。《诗经》中有两处写到狼，一是国风
《还》："并驱从两狼兮，揖我谓我臧兮"；一是国风最后一篇
《狼跋》："狼跋其胡，载疐（zhì）其尾"。《巷伯》一诗"投畀
（bì）豺虎，豺虎不食"中的豺也是一种近似狼的动物，在人们
口中，经常豺狼并提。

　　《还》是描写两位偶遇的猎人因为互相欣赏而共同协作，并
相互赞美的诗篇。"子之昌兮，遭我乎猱（náo）之阳兮。"您是
那样的有力啊，与我相遇在猱山之南。"并驱从两狼兮，揖我谓
我臧兮。"我们一同追那两匹大狼，您拱手夸我真是本领高强！
通过诗人略带兴奋的叙述，我们可以想见，在两位高手的通力配
合下，最后，两匹狼成了他们的彀中之物。在古代，游牧和狩猎
是人们很重要的生存方式，一起到山上打猎是常有的事情。个人
的力量是渺小的，面对凶猛的野兽，猎手间的团结协作与相互支
持，具有十分重要的意义。

　　《狼跋》诗旨，清以前学者一般认为是赞美周公姬旦。狼的
典型特征是额下有垂肉，也就是"胡"，尾巴也特别长，因此诗
中说它往前走会踩着额下那块肉，往后退又会踩住自己的尾巴，

也即"狼跋其胡，载疐其尾"。诗歌以此起兴，接"公孙硕肤，赤舄几几"，公孙挺着大肚腩，脚踏红鞋，步伐稳健。古代学者认为公孙是指周公，此句表现了他"临大难而不惧，处大变而不忧，断大事而不疑"[1]的美德，而狼的"进退两难"，正与周公的进退从容形成鲜明对比。不过有现代研究者提出质疑，认为"公孙硕肤"的描写，不太恭敬，倒有些调笑意味。闻一多就推测，这是一位妻子对体胖而脾性温和的贵族丈夫开玩笑写的诗。

狼是国家二级保护动物，体型中等，善于长距离快速奔跑。头腭尖形，面部长，鼻端突出，嗅觉灵敏，耳尖且直立，听觉发达。前足4~5个趾，后足一般4个趾，爪子粗且钝，不能自如伸缩——这也是狼总是踩住自己尾巴的原因。与狐狸、虎豹喜独居相反，狼喜群居，森林、沙漠、山地、草原等很多地方都可以成为它的栖息之所。狼是肉食动物，喜欢追逐猎食，猎物主要有鹿、羚羊、兔等动物，有时也会捕食家畜。狼机警多疑，喜欢夜间活动。狼群以核心家庭的形式组成，包括一对配偶及其子女，有时也会收养未成年幼狼。狼性凶猛，与泰坦鸟、剑齿虎一起，被称为地球上最迅猛的三个顶级杀手。

我国古代对狼有过很多观察和记录，包括与狼有关的狼玁、狼狈、豺狼等。狼玁：雄性称狼，雌性为玁。[2]狼狈：狼与狈是两种不同的动物，狈前足很短，行走时常常将腿架在狼腿上，如果没有狼，狈就不能行动，所以形容人很窘困就说"狼狈"，比喻互相勾结为非作歹就说"狼狈为奸"。豺狼：豺形态像狗但尾巴长，狼体形略大于狗。宋代陆佃所著《埤雅》记载，狼极其聪明，能卜知猎物所在的方向，狼所对着的方向，就是野兽所在的地方；[3]古代有一种叫狼牙棒的兵器，就是在纺锤形的木制或铁制锤头上，植上如狼牙一样锋利的铁钉。《埤雅》中还说，古代的

烽火，就是燃烧狼粪产生的烟火，因为狼粪烟笔直聚集，就是风吹也不歪斜。[4]不过现代考古学已经证明，狼烟并不是烧狼粪产生的，它的燃料就是荒漠上生长的胡杨、红柳、罗布麻、芨芨草、白茨、骆驼草等植物。而且很难收集到那么多狼粪，另外狼粪燃烧时冒出的烟也没什么特殊之处，并不是风吹不动的。

《管子》云：举着以龙为标志的旗在水里行军，举着以虎为标志的旗在林里行军，举着以鸟为标志的旗在丘陵行军，举着以蛇为标志的旗在沼泽行军，举着以鹊为标志的旗在陆上行军，举着以狼为标志的旗在山上行军。[5]这里的龙旗、虎旗、鸟旗、蛇旗、鹊旗和狼旗出现在不同地域，正反映了它们各自的特点和在人们心中的形象。狼因为是山中灵物，所以需要举着画有狼形的标牌，才能大胆行走在山林中。另，狼睡在草堆里，离开时习惯把草堆弄得乱七八糟，因此产生了"狼藉"一词，形容东西散乱。

在所有动物中，狼是名声比较坏的，除了它本性贪婪之外，或许还与著名的中山狼[6]的故事有关。春秋时期，赵简子在中山打猎，一只狼中箭而逃。赵简子在后追捕。东郭先生路过，狼向他求救。东郭先生动了恻隐之心，把狼藏在书囊中，放在驴背上，骗过了赵简子。狼活命后却要东郭先生好人做到底，让他做自己的食物。更可悲的是，故事中东郭先生问老树、老牛自己是不是该被狼吃，老树、老牛以自己奉献一生最后却没有任何回报的经历作比，竟然认为狼应该吃东郭先生。这则由明代文人马中锡讲述的故事，在中国得到广泛传播，或许就是因为人世间存在太多的老树、老牛，而"恩将仇报"的事情也普遍存在吧。曹雪芹在其不朽著作《红楼梦》中，也提到了"中山狼"，那是给十二金钗之一的迎春下的判词："子系中山狼，得志便猖狂；金闺花柳质，一载赴黄粱。"有研究者说"子""系"合起来是"孙"，正是暗指迎春所嫁之孙绍祖就是忘恩负义的"中山狼"。而古代女子一生命运几乎都系于婚姻，迎春的悲惨结局，也由此奠定。

· 注释 ·

1. 对周公姬旦的赞美，见清代方玉润《诗经原始》。

2.《尔雅·释兽》："狼，牡貛，牝狼。"

3. 狼能卜知猎物，见《埤雅·狼》："狼之所向，兽之所在也。"

4.《埤雅·狼》："古之烽火，用狼粪，取其烟直而聚，虽风吹之不斜。"

5.《管子·兵法》："三曰举龙章，则行水；四曰举虎章，则行林；五曰举鸟章，则行陂；六曰举蛇章，则行泽；七曰举鹊章，则行陆；八曰举狼章，则行山。"

6. 中山狼的故事，见明马中锡《东田集·中山狼传》。

2.12 一之日于貉

貉这种动物，《诗经》中只在《七月》提到过，即"一之日于貉"。

《七月》是一首著名的田园诗，虽名为"七月"，实际上是以时间为序，写了一年四季的农人劳作和农村场景。全诗只是平静客观地陈述一年所做的事情，没有任何情感表达，但是劳动人民的疾苦，剥削与被剥削阶级之间的等级差异，却在这平淡的诉说中，得到了充分反映。其中"一之日于貉，取彼狐狸"[1]，意思是说十一月要上山猎貉，还要剥取狐狸的皮，给贵人做冬衣。相比较而言，倒是《诗经》中另外一首《伐檀》，"不狩不猎，胡瞻尔庭有县貆兮"，情绪激烈，控诉了剥削阶级的无功受禄、贪得无厌。其中的貆有说是猪獾，也有说是貉。[2]

貉被认为是类似犬科祖先的物种，非常古老。体短而肥壮，介于浣熊和狗之间，小于犬、狐。体色乌棕，吻部白色，四肢短而黑，尾巴粗短，从两眼开始往下各有一片黑色区域，就如挂着一副黑色面罩。貉栖息于阔叶林中接近水源的开阔地带，或开阔草甸、茂密的灌木林和芦苇地，很少见于高山的茂密森林。貉属于夜行性动物，常成对或以临时性的家族群体形式出现。一般沿河岸、湖边以及海边觅食，取食范围很广，包括鸟类、小型哺乳动物直至水果。与大多数的犬科成员不同，貉比较善于爬树。貉也是犬科动物中唯一一种在冬季休眠的动物。为保证冬眠中的养分，它会在秋季大量取食，直到体重比原来增加一半。

宋陆佃《埤雅》说貉形似狐狸，嗜睡。李时珍《本草纲目》说，有人用小竹棒把貉敲醒后，才一会儿它又睡着了，所以用"貉睡"比喻人好睡。[3]《淮南子》说：蚂蚁知道把洞做成小土堆，玃貉会把洞挖得曲曲折折，虎豹知道栖身于茂密丛林，野猪常常会弄些茅草垫在住处；它们的洞穴一处挨着一处，就像人的房屋鳞次栉比；它们的这些洞，既可以防雨，也可以遮阳。[4]这些都是动物的生存智慧。春秋战国时期历史文献《周礼·冬官考工记》上说，貉过汶水就会死。[5]汶水即山东大汶河。这是因为那边的环境不适合貉生存，好比植物中的"橘生淮北则为枳"。

关于貉最有名的，当数西汉时杨恽说过的"一丘之貉"。杨恽的父亲是汉昭帝时的丞相杨敞，母亲是大名鼎鼎的史学家司马迁的女儿。杨恽自幼便受到良好的教育，未成年就以博学闻名。他不仅聪明早慧，而且为人正直。汉宣帝时，名相霍光的子孙谋反，杨恽最先向宣帝报告，因此得到重用，被封为平通侯，迁中郎将。杨恽轻财好义，廉洁奉公，但他喜欢夸耀自己的节行和才能，又为人刻薄，喜欢揭发别人，同僚中只要有谁得罪于他，必害之，于是结怨不少，还与太仆戴长乐这位宣帝刘病已在民间就结识的老友意见不和。有一次，杨恽听人说匈奴单于被杀，便说："遇到一个这样不好的君王，他的大臣给他拟定的治国策略不用，结果让自己白白送了命，就像秦朝时的君王一样，专门信任小人，杀害忠良，结果亡国。如果当年秦朝不如此，可能现在还在。从古到今的君王都是一样，信任小人，真像同一山丘出产的貉一样，毫无差别呀！"这话传到宣帝耳中，宣帝认为杨恽是在指桑骂槐辱骂自己，便将杨恽免职。[6]杨恽因貉惹祸，不过，汉语词汇中从此多了一个成语——"一丘之貉"。

·注释·

1. "一之日于貉，取彼狐狸"，《毛诗注疏》："于貉，谓取狐狸皮也。"

2. "不狩不猎，胡瞻尔庭有县貆兮"，《毛诗传笺》："冬猎曰狩，宵田曰猎，胡何也，貉子曰貆。"

3. 李时珍《本草纲目》："其性好睡，人或蓄之，以竹叩醒，已而复寐，故人好睡者谓之貉睡，俗作渴睡，谬矣。"

4. 《淮南子·修务训》："蚁知为垤，獾貉为曲穴，虎豹有茂草，野彘有艽莦（qiúshāo），槎枿堀虚，连比以像宫室，阴以防雨，景以蔽日。"

5. 《周礼·冬官考工记》："貉逾汶则死，此地气然也。"《周礼注疏》认为这里的貉可能指的是猿："貉或为猿，谓善缘木之猿也。"

6. 杨恽因貉惹祸，见《汉书·杨恽传》。

2.13

雄狐绥绥

　　狐狸是一种大众较为熟知的野兽，《诗经》中国风和小雅有多篇诗作提到。值得注意的是，其中直接说是狐狸的，只有《北风》的"莫赤匪狐"，《有狐》的"有狐绥绥"，《南山》的"雄狐绥绥"，以及《何草不黄》中的"有芃（péng）者狐"，其他都是指狐狸皮制成的华贵衣服。

　　《北风》是一篇描写卫君暴虐、祸乱将至，人们相约逃难的诗作。"莫赤匪狐，莫黑匪乌"，所有狐狸都是红色的，所有乌鸦都是黑色的。这里的狐狸、乌鸦皆不祥之物，预示国将危乱，也暗示执政者的暴虐。《有狐》一诗主旨，学界尚存分歧。《毛诗序》认为《有狐》是妇人忧夫之作。[1]不过现代学者一般认为《有狐》是一首言情诗，以有狐踽踽独行思得匹偶喻女子思念心上人。还有人认为这是女子思念在外的丈夫，担心他没有御寒衣物所写下的诗作。"有狐绥绥，在彼淇梁"，"在彼淇厉"，"在彼淇侧"：一只狐狸，慢慢地走在淇水石桥上，慢慢地走在淇水浅滩上，慢慢地走在淇水河岸旁——孤独感油然而生，不由想起心中的他：我好担心，你会不会没有下裳？你是不是没有腰带？你衣服够穿吗？这里的狐狸既可以理解为诗人所见，也可以理解为诗人托物起兴。《南山》是一首讽刺齐襄公与其同父异母妹文姜乱伦的诗作。[2]"南山崔崔，雄狐绥绥。"巍峨的南山间，雄狐步履缓慢地独行。在朱熹看来，狐狸独行，就是心中怀着求偶的小九九。诗作以狐狸寻偶起兴，继写鲁国大道宽阔，文姜正是由此嫁入鲁国，但在婚后却没有收敛，仍旧在无耻的乱伦歧途上越行越远。《何草不黄》是一篇哀叹征人戍边之苦的诗作。[3]"有芃者狐，率彼幽草。"毛发蓬松的狐狸，出没于幽深的草丛，这是它们的天性，可我们这些征人，也跟野兽一样，长年在旷野、幽草中穿梭，没有归期。《七月》中有"取彼狐狸，为公子裘"，这里的"狐狸"是指狐狸皮。古人很早就用狐狸皮来为诸侯制作华丽的衣服。据说狐狸腋下的皮最好，轻柔纯白。一件皮袄需要很多只狐狸腋下的皮才能制成，因此有"集腋成裘"之说。《管子·轻重戊》说"狐白应阴阳之变，六月而壹见"，即狐狸腋下的白毛皮应阴阳变化，半年才出现一次。物以稀为贵，因此《史记》说"千羊之皮，不如一狐之腋"，但庄子一言中的：正是狐狸昂贵的皮毛为自己招来了杀身之祸。[4]

《说文解字》《埤雅》等古籍关于狐狸都有这样的描述："妖兽也"；"有三德：其色中和；小前大后；死则丘首"。即狐狸是一种妖兽，但有三德：一是毛色柔和，是为中庸之道；二是从小脑袋到大身子直到最后一条长长的大尾巴，符合尊卑秩序；三是如果死在外面，脑袋一定朝着洞穴的方向，也即"狐死首丘"。三德中最后一德最为世人所传颂。《礼记》赞叹："狐死正丘首，仁也。"屈原《九章·哀郢》中写对故国的怀念："鸟飞反故乡兮，狐死必首丘。"唐代著名诗人白居易的弟弟白行简，也曾以"乐生恋本仁者之心"为韵，写过一篇《狐死正丘首赋》。

《史记》中记载的陈胜、吴广起义则是借用了狐狸的"妖性"。秦二世元年（前209）七月，朝廷征集九百人戍守渔阳，陈胜、吴广是屯长，即负责管理的领队。行至蕲县大泽乡（今属安徽宿州），碰上大雨，无法如期赶到戍守的地方。按照当时法律，不能如期到达当斩。陈胜、吴广于是商议：今天这样等死也是死，举旗起义也是死，不如反了。作出决定后，两人按照巫师的建议，先是用朱砂在布帛上写了"陈胜王"三个大字放入鱼腹。伙夫买鱼回来剖开烹煮时发现了，甚觉奇怪。陈胜又暗中叫吴广去附近林间神祠，在夜里燃起篝火，并学狐狸的声音叫："大楚兴，陈胜王！"士兵们听了议论纷纷。[5]

　　颜师古注《汉书》云，"狐之为兽，其性多疑。每渡冰河，且听且渡，故言疑者而称'狐疑'"。意思是狐狸多疑，渡过结冰的河流时，会先敲冰面听听，确认冰下安全才走，因此有"狐疑"一词。《说文解字》中说"犬性独，狐性孤"，也是说狐狸多疑，多疑则不合群。唐代文人杨涛和滕迈都写过《狐听冰赋》。有动物学家发现，狐狸跳进鸡舍后，会把鸡全部咬死，最后仅叼走一只；狐狸还常常在暴风雨之夜，闯入黑头鸥的栖息地，把数十只鸟全部消灭后空"手"而归。这种并不是出于饥饿、搏斗等原因就把对方置于死地的残忍行径，生物界有个专门称谓——"杀过"，很多动物都有。为什么会这样？是动物的天性？抑或是受了什么刺激？科学界还没有统一的解释，还有待探索。

　　蒲松龄的《聊斋志异》和纪晓岚的《阅微草堂笔记》被称为清代笔记小说"双璧"，也是两部"狐学宝典"。这两部短篇志怪小说集写了很多关于狐仙的故事。《聊斋志异》中的狐女多年轻美貌、神通广大又善良多情，她们敢想敢做，敢爱敢恨，不拘泥于封建传统，展现了一种男女平等的独立意识，也体现了对婚恋自由的追求。《阅微草堂笔记》中的狐性格多样，有正直的狐、文雅的狐、善良的狐、宽容的狐，也有恶作剧的狐、尖刻的狐。小说也同样是以狐鬼故事折射官场昏暗，反对宋儒的空谈性理疏于实践，但更多强调的是一种道德教化，目的是引起为官者重视，采取补救措施，以维护清朝统治。可以说，这两部小说集都是对我国古代狐仙文化的传承与发展。西方文学作品中也有很多故事以狐狸为主角。如我们比较熟悉的《伊索寓言》，就塑造了吃不到葡萄就说葡萄酸、两面三刀工于心计、聪明睿智审时度势等各种不同性格的狐狸。而法国《列那狐传奇》中的列那狐足智多谋，简直就是智慧的象征。这说明，虽然东西方文化差异决定了对动物形象的塑造会有不同，但因为对动物的生物学形象，比如对狐狸的灵性或者说妖性，狐狸的狡猾或者说机智等方面的认识存在共通性，即使不同地域、不同民族特色的文化作品，也能引起大家的共鸣。

· 注释 ·

1. 《毛诗序》："《有狐》，刺时也。卫之男女失时，丧其妃耦焉。"

2. 《毛诗序》："《南山》，刺襄公也。鸟兽之行，淫乎其妹。大夫遇是恶，作诗而去之。"

3. 《毛诗序》："《何草不黄》，下国刺幽王也。四夷交侵，中国背叛，用兵不息，视民如禽兽，君子忧之，故作是诗也。"

4. 《庄子·山木》："夫丰狐文豹，栖于山林……然且不免于罔罗机辟之患。是何罪之有哉？其皮为之灾也。"

5. 陈胜、吴广的故事，见《史记·陈涉世家》。

2.14

赤豹黄罴

豹子的皮毛很有特色，不仅颜色鲜艳还有花斑。《诗经》中两首提到豹的诗如《郑风·羔裘》和《韩奕》，写的其实都是豹皮。《郑风·羔裘》是写给郑国一位正直官吏的赞歌。"羔裘豹饰，孔武有力"，他穿着袖口用豹皮装饰的羔羊皮袍，看上去甚是威武有力。古人只有贵族才能着羔裘，最初是毛外皮内，袖口饰以豹皮，不仅更美观，还增加了一股阳刚之气。邶风中也有一篇《羔裘》，不过写的是羊裘和狐裘。《韩奕》中"献其貔皮，赤豹黄罴"，是说韩侯执掌封国后，人们安居乐业，国家物阜民丰，于是向天子又是进献珍贵的狐皮，又是进献豹皮和熊皮。

除了豹皮饰裘外，豹尾也因有着平安归来的吉祥寓意而成为周天子出行最后一辆车上必须悬挂的装饰。所谓"前旄头""后豹尾"，前旄头是天子仪仗队中那个担任先驱的骑兵，一般头戴熊皮冠，因为熊不会迷路，故以熊开道；而豹出能返，寓天子平安归来，故以豹尾装饰的车子来殿后。[1]不过晋崔豹《古今注·舆服》中有另外一种解释："豹尾车，周制也，所以象君子豹变，尾言谦也。""豹变"，古人认为豹子出生时并没有那么艳丽的外表，甚至有些丑陋，慢慢长大后，毛色才逐渐变得有光泽，说君子的成长也是一样，只有通过后天不断学习，经过一番修行，最终才会成为一个品德高尚、修养良好的人，因此《周易》中说"君子豹变"。[2]

正是对豹皮、豹尾的旺盛需求，导致野生豹在古代就被大量捕杀。素喜探幽发微的庄子，在《庄子·山木》中写道，皮毛丰厚的狐和花纹艳丽的豹，栖息于山林，潜伏于岩穴，安安静静的；夜里行动，白天居息，心中时刻怀有戒惧；即使饥渴也隐形潜踪，谨小慎微地到江湖上觅食，其气定神闲，非其他走兽可比。然而它们还是不能免于被网罗和捕杀的灾祸。为什么？庄子感叹：不过是因为一身漂亮的毛发。

豹子因为一身太过招摇的皮毛引来了杀身之祸，但散宜生救周文王，豹子的美丽毛发也曾出过力。《淮南子》记载，文王还是一方诸侯的时候，因勤于政事，礼贤下士，轻徭薄赋，敬老慈少，很快聚起了很高的人气。只三年工夫，天下三分之二的诸侯就归顺了他。商纣王感到王位受到了威胁，派人将姬昌拘押在羑里这个地方。姬昌的好友散宜生以千金之财遍求天下珍宝，通过商臣费仲疏通，送给纣王。纣王见了大喜，于是放了文王。这其中的珍宝，就包括玄豹"文皮"，即黑豹有花纹的皮。[3]

古人应该对豹一直是存着好感的。除了"豹变"，还有"豹隐"。《列女传》中说，一头黑豹为了保持自己皮毛的柔顺、光泽，以形成能藏匿身形的花纹，避免敌害，宁愿连续七天挨饿，也不在雾雨天出门觅食。[4]一般认为豹隐是指爱惜名誉、洁身自好，其实从中还可看出豹的深谋远虑。还有"豹死首山"，跟"狐死首丘"一样，都是不忘本的意思。另，古诗云"饿狼食不足，饥豹食有余"[5]，也是拿狼与豹作比，用狼的贪婪、残忍反衬豹的节制，《兽经》还赞曰"狼贪豹廉"。

　　豹的适应性很强，不管是白雪皑皑的东北雪域，还是烈日炎炎的南方，不管是干旱地还是湿地，都可以看见豹的身影。自然界存在四种大型猫科动物：狮、虎、美洲豹和豹。其中豹子体形最小，平均身长 2 米左右，体重 60～100 公斤。豹子身手矫健，动作灵活，奔跑速度惊人，时速可高达 80 公里。这种速度加上它凶残的性格，使得它看中的猎物经常难脱其手。豹子既吃猴子、兔子、鼠类等小型动物，也敢于进攻身形较大、较凶猛的动物，如雄鹿、野猪、麂等。豹子在攻击这些大型动物前，常常隐伏于树叶茂密的枝杈或是繁密的草丛，等猎物路过，便一跃而起，抓住其背，咬其喉咙，一招致死，再独自慢慢享受。豹子虽然凶猛异常，但《淮南子》中有"猬使虎申，蛇令豹止"的记载，看来，爬虫中的蛇是它的天敌。自然界真是一物降一物啊！

· 注释 ·

1.《尔雅翼·释兽·熊》："熊出而不迷，故开道者首熊以出焉；豹之为物往而能反，故《广志》曰，狐死首丘，豹死首山。豹往而能反，故殿后者尾豹以入焉。"

2. 君子豹变，见《周易》革卦："上六：君子豹变，小人革面，征凶，居贞吉。"

3. 散宜生献宝救文王的故事，见《淮南子·道应训》。

4.《列女传》卷二："南山有玄豹，雾雨七日而不下食者，何也？欲以泽其毛而成文章也。故藏而远害。"

5."饿狼食不足，饥豹食有余"出自晋郭义恭《广志》。

2.15 毋教猱升木

　　猱，古书上说的一种猴，猿属。《诗经》中仅《角弓》提到："毋教猱升木，如涂涂附。"意思是爬树是猴子天然就会的事情，根本用不着去教。

　　《角弓》是一首劝告周朝贵族不要疏远兄弟、亲近小人的诗作。[1]全诗以角弓、猱等物象起兴，用弓弦要绷紧，松弛即会转向喻兄弟之间不可疏远，用猿猴不用教也会上树，泥上再涂泥自然粘牢比喻小人本性无德，善攀附，告诫居上位者一定要注意自身言行。所谓"君子之德风，小人之德草"，如果居上位者对兄弟友善，亲族和睦，下面的民众也会跟着仿效；如果居上位者不谦恭，疏远亲族，小人就会趁虚而入，挑拨离间，这样民众效仿，就会影响国家的发展。

　　古代文献中对猴的称谓很多，如猱、猿、狙、玃、狖（yòu）、狨（róng）等。"猱"，《尔雅》说又叫猱，善攀援。东汉训诂学者张揖认为猱是猕猴。三国吴陆玑《毛诗草木鸟兽虫鱼疏》认为猱就是猕猴，也即楚国一带称之为"沐猴"的动物。唐代颜师古以为是狨，并非猕猴，还说人们常用狨尾之皮来制作鞍褥。宋陆佃也说并非猕猴，而是尾巴金色的"金线狨"，生长在四川一带深山峡谷中，人们用抹了毒药的弓箭射杀它，取其尾之皮做卧褥、鞍鞯、被子等；可能是知道自己的尾巴才是人类想要的，金丝猱中毒箭后会自己咬断尾巴然后逃离。[2]关于"猕猴"这一名称，据班固《白虎通》对沐猴的解释——"猴好拭面，如沐"，不过是"沐猴""母猴"的音讹。[3]所以，成语"沐猴而冠"不是指猴子沐浴后戴帽子，就是沐猴戴帽子。

周代并没有将猿与猴截然分开，一般都说猱或猿，主要强调其善攀援。秦汉开始出现"贵猿轻猴"倾向，认为猿长寿，猿后来还与鹤成为中国传统文化中灵寿的象征；而猴，在该时期开始成为文学作品中被嘲讽的对象。东汉辞赋家王延寿的《王孙赋》，把猴比作"王孙"即贵族子弟，其丑陋庸俗形象奠定了后世文人对猴印象的基础。到了唐代，柳宗元的《憎王孙文》更是直接把猿、猴对立，其文大意如下：猿和猢狲住在不同的山上，彼此德行不同，水火不容。猿仁爱谦让、孝顺慈善，居住在一起则相互友爱，取食和饮水则长幼有序，行进则排列成队，如果有不幸失散离群者，它们会发出哀伤的鸣叫。危难时刻，它们会保护弱小。它们不随意践踏庄稼菜蔬。树上的果子还未成熟，它们小心看护；果子成熟了，便招呼同伴一起快快乐乐地分享。碰到小草幼树，一定绕道行走，不去踩踏，所以猿群居住的山头，经常是草木茂盛郁郁葱葱。而猢狲暴躁吵闹，整天争吵不休，虽然群居却彼此不和。吃东西时互相撕咬，行走时争先恐后，饮水时乱成一团。有离群走散者也不思念群体。遇到灾难不顾弱小，只想自己脱身。不爱护庄稼菜蔬，所到之处一片狼藉。树上的果子还未成熟就被它们乱咬乱扔。也不爱护草木，一定要摧残攀折，所以猢狲居住的山头经常是草木枯萎，一片荒凉。

明代吴承恩在中国民间传说和话本、戏曲等各版本西游文学基础上，经过艰苦的再创作，完成了划时代巨著《西游记》，创造了一个前所未有的猴子形象——齐天大圣孙悟空。这一神通广大又刚直不阿的正面形象，通过《西游记》的传播，逐渐深入人心，也算是在文学史上为猴儿们正名了。

猿与猴相比，离人间世俗要远得多，表现在文学作品中，也总与清幽、哀愁相关。很多诗文都记载，猿叫声凄厉。盛弘之《荆州记》说，长江三峡七百里，两岸重峦叠嶂，遮天蔽日，树木深处，经常传来猿的叫声，连续不断，异常凄凉。有渔者听了，歌曰："巴东三峡巫峡长，猿鸣三声泪沾裳。"类似记载也出现在南北朝著名地理学家郦道元的《三峡》中。唐李白的《长干行（其一）》有"五月不可触，猿声天上哀"。柳宗元《入黄溪闻猿》有"孤臣泪已尽，虚作断肠声"。这里的"断肠"，还有个典故。传说东晋桓温率军入蜀，手下有人捉到一只小猿。船在三峡航行，母猿随船奔走百余里，一路哀号，后从峡岸跳到船上，气绝而亡。士兵见母猿腹动，以为它有孕在身，剖开一看，原是肠已寸断。从此，便以"断肠"形容悲痛至极。[4]

而猴子，因为很早就被畜养，更接近人类，更世俗化。非常有名的"朝三暮四"的故事就跟猴子有关。宋国有一位老人，养了很多猴子。因为粮食不够，他想限制猴子的食物，把每天八颗橡子改成七颗，但又怕猴子们不愿意，于是就先对猴子们说："我早上给你们三颗橡子，晚上给你们四颗，够吗？"众猴一听很生气，不同意。老人说："那我给你们早上四颗，晚上三颗，好吗？"猴子们听后都很开心。[5]

猴子与其他动物相比还有一个最大的不同就是，它在很长的一段历史时期，曾经是一种"表演动物"，与主人街头卖艺谋生。不知道现在还有多少人曾经见过"耍猴"。穿着颜色鲜艳的小兜

兜的猴子——有时候也戴顶小帽，先是敲着锣走圈圈，吸引人注意；待观众围拢来，便在主人指挥下，一会儿翻跟头，一会儿爬竹竿，有时候还骑自行车满场转。表演完就端着盘子挨个讨钱。二十世纪八十年代还有猴戏，不记得什么时候，就突然消失了。

河南新野是"猴戏之乡"，2009年猴戏还被列入河南省省级非物质文化遗产名录，但是2014年又出现耍猴人因非法运输野生动物被拘留事件，2015年二审后才改判无罪。猴戏表演到底是虐待动物的千年陋习，还是一种文化传承，至今存在争议。这主要是因为驯猴表演中可能存在暴力对待动物现象。这不仅违背与自然和谐共生的生态环保理念，也与国际保护动物的生理福利、环境福利、卫生福利、行为福利、心理福利的"动物福利"思潮相悖；而且，现在很多灵长类动物都处于濒危状态。所以，猴戏消失于人们的视野，也许是一件好事。就让它们回归山林，在自己的乐园，自由自在做个"美猴王"吧！

· 注释 ·

1.《毛诗序》："《角弓》，父兄刺幽王也。不亲九族而好谗佞，骨肉相怨，故作是诗也。"

2.《毛诗陆疏广要》："陆佃云，猱盖猿狖之属，轻捷善缘木，大小类猿，长尾，尾作金色，俗谓之金线狨。生川峡深山中，人以药矢射杀之，取其尾为卧褥、鞍、被、坐毯。中矢毒即自啮，断其尾以掷之。"

3. 李时珍《本草纲目·兽之二·猕猴》："班固《白虎通》云，猴，候也，见人设食伏机则凭高四望，善于候者也。猴好拭面，如沐，故谓之沐而。后人讹沐为母，又讹母为狝，愈讹愈失矣。"

4."断肠"故事见《世说新语》。

5."朝三暮四"的故事，见《庄子·齐物论·狙公赋芋》。

2.16

有力如虎

　　老虎在人们心目中比较可怕，所谓"谈虎色变"。《诗经》中多处提到了虎，如《简兮》中对舞者舞蹈动作"有力如虎"的慨叹，《大叔于田》中对大叔"袒裼（tǎnxī）暴虎"的赞美，更有《巷伯》中"投畀豺虎"这样对小人的憎恨。

　　《简兮》是一首对舞师的赞歌，"硕人俣俣（yǔ）""有力如虎"，它让我们仿佛到了古代万舞的表演现场，亲眼看见了英武壮硕的舞师，动作有力如猛虎般的舞蹈动作。《大叔于田》是一首写给青年猎人的颂歌。中国古代，生产力处于较低水平，与自然争斗、向自然要食是人类生产生活的重要内容，因此能够"袒裼暴虎"、赤膊上阵与猛虎搏斗的人，自然会受到人们的崇敬。《巷伯》是一首抒发忧谗畏讥情感的诗作。君子与小人之间的斗争从来就是人类社会永不落幕的话题，而且似乎总是君子受气、小人得志，永远是黄钟毁弃、瓦釜雷鸣。《巷伯》的作者对进献谗言的人深恶痛绝，认为应该把这些妖言惑众的人丢到野外喂养豺虎，甚至说恐怕就是豺狼老虎都嫌弃他们，懒得吃这种小人。另外《何草不黄》中"匪兕匪虎"，把老虎与力大无穷的野犀牛相提并论，本意不是为了说明老虎多么威猛，而是对征人不幸命运的阐述：对于野犀牛和老虎而言，旷野就是它们的家园，可我们不是野犀牛、不是老虎，却因为沉重的征役，不得不像这些野兽一样，常年奔波在荒郊野外。

老虎是大型猫科动物，毛发呈浅黄或棕黄色，浑身布满黑色横纹；头圆耳短，耳部背面黑色，中间有一块白斑；四肢健壮有力，又粗又长的尾巴上有黑色环纹。老虎是典型的山地林栖动物，具有占山为王的本性。就东北地区每次食量超过三十公斤的老虎来说，它们的势力范围有时会超过一千平方公里。

老虎自古就给人一种威猛神秘的印象。《周易》有"云从龙，风从虎"[1]的说法，"云从龙"是指飞龙腾空的时候必有祥云朵朵，"风从虎"是指老虎出现的时候必会遽然生风。唐代段成式的志怪小说集《酉阳杂俎》中，对虎的习性和特点有很多记载，如虎交、虎威、虎视。所谓"虎交而月晕"，指的是老虎交配的时候，月亮周边会出现一层一层的光圈。所谓"虎威"，是指虎身上一种骨头，形如乙字（有说如一字），长一寸，在胁两旁皮内，尾端亦有（有说尾端无），取来佩带在身上，老虎的威风就会附在身上，让当官者有威信，而无官之人带之，别人见了也会心生嫉妒，也有说可以辟邪；[2]至于"虎视"，则说老虎夜间一目放光、一目看物，猎人一箭射去，老虎的目光落地，会凝结成一种白色石头，可以治疗小儿夜惊。[3]这些描述固然有些夸张、不可信，但也从一个侧面反映了虎在人们心中的形象。虎虎生威，人们历来认为虎为山中大王，但古人早就称"虎畏黑"，也就是说，老虎害怕熊。世间万物，真是各有所制。

老虎全身都是宝。虎骨自古就是中医良药，有祛风通络、强筋健骨之效，但不同地方的骨头药效不同，明代医家李时珍对此有详细记录："凡辟邪疰（zhù）治惊痫温疟疮疽头风，当用头骨；治手足诸风，当用胫骨；腰背诸风，当用脊骨。"在他看来，虎的头骨、胫骨和脊骨，针对不同部位功效不同。在笔者记忆中，虎骨制成的追风定痛膏、虎骨酒都是有名的中药，不过随着虎被列为珍稀保护动物，这些中医名方早已成为绝唱。

古代专门写老虎的书籍，以明代陈继儒所撰《虎荟》最负盛名。该书由秦汉至明代的史传、志怪、传奇及野史笔记小说中几乎所有涉虎的资料文献荟萃而成。作者在《虎荟序》中叙述其著书缘由：余"困疟"一年之久，其间先是朋友王百谷送来其所著《虎苑》一书，说是可以辟疟，可惜读完了书中所有关于虎的故事，病魔依旧在；余疑是否因"其书所征不及百事"，于是自己动手"搜诸逸籍及山林湖海之故闻，荟撮成卷"。[4]这里朋友之所以在陈继儒病中送来《虎苑》一书，是因为当时民间有"崇虎"之风，认为与虎有关的东西可以辟邪祛病，就跟佩玉辟邪一个道理。这与当时虎患严重，人们"谈虎色变"同时又"谈虎成风"的社会背景有关。一方面人们内心恐惧，希望有打虎英雄出现；一方面在精神文化层面，又希望能够积极应对这种局面，借助虎威、利用虎威趋利避害，而不是一味恐惧。也正因此，《虎荟》提出：仙佛可以驯虎，循良可以驱虎，孝义可以格虎，猛悍可以杀虎，老虎并非那么可怕，不足惧，"不足谈"。

也确实，纵观整个自然历史，老虎已经被人逼到濒临灭绝的境地，只在东南亚和中国东北等极少数地方零星存在。与人类相比，虎实在不足惧。

古代有关老虎的故事也很多，以《水浒传》中"武松打虎"最为家喻户晓：景阳冈有吊睛白额虎出没，官府出了告示，劝告人们上午九点到下午三点结伴成队过冈。武松偏偏不信，在酒家喝下十八碗酒后，倒提着哨棒，脚步不稳地向景阳冈走去。果然有大虫！武松与之展开了殊死搏斗。老虎伤人时最辣手的"一扑""一掀""一剪"，全都被武松一一化解，最终老虎被英雄摁倒在地，打了六七十拳。老虎眼里、嘴里、鼻子里、耳朵里都喷出鲜血来，只剩下一口气，再也动弹不得了。《大叔于田》中虽有"祖裼暴虎"，但毕竟没有细致描绘，真正意义上的赤手搏虎描写，就数武松打虎最为生动传神，把一个为民除害、正义凛然的男子汉形象塑造得栩栩如生。不过即使是武松这样的英雄，也奈何不了奸人的算计，和其他各路好汉一样最后被逼上了梁山。

· 注释 ·

1.《周易·乾卦》："云从龙，风从虎，圣人作而万物睹。"

2.《酉阳杂俎》："虎威，如乙字，长一寸，在胁两旁皮内，尾端亦有之。佩之，临官佳；无官人所媚嫉。"《太平广记》卷四百三十版本略有不同，为"虎威如'一'字，长一寸，在胁两傍皮内，尾端无之"。

3.《酉阳杂俎》："虎夜视，一目放光，一目看物。猎人候而射之，光坠入地成白石，主小儿惊。"

4.《虎荟序》："余丁酉六月二十三日始困疟垂，戊戌之六月二十二日而疟良已，盖首尾屈指凡一期焉。先是百谷王丈访余，于宝颜堂，授以虎苑，可以辟疟。读之而魔鬼如故。然其书所征不及百事，余乃搜诸逸籍及山林湖海之故闻，荟撮成卷，题曰《虎荟》。"

2.17

象弭鱼服

　　大象是一种温顺的动物，一般不会主动攻击人，但在《诗经》中却出现在写战争的两首诗中。一首是《采薇》，另外一首是《泮水》。

　　《采薇》[1]是一位戍边士兵服役归来途中写下的诗，其中"昔我往矣，杨柳依依。今我来思，雨雪霏霏"，以今昔不同风景对比，传达出细腻缠绵的忧思，含蓄隽永，令人回味，被誉为《诗经》中最美诗句。"象弭鱼服"，战士们手中拿着末梢用象牙装饰的弓箭，腰间挎着用鱼皮制作的箭袋，可见战备之精良。《泮水》是一首赞美鲁僖公修泮宫的诗歌，也可说是一首颂扬鲁公战胜淮夷的诗歌。"元龟象齿，大赂南金"，战争结束后，战败的淮夷俯首称臣敬献礼物，其中就包括罕见的大龟与珍贵的象牙。

　　《尔雅翼》中记载了大象诸多特点。其一是体形庞大，数倍于牛，但眼睛很小，跟猪眼睛差不多；其二是鼻长六七尺，如手臂一样灵活，所以大象用鼻取食；其三是聪明谨慎，能识别道路虚实，有一点点不牢实便不肯过，所以，晋朝帝王出行以象车导引试探桥梁是否牢固，也正因此，大象一般不会落入陷阱。[2]

　　可能正是因为大象庞大的体形和它的聪慧吧，古代将大象用于战事。据《左传》记载，公元前 506 年，吴军占领楚国郢都，楚昭王带着妹妹逃亡。在渡过睢河时，为了阻挡追兵，楚昭王命大夫针尹固在大象的尾巴上系上干草，点燃后驱赶至吴军之中。吴军大乱，楚王才逃过一劫。[3]

大象在古代还用于农耕。西晋皇甫谧撰《帝王世纪》说，"舜葬苍梧，下有群象，常为之耕"，还说"禹葬会稽，祠下有群象耕田"。唐代农学家陆龟蒙《象耕鸟耘辨》写道，世人都说舜还在民间的时候，在历山耕种，有大象为他耕田，有鸟儿为他锄草，是因为他的圣德感召。其实哪里有什么圣德呢？大象形体庞大，它行走起来总是身体端正，步伐沉稳。耕田的农人效法它的端正、沉稳，挖掘土地很深，所以称"象耕"。[4]

中国古代有很多关于献象的历史记录。《汉书·武帝本纪》记载："元狩二年夏，南越献驯象"；《后汉书·孝和孝殇帝纪第四》记载："永元六年春正月，永昌徼外夷遣使译献犀牛、大象"。就是到了汉代日薄西山之际，仍然有南方部落进献大象。《后汉书·孝献帝纪》记载："建安七年夏五月，于阗国献驯象。"

大象是哺乳纲长鼻目象科动物，也是陆地上最大的哺乳动物。居丛林及草原，素食。寿命较长，最长可达八十年，但生育率较低，孕期长达 22 个月，而且一胎仅产一子。《韩非子·十过》有"黄帝合鬼神于泰山之上，驾象车而六蛟龙"的记载，考古发现商朝时我国中原地区就有大象，这说明大象最早在我国华北和中原地区都存在。不过现在，它们的栖息地逐渐缩小为亚洲和非洲的低纬度地区。非洲象体形较大，性格暴躁，有可能攻击其他动物。亚洲象则相对较小且性格温和。非洲象无论雌雄都有象牙，而亚洲象只有公象才有象牙——这里的象牙一般指大象露在外面长长的獠牙，而不是一般意义上的牙齿。对象牙的掠夺，是导致大象数量急剧下降的重要原因。国际上虽已立法禁止非法象牙交易，且多次公开焚毁象牙制品，但由于巨额利益驱使，盗猎行为仍屡禁不绝。

2021 年 4 月，有关云南大象向北迁徙的新闻报道，让大象这种平时离人们生活较远的动物成为人们关注的焦点。虽然最终大象还是回归了家园，但历史上在中国大陆从南粤大地到秦岭山脉广泛存在的大象，如今却偏居云南一隅，这本身就给世人敲响了一记生态危机的警钟。人类要想与动物和谐相处，还是要尊重它们的生活方式，为它们提供适合的栖息环境和生存空间。

· 注释 ·

1.《采薇》诗旨，见《毛诗序》："《采薇》，遣戍役也。"

2.《尔雅翼·象》："其身倍数牛而目不踰豕；鼻长六七尺，大如臂，所食物皆以鼻取之。""能别道之虚实，稍虚辄不肯过，故晋时帝行则以象车导引以试桥梁，故象难获者，以其陷阱不能试也。"

3.《左传·定公四年》："针尹固与王同舟，王使执燧象以奔吴师。"

4.《象耕鸟耘辨》此处原文："兽之形魁者无出于象，行必端，履必深，法其端深，故曰象耕。"

2.18 酌彼兕觥

　　兕最早见于《山海经》："兕在舜葬东，湘水南。其状如牛，苍黑，一角。"意指湘水的南边、帝舜墓冢的东边生长着兕这种猛兽。兕在古代属于神兽一类的动物，不过大体说来与犀牛最相近，很多学者认为就是犀牛，古书上甚至就把它们并称为"犀兕"。兕在《诗经》中的《吉日》《何草不黄》《卷耳》《七月》《桑扈》等多篇诗作中提到。

　　《吉日》[1]是一首赞美周宣王选择吉日祭祀马祖、野外打猎并宴飨群臣的诗作。"发彼小豝，殪此大兕"，射死一头小野猪，又奋力射死一头大犀牛（也有说是野牛），表示战果丰盛。《吉日》与《何草不黄》中，兕指犀牛这种动物，而在其他诗作中，兕都是作为牛角酒杯出现。如《卷耳》这首写怀人情感的诗中，骑着疲累不堪的马正登上高高山脊的男子，思念起家中的妻子，无以解忧，只有借酒浇愁："我姑酌彼兕觥，维以不永伤。"我且先斟满我的牛角杯，希望杯中物下肚，心中不会永悲伤。关于兕觥，《埤雅》中说，兕是一种喜欢用角"抵触"的动物，而酒，阳气旺盛，饮之容易激发人的刚烈之气，"其过"则在"抵触"，所以古代帝王用兕角制成罚酒的杯子，也即"兕觥"，作为警戒。[2]不过，《卷耳》中的酒器应该无此意，所以，"觥"也不是专门的罚爵。

我国很多古籍对兕都有记录。《尔雅》说"兕似牛，犀似豕"，认为兕是有着一只黑色角的巨兽，而犀则形似水牛，猪头、大腹、矮脚，脚有三蹄，身有三角，一个在头顶，一个在额头，一个在鼻上。[3]《尔雅翼》中记载了一种通天犀，说是用此犀牛角做的筷子去搅动毒药，会涌起很多白色泡沫，去搅动无毒之物，则不会有泡沫；说此通天犀之所以毒物不侵，是因为它专食有毒的草和带荆棘的树木，不随便吃柔滑鲜嫩的草木。[4]因为这种以身试药然后为人解毒的自我牺牲精神，通天犀被认为是灵异之兽，勇者化身。《庄子·秋水》则说："陆行不避兕虎者，猎夫之勇也。"在陆地上行走，而不避开庞大又凶猛的兕和虎的人，具有狩猎者的勇敢。

这些记载都给人一种印象，就是兕或者犀牛都是相当庞大的动物，它们长在鼻子上锐利又坚硬的角，就是它们进攻和防御的有力武器。而明代王圻、王思义父子二人撰写的《三才图会》，为我们提供了一幅截然不同的兕的图像：长得像虎，个头不大，不吃人；好静，喜欢夜间独立于绝顶山崖，听山间泉流的声音，直到鸟儿鸣叫，天将破晓才回归巢穴。[5]

最出名的兕应该算是太上老君的坐骑——"板角青牛"。在《西游记》中，关于它偷跑下凡后化作青牛精有段描写："独角参差，双眸幌亮。顶上粗皮突，耳根黑肉光。舌长时搅鼻，口阔板牙黄。毛皮青似靛，筋挛硬如钢。比犀难照水，象牯不耕荒。全无喘月犁云用，倒有欺天振地强。两只焦筋蓝靛手，雄威直挺点钢枪。细看这等凶模样，不枉名称兕大王！"

犀角是中国古代传说中的至宝。一是传说犀角能分水镇妖。

《太平御览》记载："巨海有大犀，其出入有光，水为之开。"犀牛有多个角，主角长在鼻子中央。犀牛游泳的时候，角露出水面，如船头般昂然前行，将水流劈成两半，即所谓分水。《蜀王本纪》载，秦孝文王时，蜀郡太守李冰奉命兴修水利，完工后做石犀五头，埋在不同地方，以镇水妖。[6]而在2012年底的四川成都考古发掘中，一头巨大的石犀浮出地面，似乎更加证实了这一传说——有人认为这头石犀很可能就是战国时期李冰所埋。一是传说犀角能辟邪照妖。南朝宋刘叔敬《异苑》中有一则故事，东晋温峤路过牛渚矶，听到水底有音乐传来，于是点燃犀角照向水中，只见各种水怪，或乘马车，或着红衣戴红头巾。当天夜里，温峤就梦见有人对他说："与君幽明道隔，何意相照耶？"做了这个怪梦后，温峤不久就去世了，而"犀角烛怪"的成语因此诞生。点燃犀角便可让妖怪纷纷现形，无处藏匿，这说明在当时人们心中，犀牛俨然已是神物。

犀牛还是历代诗作中的灵物。如唐韩偓《八月六日作四首》中"威凤鬼应遮矢射，灵犀天与隔埃尘"，宋欧阳修《再和圣俞见答》中"如其所得自勤苦，何惮入海求灵犀"。最有名的还是唐李商隐《无题二首》中的"身无彩凤双飞翼，心有灵犀一点通"[7]。到了明清时期，犀角不仅能辟水，还能辟尘、辟寒、辟暑，简直无所不能了。《西游记》中三个妖怪辟寒大王、辟暑大王、辟尘大王都是修行多年的犀牛精，就可视为这一传说的写照。可是在那个时候，中国的广袤大地上，能够看到犀牛的地方已经只有云南了。

曾经，兕或说犀在中国很多地方存在。据《山海经》记载，舜帝归葬的九嶷山也有。但是几千年后的今天，已经在中国版图上找不到一只野生犀牛了。这一方面是因为气候变化，更多的还是人为原因。犀牛实在太有用了。犀牛皮可以做铠甲，犀牛角除了用于装饰，有极贵重的药用价值。古代医典认为犀角能驱邪鬼瘴气，治百毒。这自然引起历代疯狂掠夺。直到 1922 年，中国最后一头爪哇犀被杀，犀牛这个物种，在中国最终灭绝。

· 注释 ·

1.《毛诗序》："《吉日》，美宣王田也，能慎微接下，无不自尽以奉其上焉。"

2.《埤雅·兕》："兕善抵触，故先王之制罚爵，以兕角为之。酒，阳物也，而善发人之刚，其过则在抵触。故先王制此以为酒戒。"罚爵，古代罚酒的酒器。

3.《尔雅》卷十七："兕似牛（一角青色，重千斤），犀似豕（形似水牛，猪头、大腹、庳脚，脚有三蹄，黑色三角，一在顶上，一在额上，一在鼻上）。"

4.《尔雅翼》："以此角为箸搅毒药，中皆生白沫，涌起则无复势；以搅无毒物，则无沫起。""通天犀所以能辟毒者，其兽专食百草之毒者及众木之有刺棘者，不妄食柔滑之草木也。"

5.《三才图会》："兕似虎而小，不咥人。夜间独立绝顶山崖，听泉声，好静，直至禽鸟鸣时，天将晓，方归其巢。"

6.《蜀王本纪》："江水为害，蜀守李冰作石犀五枚。在府中二，在市桥下一，在水中二，以厌水精，因名石犀里。"

7. 传说犀牛角中有白纹如线，贯通两端，可感应灵异，故有"灵犀"一说。见《尔雅翼》卷十八《释兽·犀》：通天犀脑上角"有一白缕直上彻端，名曰通天，或以为白理彻端，则能出气通天，故曰通天"。

2.19 维熊维罴

熊和罴，都是猛兽。古代经常熊罴并提，在《诗经》中，熊罴主要见于《斯干》《大东》和《韩奕》等诗篇。

周厉王的残暴统治引发"国人暴动"后，他逃亡于彘（今山西省临汾市霍州市），国人迎来了承继文武之业的周宣王。《斯干》就是庆祝宣王修筑宫室完工所唱的赞辞，因此整个诗作呈现出一派欣欣向荣、积极向上的欢腾之象。"维熊维罴，男子之祥；维虺维蛇，女子之祥"，这是在赞美宫室吉祥宜居，住在里面的人会寝安梦美：你梦里看见雄壮的熊罴，那是要生公子的好兆头！你梦里看见细长的花蛇，那是要生个漂亮的千金！在古人眼中，熊罴阳气盛，故为生男之兆；而虺蛇阴性，故为生女之兆。这种认知也深刻影响了后人。如《三国志·魏志·高柔传》写道："陛下聪达，穷理尽性，而顷皇子连多夭折，熊罴之祥又未感应。"这里的"熊罴之祥"即生男孩的吉兆。唐代李群玉诗《哭小女痴儿》中"平生未省梦熊罴，稚女如花坠晓枝"，也是同样含义。

《大东》这首诗描写的是西周中晚期，东方各诸侯国及各部族受西周统治者残酷盘剥的情形，反映了被征服地区国民的不满与怨愤。其中西周统治者的不劳而获、养尊处优与东方各国民众的备受压迫、穷困潦倒形成了鲜明对比。"粲粲衣服""熊罴是裘",贵族阶级穿着华丽光鲜的衣服和熊罴的皮毛做成的袄子;"杼柚其空""纠纠葛屦",镐京以东各国百姓却织机上空荡荡,看不到一匹布,脚上穿着葛麻草鞋,缠了又绑。《韩奕》中"有熊有罴",是说韩侯治理下的封地,土地富庶,百姓安居乐业,山中有熊罴出没,猫虎同行,充满生机。

罴就是今天的棕熊,毛发棕褐色,能爬树游泳,是陆地上体形第二大的食肉动物。据说食量特别大,夏季进食后体重会增加一倍。成年棕熊最大的可以达到 800 公斤。古代人们就对熊罴有过认真观察。《埤雅》中说,熊长得像猪,栖息山中,冬天会蛰伏不动即冬眠;喜欢举木头,以引导全身气息运行,即所谓"熊经"。[1]后来庄子更提炼出了"熊经鸟申"[2]一语,认为那是信奉养生之人,为了长寿,学熊之攀枝、鸟之伸脚动作的一种锻炼身体的方法。《埤雅》中还说,熊冬眠的时候不吃东西,饿了就舔一下自己的手掌,进而得出结论,熊掌味最美。[3]而孟子的名言"鱼,我所欲也;熊掌,亦我所欲也。二者不可得兼,舍鱼而取熊掌者也",似乎也证明了这一点,至少说明熊掌比鱼更珍贵。古人崇尚武力,认为熊给人一种强大、威严感,故在打猎的时候君主一般坐在熊皮座席上。当然,设熊席的原因还有一个,就是熊皮暖和。据说古代君王为了保暖,冬天在家则着狐裘、坐熊席。[4]《吕氏春秋》中有一段著名的对话也证实了这一点:卫灵公冬天要"凿池",宛春劝谏说,天寒地冻的,兴修工程恐怕百姓会很劳苦。卫灵公很惊讶,天冷吗?宛春说,公穿狐狸袍,坐熊皮凳,还有火烤,所以不寒……[5]

罴虽也是熊的一种,可谓大号的熊,但古代对它也有很多专

门的记录。《埤雅》记载：羆模样似熊而比熊大，脑袋长、四脚高，能攀援、能直立，俗称熊。《淮南子》说，熊羆攻取时直接抓住对方，兕牛攻取时用牛角去顶对方。[6]《埤雅》说得更具体，说熊羆遇人"则攫而攎之"，即先用掌拍击然后抓走。熊羆一掌拍下去力气有多大？现代生物学家表示，普通身高的棕熊手掌全力一击所发出的力约为 1600 千克。力气之大，连老虎都畏惧三分。

也正因此，古代很早就有利用熊羆之类猛兽打仗的案例，也常用熊羆来比喻勇士或劲旅。如《史记·五帝本纪》中描述黄帝与炎帝的阪泉之战：轩辕"教熊羆貔貅貙虎，以与炎帝战于阪泉之野"。《尚书·周书·康王之诰》中说周文王、周武王有勇武的将士和忠心耿耿的臣子辅佐，一起治理国家，用的就是"则亦有熊羆之士、不二心之臣"。

不过熊羆虽然体大力沉，也不是所向无敌。宋代陈师道的《羆说》中熊羆就"受制于犬"。文中说，晋朝有人"以五犬逐一羆"，狗与羆比虽弱，但很善于利用自身"小"而"健"的优势，"顾左而右，逐前而后"，而羆"强于用大"，"所与敌者皆天下强有力也"，不够灵活，于是"行不数十里，羆败而伏，犬更前而杀之"。陈师道说，兽中凶猛者虎、豹，羆皆食之，而困于群犬，正如《诗经》所云"忧心悄悄，愠于群小"。"忧心悄悄，愠于群小"是《诗经·柏舟》中的一句话，意思是"我忧心忡忡，因为被一群小人所嫉恨"。陈师道引此句，也是把羆视为正义勇猛之士，而把群犬视作耍弄伎俩、钻营构陷的小人。

棕熊因为会直立行走，又被称为人熊，甚至被有些住在深山老林的人误认为是野人。不过它虽然像人，但并不是动画片《熊出没》中所说的，是人类的朋友，而是一种对人类有攻击性的危险猛兽，所以应该与之保持安全距离。不过，随着生态环境的恶化，这种曾经让古人敬之畏之的凶猛野兽，也已经走到了灭绝的边缘，在我国已经被列为二级保护动物。

· 注释 ·

1.《埤雅·释兽·熊》："熊似豕"，"山居，冬蛰"，"好举木而引气，谓之熊经"。

2.《庄子·刻意》："吹呴呼吸，吐故纳新，熊经鸟申，为寿而已矣。"

3.《埤雅·释兽·熊》："冬蛰不食，饥则自舐其掌，故其美在掌。"

4.《埤雅·释兽·熊》："田役则设熊席，则以莅众，尚毅故也，亦以其温。传曰君居则狐裘，坐则熊席。"

5.《吕氏春秋·分职篇》："卫灵公天寒凿池，宛春谏曰：'天寒起役，恐伤民。'公曰：'天寒乎。'宛春曰：'公衣狐裘，坐熊席，陬隅有灶，是以不寒。'"

6.《淮南子》曰："熊罴之动以攫搏，兕牛之动以抵触是也。"

2.20
献其貔皮

貔一般指貔貅，与龙、凤、麒麟等一样，是中国古代神话传说中的一种神兽、瑞兽。古人在创造这一神兽时，赋予了它神奇而又"神通"的形象：身形如虎豹，首尾似游龙，其色亦金亦玉，其肩生有羽翼，头部生有角。不过《诗经·韩奕》"献其貔皮"中的貔，应该指的是一种实实在在的动物。具体指什么，众说纷纭。《尔雅》认为是白狐，陆玑著《毛诗草木鸟兽虫鱼疏》则说是一种长得像虎或熊的猛兽。徐珂《清稗类钞》还说貔貅的名称雄雌有异，雄性名"貔"，雌性名"貅"。[1]这正如神鸟凤凰，雄性名"凤"，雌性名"凰"。相传貔貅有独角和两角之分，独角者称为"天禄"，两角者称为"辟邪"。不过学术界对此有争议，因为浙江出土的一面汉代铜镜上有只独角兽，边上刻着"辟邪"二字。还有人认为，《史记·五帝本纪》中黄帝"教熊罴貔貅䝙虎，以与炎帝战于阪泉之野"中的"貔貅"，其实是我们的国宝大熊猫。这个观点颇让人意外，毕竟大熊猫那憨态可掬的样子，很难让人与凶悍威猛的貔貅形象联系在一起。

因为貔貅勇猛、雄壮，古代也用来形容战士英勇超群或直接指称战士。比如《晋书·列传第四十一》"命貔貅之士，鸣檄前驱"，唐张说《右羽林大将军王公神道碑奉敕撰》"赳赳将军，貔貅绝群"中，貔貅就是英勇强壮义；而《三国演义》"十万貔貅十万心"中，貔貅则指战士。而因为食量惊人却从不大小便，即具有只吃不拉、只进不出的强大储蓄本领，貔貅又被认为是招财聚宝的吉兽，汉武帝还将其封为"帝宝"。据说貔貅的排泄方式就是通过其全身毛皮分泌一点点汗液，而且那汗液闻着奇香。四面八方的动物闻到这种香味后便纷纷跑来，结果被貔貅吃掉。

历史上流传着很多貔貅与古代帝王之间的故事。传说当年姜子牙助武王伐纣，在四川一带行军途中偶遇一只貔貅，但当时无人认识。姜子牙觉得此兽威猛非凡，就将它收服当作自己的坐骑。后来姜子牙带着它打仗屡战屡胜。周武王见貔貅如此骁勇，就给它封了一个官，官号为"云"。朱元璋历经艰难险阻，终于打败各路强敌定都南京后，有人从地下挖出一对貔貅。朱元璋认为是上天赐予的神物，不能怠慢，于是命人在灵谷寺旁边建殿专门供奉。后来修建中山门，苦于国库无钱，刘伯温建议借貔貅纳财，朱元璋又令人铸一对庞大威严的貔貅像立于宫门外。结果仿佛貔貅真的显灵，两江士绅纷纷捐款，困难迎刃而解。

经历千年风雨，貔貅被赋予越来越多也越来越深厚的文化含义。而今，貔貅更是作为六朝古都南京的市徽，以它的大气、勇气和财气，护佑着这座曾饱经沧桑的城市。那屹立在中山门广场的巨大貔貅像，昂首向上、雄姿英发，仿佛要腾空而起，象征着南京这座城市，正以旺盛蓬勃的生命力，积极迈向新时代。

· 注释 ·

1. 《清稗类钞·动物·貔貅》："貔貅，形似虎，或曰似熊，毛色灰白，辽东人谓之白罴。雄者曰貔，雌者曰貅，故古人多连举之。"

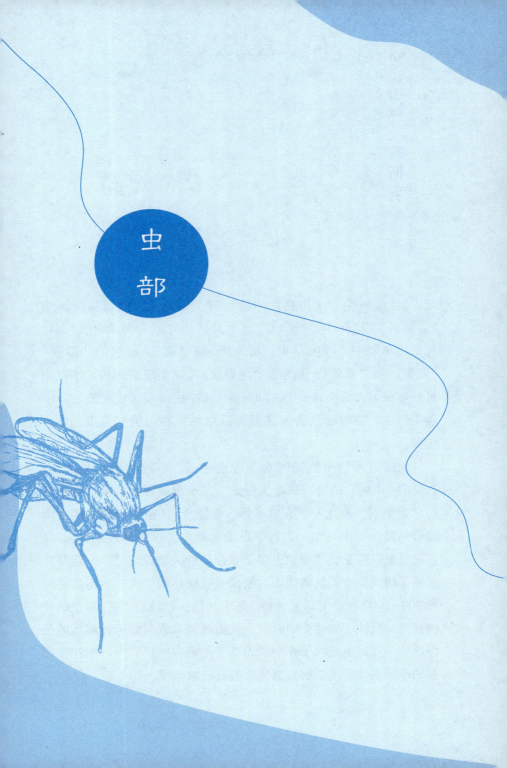

虫部

3.1 螽斯羽

⊛虫 ⊛部

《诗经》中多次出现跟"螽"有关的虫名。如《螽斯》中"螽斯羽，诜（shēn）诜兮"，《七月》中"五月斯螽动股"，以及《出车》中"喓喓草虫，趯（tì）趯阜螽"。这里的"螽斯""斯螽"和"阜螽"，都是螽。[1]《春秋》《说文解字》和《本草纲目》等很多古籍都有关于螽的记载。《春秋》和《说文解字》中螽指蝗虫。李时珍认为螽是同类昆虫的总称，类似蝗虫，危害庄稼。[2]

蝗虫是人们所熟知的农业害虫之一，不过它虽然是害虫，《螽斯》[3]中对它的描写却毫无贬义，甚至可说在为它唱赞歌。开篇"螽斯羽，诜诜兮。宜尔子孙，振振兮"，密密麻麻的蝗虫扇动着翅膀在空中飞翔，你的子孙如此众多，你的种族多么兴旺！显而易见，这是在恭贺别人多子多福。诗人如此起笔，一定是注意到了蝗虫强大的繁殖能力。据说一只成熟雌蝗虫一生平均能产卵 200~1000 粒，干旱天气繁衍还会加倍。《螽斯》关于蝗虫的独特视角，反映了农耕文明时代，人类希望家族兴盛子孙绵延的美好愿望，同时也反映了在生产力低下的远古时代，与自然相比还显弱小的人类，渴望努力繁育壮大自己的心理。

　　《七月》这首农事诗中"五月斯螽动股"，是说周历五月（相当于阳历七月）蝗虫开始弹腿叫唤，也是对万物不置褒贬，只是用具体细致的描述，展现万物勃兴的自然画面。但是《诗经·小雅·大田》中"去其螟螣，及其蟊贼"，很显然是要除掉咬啮庄稼的害虫，情感倾向很明显。另，紫禁城中有"螽斯门"，如果这里的螽斯是蝗虫，有些说不过去。所以就有人认为，"螽斯"并不是害虫蝗，而是蝈蝈。现今很多研究者都持这一观点。

　　《诗经》和《春秋》《左传》一样，里面都没有"蝗"字，只有"螽"，《夏小正》中也没有。西汉《史记》和《汉书》中出现了"蝗"字。《史记·秦始皇本纪》记载："十月庚寅，蝗虫从东方来，蔽天。"《汉书·平帝纪》记载："郡国大旱，蝗，青州尤甚，民流亡。"据此推测，蝗字大概产生于战国后西汉前。而这个"蝗"，在历史文献中几乎就是蝗灾的代名词。

　　蝗灾几乎伴随着整个人类社会发展。据载，汉末三国时期发生了十次大蝗灾，有的地方甚至因饥荒出现了人食人的惨剧。西晋末年幽州、并州、司州、冀州等地暴发蝗灾，饿殍遍野，进一步加速了西晋灭亡步伐。《旧唐书》记载，贞观二年（628）六月，唐太宗痛恨蝗虫吃掉百姓粮食，抓起蝗虫就往嘴里送，以示"为民受灾"；[4] 开元四年（716），蝗虫肆虐，中书令姚崇签署剿灭蝗虫的政府令；[5] 唐德宗贞元元年（785），东自大海，西到陇西，蝗虫遮天蔽日，百姓饥荒，捕蝗虫而食。[6]

　　蝗虫在不同地方有不同称呼，比如蚱蜢、飞蝗、蚂蚱等。南朝《续异记》讲述了晋孝武帝时，中书侍郎徐邈与一只蚱蜢精的故事。徐邈一个人在帐内，好像在与人说话。他的一个旧门生整晚侍奉他，但没发现什么异象。天将明时，门生看见有个东西从屏风里飞出来，落在前院的铁锅中。他跟过去仔细瞧，除了锅中

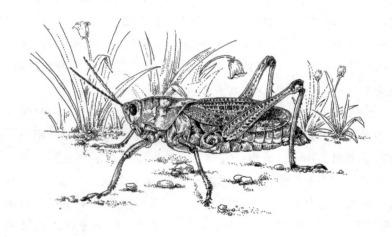

的菖蒲根，就见一只大青蚱蜢。他想或许是这只蚱蜢作怪，于是摘掉了它的翅膀。夜里，那蚱蜢给徐邈托梦，说："我被你的门生困住了，往来之路已经断绝。我们相距虽然很近，然而有如山河相隔。"徐邈梦醒，心中悲戚，告诉门生：我刚到直隶时，看见一青衣女子，头挽两髻，姿色很美，便去接近她；我非常爱她，情难自拔，但并不知道她来自何方。然后又把晚上那个青衣女子托梦之事说了，门生听后，再也不去折蚱蜢的翅膀了。

蝗虫是直翅目昆虫，种类很多，超过一万种，分布于全世界的热带、温带草地和沙漠地区。它数量众多，口器坚硬，食量极大，是对农作物危害极深的害虫。古代人们曾经想出各种办法消灭它，比如火烧、"掘虫取卵"等，可没多久，它仗着强大的繁殖力，又卷土重来。如今已是科技发达的二十一世纪，可还有国家深受蝗害困扰。有人说，为什么蝗字是一个"虫"加个"皇"呢，就是因为这种虫子破坏力太强了，简直是"害虫之皇"，所以才造出这样一个字来命名它。可能真是这个原因吧。

· 注释 ·

1. 有说"螽斯"为虫名，也有说"螽"为虫名，"斯"和"鹿斯之奔""如鸟斯革"中"斯"一样，语助词，无义。按照《春秋》《左传》等各种古籍，"螽"应为虫名。

2.《本草纲目》："（螽）总名也，江东呼为蚱蜢，谓其瘦长善跳，窄而猛也。""类蝗而大小不一，长脚修股善跳。""亦能害稼，五月动股作声，至冬入土六中。"

3.《毛诗序》："《螽斯》，后妃子孙众多也。"

4. 唐太宗为民吞食蝗虫一事，见《旧唐书·五行志》。

5. 唐开元四年蝗灾，见唐代郑綮撰《开天传信记》。

6. 唐德宗贞元元年蝗灾，见《旧唐书·五行志》。

3.2

虫部

五月鸣蜩

    蝉是大自然中较常见的鸣虫，每到夏季，只要有树的地方，几乎就可以听见蝉不知疲倦的鸣叫。《诗经》中《七月》《小弁》和《荡》等多篇诗作都提到了蝉，不过那时它叫蜩和螗，另外《硕人》中"螓首蛾眉"中的螓，也是蝉的一种。

    《七月》是一首著名的农事诗，作者应该是一位经历过农村生活的人，对农事和农时的观察细致入微。诗中"五月鸣蜩"这一自然现象，与其他节令物事构成了丰富多彩的农村风景。《小弁》传说是周幽王遭受放逐的儿子抒发忧伤哀怨的诗篇，行文优美，布局精巧，情感真挚。"菀彼柳斯，鸣蜩嘒嘒（huì）"，池塘边如烟垂柳，浓绿茂密，树中的蝉儿，欢快地嘶嘶鸣唱。好一幅充满生机的景象！可自己呢？"譬彼舟流，不知所届"，就像那漂泊的小舟，茫茫然不知将漂向何方。《荡》是一首刺周厉王暴虐昏聩，导致民怨沸腾、内忧外困的诗作，表达了诗人对国事的忧虑。"如蜩如螗，如沸如羹"，诗人以周朝开国之君周文王的口吻告诫周厉王：百姓悲叹如蝉鸣，人民已处于水深火热之中……也正是由此产生了形容社会动荡的成语"蜩螗沸羹"。而从此以后，很多文学作品也开始将蜩螗比喻为喧闹、纷扰不宁。如清代文学家、史学家赵翼诗《耳聋》："世务纷蜩螗，聆之本何益"；清末民初大儒丘复诗《寄曹耐公汕头》："国会初开幕，党争正蜩螗"；近代文人庐隐的小说《海滨故人》："以年来国事蜩螗，固为有心人所同悲，但吾辈则志不在斯"；等等。

蝉又名知了，属于同翅目蝉科中体形较大的昆虫。《礼记·月令》中说，仲夏之月，蝉始鸣；孟秋之月，寒蝉鸣。我们平日听到的蝉鸣一般是夏蝉的叫声，而且是雄蝉，雌蝉不能发声。雄蝉之所以能够不停地鸣叫，是因为腹基部有个发音器，就像蒙上了一层鼓膜的大鼓，鼓膜振动便会发出声音。同时，雄蝉的鸣肌每秒伸缩约一万次，就如不停"敲鼓"一样，所以能够不断发出响亮的声音。雄蝉不停鸣叫是为了吸引雌蝉注意。虽然蝉的生命周期并不短，有的甚至有十几年，可是在漫长的日子里，它们都是在暗无天日的地下生活，终于得见天日，却已是来日无多。为了完成传宗接代使命，雄蝉只能在短暂的有生之年，拼了命地叫唤，以求得配偶。所以，炎炎夏日我们听来有些聒噪的蝉鸣，其实是它们的"绝唱"——成年蝉的寿命只有几个月，大部分蝉完成交配后就死掉了。

正是因为蝉的特殊生命周期——从卵里孵化出来的幼虫钻进土壤，经历多次蜕皮，最后钻出土壤，爬到树上，经过最后一次蜕皮，生出羽翼变成飞虫，这个时间少则两三年，多则十几年，仿佛重生——蝉在中国古代又寓意复活和永生。成语"金蝉脱壳"就是指蝉的幼虫变成成虫时，脱下身上的壳，本体离开，只留下蝉蜕，后比喻事物发生了根本性的变化。

汉代流行在葬礼中把一个玉蝉放入死者口中，象征死者肉身虽去精神不死，同时也认为这个小玉蝉能为死者护尸，为生者辟邪。古人对蝉有很高的评价，认为蝉餐风饮露，是高洁的象征，所以常咏蝉以抒发自己不同凡俗的怀抱。晋代著名文学家陆机的弟弟陆云写过一篇《寒蝉赋》，序言部分对寒蝉的品德大为赞叹。他说鸡有五德算不了什么，蝉才是真正的品德高尚、内外兼修：头上有如下垂的冠缨一样的触角，这是它的文雅；呼吸空气饮食露珠，这是它的清正高洁；不食黍稷，这是它的廉洁；不筑巢定居，这是它的节俭；顺应时令节候，这是它的守信。[1]由于蝉栖于高枝，餐风露宿，不食人间烟火，其所喻之人品，自属于清高一型。如唐虞世南的《蝉》"居高声自远，非是借秋风"，南宋诗人王沂孙《齐天乐·蝉》"甚独抱清高，顿成凄楚"，都是用蝉喻指高洁的人品。但就笔者个人而言，最欣赏的还是骆宾王的《在狱咏蝉》："西陆蝉声唱，南冠客思侵。那堪元鬓影，来对白头吟。露重飞难进，风多响易沉。无人信高洁，谁为表予心？"这是骆宾王作于唐高宗仪凤三年（678）的一首诗，当时骆宾王任侍御史，因上疏论事触忤武则天，遭诬后以贪赃罪名下狱，其凄凉悲怆的心境可想而知。另外，宋代著名词人柳永的《雨霖铃》有"寒蝉凄切，对长亭晚，骤雨初歇"句，也体现出寒蝉凄鸣，自古就是伤心离别的意象。

古代还流传有很多与蝉有关的故事。比较著名的是《庄子·达生》中的驼背老人粘蝉。孔子到楚国去，走过树林，看见一个驼背老人正用竹竿粘蝉，就好像在地上拾取一样熟练。孔子说："先生的手真是灵巧啊！您这身本领是如何练就的？"驼背老人说："我的办法就是，先在竿头叠放两个铁丸子练五六个月，如果不坠落，那么失手的情况就会很少；再叠三个丸子练习，如果不坠落，那么失手的情况十次不会有两次；叠五个丸子而不坠落的时候，就会像在地面上拾取一样容易了。我站定身子，犹如地上的树桩；我举竿的手臂，就像枯木的树枝。虽然天地很大，万物品类很多，我一心只注意蝉的翅膀，一动不动，绝不因纷繁的万物而分散对蝉翼的注意，怎么会不成功呢！"孔子转身对弟子们说："运用心志不分散，精神高度集中，恐怕说的就是这位驼背的老人吧！"[2]

　　蝉在世界上分布很广，种类多、数量大。它给人最深刻的印象就是一天到晚叫，到了夏季，有树的地方几乎就是它的天下，除此之外好像没什么用。其实不然，蝉一生要脱几次壳，每次脱下的壳叫蝉蜕，有疏散风热、镇痛平喘等功效，是一味应用较广的中药材；另，据说蝉的营养价值也高，富含蛋白质。现在有些地方农村，还通过养蝉走上了脱贫致富路。所以，蝉并不是一种只会叫的昆虫，对大自然对人类都是有很多益处的。

· 注释 ·

1.《寒蝉赋》此处原文："夫头上有緌，则其文也；含气饮露，则其清也；黍稷不享，则其廉也；处不巢居，则其俭也；应候守常，则其信也。"

2. 孔子此处点评原文："用志不分，乃凝于神。其痀偻丈人之谓乎！"

3.3

虫部

籧篨不鲜

国人对心存非分之想，尤其是男人觊觎看起来高不可攀的女人，有一句俗语叫"癞蛤蟆想吃天鹅肉"。这句话可以追溯到《诗经》中的《新台》一诗。《新台》是讽刺卫宣公看见儿子伋的妻子很美，就占为己有，并在河边筑新台将其截留的诗作。"燕婉之求，籧篨不鲜"，本想嫁个如意郎君，没想到对方年老体衰，简直就是只癞蛤蟆；"燕婉之求，得此戚施"，本想嫁个如意郎君，没想到对方又丑又驼背，是只癞蛤蟆。《韩诗薛君章句》认为"戚施"就是蟾蜍，即我们平常说的癞蛤蟆。[1]"籧篨"指身有残疾不能俯视，"戚施"指身有残疾不能仰视，古文中经常籧篨、戚施并用，指代长相丑陋之人。闻一多《诗经通义》认为，诗中的"籧篨""戚施"和"鸿"都指癞蛤蟆。可以说，这首《新台》开创了我国文学作品以蛤蟆比喻丑男的历史，后来施耐庵在《水浒传》、曹雪芹在《红楼梦》中，都有过"癞蛤蟆想吃天鹅肉"的表述。

我国历史文献中蟾蜍有各种不同的写法，如蟾蠩、蟾诸、詹诸等，它们几乎都跟月亮有关。《河图》中就有"蟾蠩去月，天下大乱"的表达，认为蟾蜍离开月亮，就会出现动乱；《淮南子·说林训》说"月照天下，蚀于詹诸"，认为月亮之所以会由圆变亏，是因为蟾蜍在吃月亮。我国广为人知的《嫦娥奔月》神话中，也有蟾蜍。据说，后羿从西王母那里得到不死之药，嫦娥偷取后，对于是否要奔月也曾经犹疑不定，于是到巫师有黄那里占卜。巫师占卜后说："吉利。你翩翩飞去，独自西行，即使碰上阴晦天气，也不用惊慌害怕，以后就会一切顺利。"见了这个吉卦后，嫦娥才决定飞向月亮。可是到了月宫，却变成了丑陋的蟾蜍，可能是上天认为她太自私，对她偷食仙丹的惩罚吧。[2]

　　除了跟月亮有关，蟾蜍还跟五月五日端阳节联系紧密。东晋葛洪在《抱朴子》中说，能让人飞仙不死之灵药有五种，叫"五芝"，其中叫"肉芝"的是万年蟾蜍。这万年蟾蜍头上有角，下巴下面有红色的八字，五月五日中午把它捉来，阴干百日后有特别神奇的作用，其左足不仅可以画地为水，带在身上还能抵挡兵器。[3]崔寔的《四民月令》则说，五月端阳节这天捕来蟾蜍，在酒中浸泡或者用酒煮，可以治疗恶疮。[4]这种端午节捉蛤蟆的说法可能跟古人认为五月初五是"恶日"，要辟邪有关。为什么说五月五日是"恶日"呢？因为那时候天气开始变热，百虫滋生，一些疾病或瘟疫也开始流行。《史记》里面还记载，战国四公子之一的孟尝君田文，就是因为在五月初五出生才遭其父嫌恶，认为他会克父母，非要杀掉他不可。可见这一天在古人心中是有多可恶，但也由此可知，蛤蟆在古人眼中是有驱邪避毒作用的。

　　还有传说称三条腿的蛤蟆最珍贵，能旺财，它到哪里，哪里就会变得富庶，住在那里的人也会飞黄腾达。宋代浙江淳安人邵桂子写过一首诗，名《海蟾》，其中的三足蟾蜍可谓神通广大："腹中万斛蝌蚪藏，吐作列纬森光芒。晓骖六龙驾羲驭，腾踏未必输飞黄。""海蟾"指月亮，这说明古人是把三足蟾蜍当作月之精灵来崇拜了。另外唐朝武则天时代的左史东方虬也写过一篇夸蟾蜍的文章，叫《蟾蜍赋》："观夫天地之道，转万物以自然。鳞虫之众，有蟾蜍而可称焉。鸟吾知其择木，鱼吾知其在泉，此皆婴刀俎以生患。而我独沉冥而得全尔。"意思是择木而栖的鸟，潜入水中的鱼，最终都沦为刀下鬼，只有沉寂淡泊的蟾蜍，得以保全性命。这是联系蟾蜍的一些生理生活特性和用途、象征意义引申而言的，说明在古人眼中，蟾蜍这样一种全身疙瘩的丑物，还是有着很美好的"内在"的。

以现代眼光看，也确实如此。蟾蜍全身都是宝，蟾酥、干蟾皮、蟾衣、蟾头、蟾舌、蟾肝、蟾胆等均为名贵药材。蟾酥是它的耳后腺和皮肤腺分泌的白色浆液的干燥品，内含多种生物成分，有解毒、消肿、止痛等功效，我国很多中成药里都有蟾酥。蟾蜍的干蟾皮，可用于治疗癌症。蟾衣是蟾蜍自然脱下的角质衣膜，对治疗癌症和慢性气管炎、腹水等均有较好疗效。蟾蜍的头、舌、肝、胆均可入药。可以说，蟾蜍也是"一身"都在奉献的生物，所以，我们千万要记住，不要以貌取蛤蟆哦。

·注释·

1. 明冯复京《六家诗名物疏》："又《韩诗薛君章句》云，戚施，蟾蜍，喻丑恶。"

2.《搜神记》："羿请无死之药于西王母，嫦娥窃之以奔月。将往，枚筮之于有黄。有黄占之曰：'吉。翩翩归妹，独将西行。逢天晦芒，毋恐毋惊。后且大昌。'嫦娥遂托身于月，是为蟾蜍。"

3.《抱朴子·内篇·仙药》："肉芝者，谓万岁蟾蜍，头上有角，颔下有丹书八字再重，以五月五日日中时取之，阴干百日，以其左足画地，即为流水，带其左手於身，辟五兵，若敌人射己者，弓弩矢皆反还自向也。"

4. 崔寔《四民月令》："五月五日取蟾蜍，可治恶疮。亦有酒浸取肉者，钱仲阳治小儿冷热，疳泻，如圣丸，用干者酒煮成膏丸药，亦一法也。"

3.4

领如蝤蛴

　　《诗经》中的《硕人》是一首赞美卫庄公夫人庄姜的诗作。这首诗最著名的，莫过于为文学史贡献了一段采用比拟手法描写女子美貌的诗句："手如柔荑，肤如凝脂。领如蝤蛴，齿如瓠犀。……"其中的"领如蝤蛴"，是说美人的脖颈，就如天牛的幼虫一样白皙修长。《诗经》或许是文学作品中用蝤蛴比喻女人脖颈的滥觞，后来"蝤蛴领"就变成了女子洁白丰润的颈项的代名词。古代很多文人诗作都沿用了这种描写，如五代和凝的词《采桑子》就有"蝤蛴领上诃梨子，绣带双垂"，清赵翼诗《题周昉背面美人图》有"亭亭背立碧栏杆，不见蛾眉见蝤领"。

　　关于蝤蛴，古人有很多观察。《尔雅》说蝤蛴有两种，一种又名"蝤"，生于粪土中，一种又名"蝎"，生于树中，两种长相相似，只是居处不同；《诗经》中比喻硕人之脖颈的，是长得白白胖胖，寄居于腐朽的柳树中的蝤蛴。[1]《本草纲目》认为《尔雅》中说的生于树中叫蝎的蝤蛴，是一种专门蛀蚀树木的虫，叫木蠹虫。唐代中药学家陈藏器说，木蠹虫跟金龟子的幼虫差不多，一节一节的身子较长，足很短，生于朽木中，如锥刀穿木般吸吮树中汁液，春季细雨蒙蒙时节化为天牛。[2]这说明古人很早就已经认识到，天牛是一种破坏树木的钻蛀性害虫。

建安文学的代表人物曹植也注意到了天牛的这种破坏性。他在《藉田论》中以天牛为喻，讲述了治国理政和修身为人的道理。文章大意如下：封这个地方有个非常会育林护林的人，能及时清除树上的天牛，让树木枝繁叶茂。于是中舍人问，治理天下的人中有天牛这样的吗？我回答，古时候的三苗、共工、鲧和驩（huān）兜，不就是尧的天牛吗？中舍人继续问，诸侯之国中也有天牛吗？我回答，晋国的六卿、鲁国的三桓，不就是诸侯中的天牛吗？中舍人继续问，不知道君子身上也有天牛否？我回答，当然有啊，人富了之后就简慢，地位高了就骄纵，不仁不义，重钱财好女色，不就是君子身上的天牛吗？[3] 去掉心中的天牛，天子勤奋耕耘赢得国祚，大夫勤奋耕耘获取世代俸禄，君子勤奋耕耘以彰显美德，农夫春种夏耘秋收冬藏，依时而作，才有好收获。

天牛幼虫的这种钻木习性，对树木和一些草本植物造成了极大破坏，而且它们钻在树干里，可以生存很久。一些木材制成家具后，经过若干年代，还会发现其中尚有活着的天牛幼虫，有的存活了一二十年，有的甚至存活了四十多年。不过，凡事有弊有利，天牛也不是一无是处。《本草纲目》记载，天牛可入药，并且桑、柳、桂、柘、桃等树上的天牛，药效各有不同。[4]

· 注释 ·

1. 宋罗愿《尔雅翼》："《尔雅》，蝤蛴，蝎，粪土中虫，又云蝤蛴，蝎，谓在木中者。二物大抵相似，以所处为异。大者如足大指，而蝤蛴在腐柳中者，内外洁白，故诗人以比硕人之领。"

2. 详见李时珍《本草纲目·虫之三·木蠹虫》。

3.《藉田论》此处原文："富而慢，贵而骄，残仁贼义，甘财悦色，亦君子之蝎乎。"

4. 详见李时珍《本草纲目·虫之三·木蠹虫》。

虫部

3.5 蝤首蛾眉

中国文学作品中，用一连串动植物作比，把一个女子的美貌写到极致的，当数《诗经》中的《硕人》："手如柔荑"，手如柔嫩的白茅新芽；"领如蝤蛴"，脖子如白润的天牛幼虫；"齿如瓠犀"，牙齿如洁白整齐的瓠瓜子儿；"蝤首蛾眉"，额头如蝉首一样方广饱满，眉毛如蛾的触须般弯曲细长……

自从《诗经》中用蛾眉比喻女子漂亮的眉毛后，后人便大量沿用，如唐代诗人张祜《集灵台》"却嫌脂粉污颜色，淡扫蛾眉朝至尊"；有的还引申为女子美丽容颜，甚至作为美女的代称，如屈原《离骚》"众女嫉余之蛾眉兮"，即指女子貌美，而南朝梁诗人高爽《咏镜》"初上凤凰墀，此镜照蛾眉"中的"蛾眉"，则指美人。

"蝤首""蛾眉"虽然在《硕人》中相提并论，但在中国古代文化中，与被人高度关注的蝉相比，蛾较少有人提及。蛾有多种。《大戴礼记》说，吃桑叶的蚕，吐丝成茧后形成蛾。[1]晋张华《博物志》认为，蚕首先进化为蛹，然后化为蛾。[2]这里说的蛾都是指由蚕进化而成的蚕蛾，并不是我们平日常见的扑火的飞蛾。而据陆佃《埤雅》，《诗经》中"蝤首蛾眉"的蛾，是"不安其昧而乐其明",喜欢围着灯火飞的蛾,因为这种蛾的触角弯曲细长,如画的一样,所以用来形容美女庄姜的眉毛。[3]《古今注》载,这种喜欢扑火之飞蛾,还有两个很妙的名字,一个很文雅,叫"慕光",一个很诗意,叫"火花"。

飞蛾的"弃暗投明"习性,常常让其付出生命代价且很少有人欣赏,反而催生了一个比喻自寻死路、自取灭亡的成语——"飞蛾扑火"。唐末五代道士谭峭的著作《化书》中,就把人类趋利行为比作飞蛾扑灯:"天下贤愚,营营然若飞蛾之投夜烛,苍蝇之触晓窗。知往而不知返,知进而不知退。"宋贺铸写过一篇《烛蛾》,也是对飞蛾扑火行为进行讽刺:"鬼蛾来翩翩,慕此堂上烛。附炎竟何功,自取焚如酷。"而且,他对飞蛾趋炎自焚加以讽刺的同时,对"螓首蛾眉"中的"螓"即蝉却大加赞赏:"不见青林蝉,饮风聊自足。"一贬一褒,对比鲜明。不过现当代文学作品中,多把飞蛾扑火视为一种奋不顾身的勇敢,认为它是向往光明、追逐理想,只是结局令人感伤。

其实飞蛾并不是有心去"拂灯""扑火"。它本来是靠自然光线导航的,是人造光源让它迷失了方向,才导致它的悲剧。不过,正是从古至今穿越千年的"蛾眉"与"扑火",为这个平淡无奇的小生命,罩上了一袭美丽而忧伤的华衣。

·注释·

1. 汉戴德《大戴礼记》:"食桑者有丝而蛾。"

2. 张华《博物志》:"盖蛹者蚕之所化,蛾者蛹之所化。"

3. 陆佃《埤雅·释虫·蛾》:"蛾似黄蝶而小,其眉句曲如画,故《诗》以譬庄姜,《硕人》曰螓首蛾眉,今一种善拂灯火夜飞谓之飞蛾,一名慕光。"

3.6

苍蝇之声

　　自古以来苍蝇无处不在,《诗经》中《鸡鸣》和《青蝇》两首诗中,也提到了苍蝇。《鸡鸣》是一首描写妻子催促丈夫早起上朝的诗。全诗以对话的方式展开,创意新颖,语调清新。鸡鸣和蝇嗡这些生活中极其平常的自然现象,加上妻子催促"鸡既鸣矣,朝既盈矣",公鸡叫了,朝堂人都要站满了,而丈夫却贪恋床衾,嘟囔着"匪鸡则鸣,苍蝇之声",不是鸡叫,是苍蝇嗡嗡的对话,让整首诗极具生活气息。

　　《青蝇》是一首斥责小人进谗言祸国殃民的诗,《毛诗序》认为是讽刺周幽王宠信褒姒,偏听偏信。[1]青蝇,苍蝇的一种。诗人以青蝇起兴,"营营青蝇,止于樊","营营青蝇,止于棘","营营青蝇,止于榛",青蝇一会儿飞到篱笆上,一会儿飞到酸枣树上,一会儿飞到榛树上,就像那无德小人,到处散播谣言。以苍蝇作比,是因为苍蝇追臭逐腐、散播病菌,与那专门找空子进谗言害人的小人如出一辙,而且苍蝇四处乱叮、不停轰鸣的特性也跟小人到处挑唆、见缝插针的形象类似。也因此,苍蝇在后来的文学作品中就与小人画上了等号。如三国魏曹植《赠白马王彪(其三)》:"苍蝇间白黑,谗巧令亲疏。"《晋书·王敦传》:"敦复上表陈古今忠臣见疑于君，而苍蝇之人交构其间，欲以感动天子。"唐代陈子昂有诗句"青蝇一相点，白璧遂成冤"，李白有"楚国青蝇何太多，连城白璧遭谗毁"，宋秦观有"谁知挥却青蝇辈，功在春蚕一觉眠"。

《晋书》中讲述了这样一则与苍蝇有关的故事：苻坚称帝的第五年，有凤凰飞集在宫殿东门望楼上。苻坚认为这是祥瑞，于是大赦国内罪犯，百官晋爵位一级。当初，苻坚决定大赦的时候，曾屏退左右，与王猛、苻融在露堂秘密商议。苻坚亲自起草大赦文稿，王猛、苻融侍候纸墨。这时，有一只大苍蝇从窗口飞进来，嗡嗡声很大，并落在笔尖上。把它赶走，它又飞来。没多久，长安城里大街小巷人们便奔走相告："皇帝今天要发大赦令了！"地方官马上报告给皇帝。苻坚非常吃惊，对苻融、王猛说："深宫之中，没有外人知晓，消息是怎么泄露出去的？"于是下令严查。都说有一个小矮人，穿着黑衣服，在街上大喊"朝廷今天要发大赦令了"，然后转眼就不见了。苻坚感叹道："莫非是刚才那只苍蝇？我看它声音、外形就不一般，让人讨厌。俗话说：'要想人不知，除非己莫为。'再细小的声音也会被人听到，事情还没个眉目便被人看得清清楚楚，大概指的就是这种情况吧。"[2]

这里认为走漏消息的是苍蝇变的穿黑衣的小矮人，有些诡异，实质与《诗经·青蝇》一样，是把令人讨厌的苍蝇比作到处散布消息的小人。

人们厌恶苍蝇，不只是因为它的嗡嗡之声，还因为它携带多种病原微生物，危害人类。苍蝇喜欢在人或畜的粪尿、痰、呕吐物以及尸体等处爬行觅食，还喜欢在各种腐败物中寻找食物，极易附着各种病原体，如霍乱弧菌、伤寒杆菌、痢疾杆菌、肝炎杆菌、脊髓灰质炎病菌、甲肝病菌、乙肝病菌以及蛔虫卵等。而且一会儿后，它们又在人体、食物、餐饮具上停留，附着在它们身上的病原体很快就会污染食物和器具。人再去吃这些食物和使用受污染的器具就会患病，霍乱、痢疾和细菌性食物中毒都与苍蝇传播直接相关。

北宋著名文学家欧阳修写过一篇《憎苍蝇赋》：苍蝇啊苍蝇，我真为你的生命感到可悲啊！你既没有黄蜂、蝎子的毒针，又没有蚊子、牛虻的利嘴，有幸不令人畏惧，却为什么那么不讨人喜欢呢？你的形体实在太小，你的欲望也很容易满足，杯盘中的一点残汤剩菜，案板上的几点余腥，十分有限，太多了你还无法承受。你那点要求哪儿不能满足，为什么还要一天到晚到处追逐气味寻觅芳香？你几乎无孔不入，片刻就能集结成群。是谁为你们通风报信的？你作为动物虽然很小，可是为害却不小。接着就列举苍蝇的三大罪状：一是闷热夏季，整天嗡嗡嗡扰人清梦；二是宴饮聚会时，玷污美酒佳肴，影响宾客兴致；三是钻入装有腌肉酱酢的瓶罐中生殖繁衍，不仅破坏食物还会让奴婢小厮们受到责罚。……最后说，这些都是你们的大罪，其余小过简直罄竹难书。啊，"止棘"的诗歌[3]，载于圣人的六经之中，由此可见古代诗人是何等博物，比兴手法用得是多么贴切啊！把你们比作谗害他人祸乱国家的东西真是太恰当了，你们实在是让人既恶心又憎恨！

不过，到处传染疾病让人咬牙切齿的苍蝇自己却几乎"百毒不侵"，根本不患病。这是因为苍蝇在消化道内处理食物的速度特别快，从摄取食物、吸收养分到将废物、病菌排出体外，整个过程只要7~11秒，因而大多数细菌在进入苍蝇体内后，还来不及繁殖就已经被排出体外了，自然无法伤害苍蝇。而当遇上有着快速繁殖能力的强劲对手时，实在迫不得已，苍蝇也有对付的办法，它的免疫系统会"发射"BF64、BD2 两种球蛋白，与"敌人"同归于尽。

苍蝇非常讨厌，但站在生物学的角度，它也不是一无是处。在生态系统中，苍蝇的幼虫在生物链上扮演着动植物分解者的重要角色，若没有苍蝇，人类将身陷腐臭之地。苍蝇的成虫由于嗜食甜性物质，能代替蜜蜂用于农作物的授粉和品种改良。最重要的是，苍蝇体内的 BF64、BD2 球蛋白杀菌能力比青霉素还强千百倍，如果能提取用于医疗，一定会为人们的健康带来福音。

· 注释 ·

1.《毛诗序》："《青蝇》，大夫刺幽王也。宾之初筵，卫武公刺时也。幽王荒废，媒近小人，饮酒无度，天下化之，君臣上下，沉湎淫泆，武公既入，而作是诗也。"

2. 故事原文见《晋书·载记第十三　苻坚上》。

3. "止棘"的诗歌即《诗经》中的《青蝇》，其中有"营营青蝇，止于棘"，故名。

3.7 蟋蟀在堂

　　体形娇小的蟋蟀，是一种远比人类古老的昆虫，具有 1.4 亿年以上的历史。它有着很多的别名，如促织、蛐蛐、夜鸣虫等。《诗经》中有《蟋蟀》和《七月》两首诗提到了蟋蟀。

　　《蟋蟀》是一首述怀诗，也可说是一首劝勉诗。开篇"蟋蟀在堂，岁聿其莫"，是说天气变冷了，蟋蟀由野外爬到了堂屋，真是岁月如梭啊，一年又快过完了！接着发表见解，人生易老，一定要及时行乐，但也要有节制，把该做的事情做好，该承担的责任得承担，在有生之年积极作为，同时又劳逸结合，这才是贤人该有的人生态度。《七月》这首著名的农事诗，对蟋蟀有着多处描写："七月在野，八月在宇，九月在户，十月蟋蟀入我床下。"古人常用候虫对气候变化的反应来表示时序更易，这里蟋蟀在野、在宇、在户等空间上的变化，就反映了气候、时间的变化。也因此，古代女子一听到蟋蟀叫，就知道秋日已到，该准备冬衣了，于是抓紧时间纺织：这也是蟋蟀又名"促织"的原因。[1]所以，民间又有"趋织鸣，懒妇惊"一说。

　　《七月》中蟋蟀"九月在户"，与《蟋蟀》岁暮"蟋蟀在堂"是一个意思。《七月》中月份用的是夏历，而《蟋蟀》中时间用的是周历。周历以阴历十一月为岁首，夏历以阴历正月为岁首，夏历的九月正是周历的十一月，接近岁末，因而诗人叹惋"岁聿其莫"。而正是"十月蟋蟀入我床下"让古人看出了，世间一些小小生物，具有顺应时令变化的守信品质，继而感慨，世间也有类似的人，虽然身份卑微却内心纯良，即所谓"物微志信"。[2]

蟋蟀属不完全变态昆虫，会经过卵、若虫、成虫三个阶段。雌蟋蟀一般秋冬季节产卵，卵会在地下过冬，第二年春天孵化为若虫。若虫经过几次蜕皮后羽化为成虫。蟋蟀很喜欢鸣叫，也是位大自然的"歌唱家"。五代王仁裕撰《开元天宝遗事》记载，每到秋天，宫中的妃妾们都会用小金笼装着蟋蟀，放在枕边，在晚上以听蟋蟀发出的声音为乐，普通百姓家也争相效仿。[3] 雄蟋蟀非常好斗，且生性孤僻，一般都是独居，一旦碰到另一只雄蟋蟀，就会发生"暴力事件"。究其原因，无非是争地盘、争食物和争配偶。也因此，人们闲着无聊，便经常喜欢把它们放在一起，看它们斗个你死我活。久而久之，斗蟋蟀便逐渐成为古人的一种娱乐。

斗蟋蟀在中国始于唐代，盛行于宋代，已有上千年历史。南宋贾似道特别爱斗蟋蟀，人称"蟋蟀宰相"。他身为宰相，不理军国大事，整天不是和一帮狐朋狗友在自己的"后乐园"斗蟋蟀，就是乘船去游西湖，吃喝玩乐。一天，贾似道又趴在地上与群妾玩斗蟋蟀，一个赌友拍拍他的肩膀，笑问："这就是平章（宋代宰相的别称）的军国重事吧？"贾似道大笑。于是，民间纷传，"朝中无宰相，湖上有平章"。

贾似道还总结自己养蟋蟀斗蟋蟀的经验，写成了世界上第一部研究蟋蟀的专著——《促织经》。其中介绍了很多蟋蟀的特点，比如生长在草丛和软土中的蟋蟀身子偏软，生长在砖石瓦砾中的则身体偏刚硬；又说生长的环境会影响蟋蟀的颜色，而身体的颜色决定蟋蟀的战斗力，一般白不如黑，黑不如赤，赤不如黄；等等。但正所谓玩物丧志，贾似道专权跋扈，蒙蔽朝廷，最终把半壁河山断送给蒙古，被时人斥为"权奸"。贾似道这本《促织经》已经遗失，现在所见是明人周履靖的续增本，里面详细介绍了蟋蟀的捕捉、喂养、医伤、繁殖等方法。此后清代也有多部研究蟋蟀的著作出版，现代1930年李文翀还出版了《蟋蟀谱》。

传说南宋著名高僧济公也是个斗蟋蟀的超级玩家。他把一只善于格斗的蟋蟀命名为王彦章。王彦章是后梁名将，时人谓之"王铁枪"。济公英勇善斗的蟋蟀"王彦章"在一个降霜的寒夜死去，济公很悲伤，不但将其火化，骨灰撒到山岗，还专门写下一首《鹧鸪天·瘗促织》作为纪念："促织儿，王彦章，一根须短一根长。只因全胜三十六，人总呼为王铁枪。休烦恼，莫悲伤，世间万物有无常。昨宵忽值严霜降，好似南柯梦一场。"

上有所好，下必从之。斗蟋蟀和民间上供蟋蟀等，引发了很多人间悲喜剧。清代蒲松龄的《促织》，便反映了这一现实。它讲述了明朝宣德年间，"宫中尚促织之戏，岁征民间"所造成的一家命运的起伏。主人公成名在巫婆指点下，捉到一只上品蟋蟀，准备上供，可是因为儿子的好奇心，蟋蟀意外死亡。儿子自知犯下大错，心中害怕，跳井自杀。幸好抢救及时，没有失掉性命，却成了呆子。幸运的是，成名又捉到一只蟋蟀，虽然个小却特别善斗，而且一路过关斩将，受到皇上青睐。成名一家命运由此改变，不仅不再穷困潦倒，还过上了肥马轻裘的日子。更神奇的是，一年多以后，成名的儿子清醒了，说自己这一年多，变成了一只蟋蟀……一个仅供朝廷娱乐的小玩物，却主宰着千家万户的生死，多么冷酷的讽刺！文章可贵之处就在于，用一只小蟋蟀揭露了当时社会的荒谬，控诉了朝廷对百姓的摧残，同时也深刻表现了专制政治下小民命运的变幻无常和难以自主。

蟋蟀在中国人眼中，很长一段时期都是著名的"玩物"，但在法国昆虫学家法布尔眼中，就不是这样了。他更关注蟋蟀的生活习性。他把昆虫作为自己的研究对象，饶有兴致地观察着它们的生活起居、生死存亡。他在《昆虫记》中这样描写蟋蟀："居住在草地上的蟋蟀，差不多和蝉一样有名气。它的出名不光由于它的歌唱，还由于它的住宅。……它常常慎重地选择住址，一定要排水优良，并且有温和的阳光。它不利用现成的洞穴，它的舒服的住宅是自己一点一点挖掘的，从大厅一直到卧室……"这样看来，我们平常所知的歌唱家蟋蟀，还是个工于房屋营造的"建筑设计师"和讲究生活质量的小小"生活家"呢！

· 注释 ·

1.《毛诗草木鸟兽虫鱼疏》："（蟋蟀）幽州人谓之趣织，督促之言也。里语曰'趋织鸣，懒妇惊'是也。"

2.《后汉书·郎觊襄楷列传第二十下》："臣闻布谷鸣于孟夏，蟋蟀吟于始秋，物有微而志信，人有贱而言忠。"《埤雅》："《诗》曰'十月蟋蟀入我床下'，言蟋蟀微物也犹知随时，可以人而不如乎，故曰物有微而志信，人有贱而言忠也。"

3.《开元天宝遗事》："每至秋时，宫中妃妾辈皆以小金笼捉蟋蟀，闭于笼中，置之枕函畔，夜听其声。庶民之家皆效之也。"

3.8 蜉蝣之羽

　　"蜉蝣之羽，衣裳楚楚"， "蜉蝣之翼，采采衣服"：这是《诗经·曹风·蜉蝣》中的句子，描写蜉蝣美丽的翅膀，就如薄而华丽的衣裳，丝滑而有光泽。可是接着，诗人便笔锋一转："心之忧矣，于我归处。""心之忧矣，于我归息。"我心忧伤啊！时光倏忽，人生短暂，我心将归何处？哪里才是我的归宿？

　　多数学者认为《蜉蝣》是一首感怀诗。诗人首先极写蜉蝣这种小虫的美丽，扇动透明的翅膀，如精灵般楚楚动人，接着联系其几乎一天就是一世的短暂生命，表达对自己人生在永恒时空中的脆弱的迷茫，富含哲理又充满感伤。《毛诗序》认为此诗为讽喻诗，为刺曹昭公奢侈而作，后人多认为牵强。宋代著名理学家朱熹也认为是一首讽喻诗，但是借蜉蝣生命之短，讽刺那些没有远见，不珍惜时间、醉生梦死的人。[1]

　　蜉蝣是最原始的有翅昆虫，和蜻蜓目一样属于古翅次纲，翅膀不能收于胸前。它产卵于水中后，还会经历稚虫、亚成虫和成虫三个时期。稚虫在水中一般会生活一到三年，羽化为亚成虫后，大概 24 小时后蜕皮为成虫。成虫的寿命很短，一般只有几小时或几天。这期间，它不饮不食，在空中婚飞，完成其物种的

延续。而新生命的产生，同时也宣告着旧生命的枯竭。蜉蝣在生命前期的水中蛰伏，仿佛只是为了最后一刹那的绽放。当它那大而透明的翅膀停止扇动，两条长长的尾须在空中不自主地随风轻摇，身体如雪花般飘落地面的时候，那凄美的画面，不由让人心生怜惜。美的消逝最能让人心生感触，这也是蜉蝣这种小生命，常常让人生发年华易逝、人生苦短之叹的原因。

古人很早就注意到蜉蝣的这种生命特点。《淮南子·说林训》云："蜉蝣不食不饮，三日而死。"又说"鹤寿千岁，以极其游；蜉蝣朝生而暮死，而尽其乐"：仙鹤有一千年的时间可以尽情飞翔，去任何它想去的地方，而蜉蝣虽然只有一天的生命，早上出生傍晚即死，却也会在这短短一天里尽情欢娱。东汉许慎认为《淮南子·说林训》中的蜉蝣即《庄子·逍遥游》中的"朝菌"[2]；说它又名"孳母"，生于水上，很像蚕蛾；它的翅膀特别齐整，白露时节成群在水上飞舞，数量以千百计，宛陵（今安徽省宣城市宣州区）人叫它"白露虫"。[3]

很多文人诗作都延续了《诗经》的蜉蝣之叹。唐代著名诗人张九龄有组诗《感遇》，其中"鱼游乐深池，鸟栖欲高枝。嗟尔蜉蝣羽，薨薨亦何为"句，便是在慨叹蜉蝣生命短暂的同时，抒发了自身一心一意为朝廷着想，却遭遇奸相李林甫等人排挤的抑郁悲愤情绪。如果把这首《感遇》与他的《照镜见白发》——"宿昔青云志，蹉跎白发年。谁知明镜里，形影自相怜"——放在一起阅读，可能对这位贤相当时心境会有更深刻的体会。

同样才华横溢但命途多舛的北宋中期文坛领袖苏轼，一生三次被贬。他在与友人月夜泛舟游黄州（今湖北黄冈）赤壁时感慨，无论是昔日写"月明星稀，乌鹊南飞"的曹孟德，还是"雄姿英发，羽扇纶巾"的周瑜，都如滔滔东逝之江水，一去不复返，不由顿感人生苍茫，觉得自己就如蜉蝣寄身于广阔天地，如沧海中一粒小米般渺小，于是挥毫写下《前赤壁赋》，发出"寄蜉蝣于天地，渺沧海之一粟"的人生喟叹。

· 注释 ·

1. 朱熹《诗集传》："此诗盖以时人有玩细娱而忘远虑者，故以蜉蝣为比而刺之。"

2.《庄子·逍遥游》："朝菌不知晦朔，蟪蛄不知春秋。""朝菌"，《广雅》作"朝蟓（yǒu）"，认为是一种生在水上、形似蚕蛾的小虫，朝生暮死，疑即蜉蝣。

3.《陆氏诗疏广要》："许叔重注《淮南子》言，朝菌者，朝生暮死之虫也。生水上，状似蚕蛾，一名孳母，海南谓之虫邪，则亦蜉蝣之类。按今水上有虫，羽甚整，白露节后即群浮水上，随水而去，以千百计，宛陵人谓之白露虫。"许叔重即许慎。

3.9

蚕月条桑

古代最早被利用来服务于人类生活的昆虫，大概就是蚕了。《诗经》中有三首诗写到了蚕，分别是《七月》《东山》和《瞻卬》。

《七月》是《诗经》中国风部分最长的一首诗，据说作于公刘处豳时期。当时周还是一个农业部落，诗作者当是部落成员。此诗反映了周部落一年四季的劳动生活，涉及春耕、秋收、冬藏、采桑、染绩、缝衣、狩猎、建房、酿酒、劳役、宴飨等各个方面，反映了劳动人民的辛劳与忙碌。关于蚕桑，其中写道："蚕月条桑，取彼斧斨，以伐远扬，猗彼女桑。"意思是夏历三月正是养蚕时节，该把斧头拿来，修剪掉那又高又长的枝条，采摘那嫩嫩的桑叶了。

《东山》描写了一名随周公东征三年后凯旋的士兵，归家途中的所思所想。"制彼裳衣，勿士行枚。蜎（yuān）蜎者蠋（zhú），烝（zhēng）在桑野"：终于可以穿上普通百姓的衣裳了，不必再口中衔枚上战场了；看那野蚕在桑树上缓缓爬行，多么悠闲，那广袤的桑林啊，就是它们的家。朴实的语言、平常的景物中，洋溢着战事平息，再也不用远离家乡的轻松与喜悦。

西周时期应该已经用蚕丝制衣裳了。不过，蚕丝做的衣料恐怕绝非普通人能穿。首先是因为当时生产力低下，丝织品很贵重，没有普及，黎民百姓一般穿麻布做的衣服，所谓"布衣"。《孟子·梁惠王上》有句："五亩之宅，树之以桑，五十者可以衣帛矣。鸡豚狗彘之畜，无失其时，七十者可以食肉矣。"意思是说，五亩大的住宅场地，种上桑树，五十岁的人就可以穿丝织品了，鸡、猪、狗的畜养，不耽误它们的繁殖时机，七十岁的人就可以吃肉食了。南朝梁沈约《均圣论》也说："肉食蚕衣，皆须耆齿。""肉食"代表有肉吃的官员，即蚕丝做成的衣服，只有享有厚禄且年寿较高的官员可以穿。这说明当时丝织品和肉食都很稀有，普通人家不可能享用。然后就是古代对着装有着严格的等级规定。《后汉书·礼仪志下》记载："佐史以下，布衣冠帻。"佐史是地方官署内书佐和曹史的统称，还不算官，所以和普通平民一样，只能穿布衣，束发也只能用布巾。另外，据《资治通鉴》，汉朝还规定，"贾人不得衣丝乘车"，这个政策甚至延续到了唐代。不过，后来随着生产力发展，一些有钱的富商大贾也穿上了绫罗绸缎，甚至有些大户人家的仆人都穿上了丝衣丝鞋。所以说，规定与实际，还是有一定差距。另，《晋书·志·舆服下》记载："自二千石夫人以上至皇后，皆以蚕衣为朝服。"也就是说，俸禄在二千石以上的官员的夫人直到皇后，参加亲蚕典礼时穿的礼服，为蚕丝所制。"二千石"是指薪俸，汉代郡守就是二千石；晋朝的二千石官员一般是中郎将、刺史等四品、五品官员。长沙马王堆汉墓出土的那件著名的素纱襌衣，由精缫的蚕丝织造，薄如蝉翼，仅重49克。主人也是身份不俗，为长沙国丞相利苍的夫人辛追。这一方面说明，西汉时期服制严格，另一方面也说明，当时养蚕、缫丝和织造工艺都已经有了相当程度的发展。

《瞻卬》是一首讽刺周幽王宠信褒姒，倒行逆施，以致荒政亡国的诗歌。[1]其中"妇无公事，休其蚕织"的意思就是，不要让女人掺和国事，把蚕桑纺织这些女人分内的事情给忘记了。很显然，诗人把周朝灭亡归咎于褒姒，认为是"女祸"。《毛诗故训传》云"妇人无与外政，虽王后犹以蚕织为事"，也是说女子不得干政，但同时也反映了蚕桑在古代的重要性。

蚕桑和农耕被中国古代视为最主要的生产活动，关乎国计民生。古人认为，一夫不耕，天下就有人挨饿；一妇不蚕，天下就有人挨冻。[2]据说，教人民养蚕的是黄帝有熊氏的妻子、西陵氏之女嫘祖。她教会人们纺丝织布后，才让天下人有了御寒的衣服，不再受冻。因此，老百姓都对她很感激，视其为"先蚕"，即蚕神。[3]从周代开始，每年季春三月，历代王朝都会由皇后率后宫主持祭祀先蚕大典，还会举行亲桑[4]仪式。

古人总结了很多关于养蚕的经验和技术。《五行书》中说，要知道蚕好还是不好，主要看三月三日天气，如果天阴又不下雨，就最好。[5]农谚"雨打石头遍，桑叶三钱片"，也是说农历三月三不要下雨，下雨的话桑叶价格就会暴涨。明代宋应星《天工开物》一书，不仅对蚕种、蚕浴、种忌、种类、叶料等分门别类进行了介绍，还在《治丝》《缫车》和《调丝》等部分，对各工段工艺进行了较为详细的描述。

不过，正如《蚕妇》所云，"遍身罗绮者，不是养蚕人"，蚕儿吐丝制成的美丽华服，从《诗经·七月》"八月载绩""为公子裳"开始，就不属于辛苦劳作的采桑女。古代很多与蚕有关的诗歌都是这类主题。唐代司马礼有《蚕女》："养蚕先养叶，蚕老人亦衰。苟无园中叶，安得机上丝。妾家非豪门，官赋日相追。

鸣梭夜达晓，犹恐不及时。"唐代潘纬有《蚕妇吟》："采桑复采桑，无嗟为蚕饥。食君筐中叶，还君机上丝。还君丝，织君绮。贫女养蚕不得着，惜尔抽丝为人死。"李商隐的"春蚕到死丝方尽，蜡炬成灰泪始干"，更是讴歌春蚕奉献精神的千古名句。而那些织女、桑妇的命运，就跟她们养的蚕儿一样，劳累一生，直至倒下。

·注释·

1.《毛诗序》："《瞻卬》，凡伯刺幽王大坏也。"凡国的国君是伯爵，称"凡伯"。

2.《汉书·食货志》载："古之人曰：'一夫不耕，或受之饥；一女不织，或受之寒。'"

3.《资治通鉴纲目前编》：黄帝有熊氏"命元妃西陵氏教民蚕"。"西陵氏之女嫘祖为帝元妃，始教民育蚕治丝茧以供衣服，而天下无皲瘃之患，后世祀为先蚕。"

4.《淮南子·时则训》："后妃斋戒，东乡亲桑。"

5.《齐民要术》："《五行书》曰：'欲知蚕善恶，常以三月三日：天阴，如无日、不见雨，蚕大善。'"

3.10 伊威在室，蟏蛸在户

　　《东山》这首诗，描写了随周公东征三年回来的征夫，于烟雨蒙蒙的归途中，对家园和妻子的思念。该诗之所以成为《诗经》中的名篇，不仅在于以周公东征为历史背景，反映了战争对家园的破坏、对人民生活的影响，更在于其从一个普通征人的视角，用他对破败家园的想象和对妻子初嫁时的回忆，真挚细腻地传达了征人"近乡情怯"的复杂心情和对妻子深入骨髓的情爱。诗中征人想念的家园，室内地鳖满地乱爬，蜘蛛在门窗上吐丝结网，室外空地野兽脚印杂沓，萤火虫如磷火般闪烁，凄清又荒凉，让人既"畏"更"怀"——因为那是他生活的地方，那里承载着他沉甸甸的爱与亲情。

　　诗中"伊威在室，蟏蛸在户"中的"伊威"就是地鳖。"伊威"这个词在今天听来如此生疏，但"地鳖"却是笔者幼时认识有限的昆虫中的一种，小时候我们也叫它土鳖、地乌龟和土元。它经常出没于阴暗潮湿的地方，或者腐殖质丰富的土壤当中，扁平的身体，背部棕黑或紫褐色，常常被我们一群孩子弄来当玩物。地鳖天生喜欢在土质住宅墙根的泥土下活动，但随着农村房屋结构的改变，土砖房少了，如今野生的地鳖虫也变得非常稀少。

也有人认为伊威是委黍，即鼠妇。《尔雅·释虫》："蛜威，委黍。"郭璞注："旧说：鼠妇别名。"三国吴陆玑《毛诗草木鸟兽虫鱼疏·伊威在室》："伊威，一名委黍，一名鼠妇，在壁根子瓮底土中生，似白鱼者是也。"徐鼎《毛诗名物图说》认为此物"湿生"，"灰色"，也正是鼠妇的特点。可能是因为两者栖息环境相似，长得也像吧。

诗人眼中的伊威究竟是什么，已经不可考了，不过鼠妇与土鳖，早在古代就有中医学著作对两者作出了区别。陶弘景《本草经集注》说土鳖虫原名䗪虫，是与鼠妇长得很像的一种虫子，其形扁如鳖，有甲，不能飞，小有臭气。苏恭《新修本草》云："此物好生鼠壤土[1]中，及屋壁下。状似鼠妇，而大者寸余，形小似鳖，无甲而有鳞。小儿多捕以负物为戏。"其《图经》部分附图，正与现今药用的土鳖虫相符。

地鳖是中医传统药材。李时珍在《本草纲目》中说，地鳖虫可以用于治疗产后腹痛和折伤接骨。[2] 现代医学经过研究发现，土鳖虫含有可有效抑制黑色素瘤、胃癌、原发性肝癌等肿瘤细胞生长成分，可用于治疗癌症；土鳖虫提取液具有抗凝血、抗血栓的作用；另，土鳖还可以抗氧化，治疗宫外孕、肝肿大、疯狗咬伤等。不过，因为生态环境的破坏和需求量大，野土鳖已经逐渐绝迹于我们的生存环境，现已成为市场紧缺的中药材。

"伊威在室，蟏蛸在户"中的"蟏蛸"，晋郭璞《尔雅注疏》说是"小蜘蛛长脚者，俗呼为喜子"，即认为是一种俗称为喜子的长脚小蜘蛛。三国吴陆玑《毛诗草木鸟兽虫鱼疏》曰，蟏蛸"亦名长脚，荆州、河内人谓之喜母，此虫来着人衣，当有亲客至，有喜也。幽州人谓之亲客，亦如蜘蛛为网罗居之"。基本同郭璞的观点，不过更具体，说荆州、河内人叫这种虫子"喜母"，这种虫子附着在人衣服上，说明会有客人来，有喜事；幽州人叫这种虫子"亲客"，这种小长脚蜘蛛也织网。

蜘蛛在世界上分布极为广泛，除南极之外，地球上几乎所有地方都有。但它其实不是昆虫，而是属于节肢动物。古人对蜘蛛的习性有着很细致的观察。宋代罗愿撰《尔雅翼》中说，蜘蛛结网于房檐四角，织好后就待在里面，等待猎物上门；只要有飞虫触网，它就用触角去蹬网，让猎物深陷其中，无法挣脱；碰到那种力气大有甲壳又有翅膀的飞虫，它就立马杀过去，把它们用丝线紧紧缠起来，然后迅速吃掉，以防夜长梦多。[3]古人对蜘蛛织网技术大加赞叹，甚至认为伏羲教会人们"结绳而为网罟，以佃以渔"就是受了蜘蛛结网的启发。[4]古人还发现蜘蛛一般在春秋季节比较温暖的时候吐丝，"春月游丝有长数丈许者"[3]，即春季吐出的丝飘在空中，几乎有几丈长。这其实是因为蜘蛛的吐丝器对空气湿度很敏感，如果湿度大，凝结水汽的话，蜘蛛吐丝会很困难，于是一般天气转晴好的时候，才会吐丝。也因此，民间又有"蜘蛛结网，久雨必晴"的说法。

大概是羡慕蜘蛛的"纺织"技术，大致从南北朝开始，兴起了一种叫"喜蛛应巧"的习俗。就是在七夕晚上，陈瓜果于庭中，向织女星祈祷，请求赐予高超的纺织刺绣技术。据说如果有喜子在瓜上结网，愿望就能实现。[5]《开元天宝遗事》中有"蛛丝卜巧"的故事。其中说，每到七月七日乞巧节的晚上，唐明皇与贵妃在华清宫游玩宴饮时，宫女们都会将瓜果酒食等置于庭中，求牵牛织女星的保佑，同时每个人都会捉些蜘蛛放进盒子里，关起来，第二天天亮再打开，看蜘蛛吐丝结的网是稀还是密。密的话说明得巧多，稀者说明得巧少。[6]这一方面说明古代对心灵手巧、勤劳善良而又对情感专一坚贞的织女充满崇敬，认为她集中了传统女性的美德，同时也表达了古代女子希望自己有一双巧手，能嫁得好郎君的美好愿望。

不过，也不是所有人都对蜘蛛结网的智慧完全报以欣赏。东晋苻朗所撰《苻子》[7]中一则故事，就认为蜘蛛虽智但"德薄"：晋公子重耳逃往齐国途中，一天与追随的大臣到一大泽中，看见有蜘蛛布网套住虫子而食，便停住对大臣舅犯说："蜘蛛这种虫子啊，你看它花心思布网捉蚊食虫，虽然阴损但确实有头脑。人有才智却不能布下天罗地网，哪怕只是保卫方丈之地，是不是比蜘蛛还不如？"舅犯对答："公子别这样说啊，您如果始终如一地实行先君的治国之道，就能继承和得到国家。"这则故事对蜘蛛有贬义色彩，但强调的还是蜘蛛的智慧，相比较而言，东汉王充对蜘蛛的否定态度就更明显了，认为蜘蛛结网捕食就是一种"诈"。他在《论衡·别通篇》里说，看蜘蛛布下蛛网以捕获飞虫，这种欺骗手段真是没谁能够超越了，不去学习古今知识，而是挖空心思玩弄权术去欺骗，以实现富贵长寿，就是蜘蛛这样的。[8]

还有文人写诗对蜘蛛这种自私的谋生手段进行批驳，唐代诗人孟郊的《蜘蛛讽》就是。诗作拿蚕与蜘蛛相比较："万类皆有性，各各禀天和。蚕身与汝身，汝身何太讹。蚕身不为己，汝身不为他。蚕丝为衣裳，汝丝为网罗。济物几无功，害物日已多。百虫虽切恨，其将奈尔何。"一个利他，一个为己；一个替人作嫁衣，一个为人设罗网；一个奉献一生，一个几无寸功：如此强烈的对比，不知道蜘蛛会不会无地自容。

传统农业社会，科学技术很不发达，人们对蜘蛛的认知非常有限。其实蜘蛛这种动物具有很高的生物价值。首先，很多种蜘蛛都是咬啮农作物的害虫的克星。然后，它有很高的药物价值，是中医临床上治疗中风、小儿惊风等的常用药，蜘蛛毒液还可以提炼来治疗脑血管病和肿瘤。同时蜘蛛有高度发达的丝腺，吐出的丝是一种骨蛋白，十分精细、坚韧又富有弹性，很值得我们研究。

· 注释 ·

1. 鼠壤土，即鼠窝内柔软的土。古代药名，见《本草纲目》第七卷，今多不用。

2. 见李时珍《本草纲目·虫之三·蟢虫》。

3. 见宋罗愿《尔雅翼·释虫二·蜘蛛》。

4. 见东晋葛洪《抱朴子·内篇·对俗》："太昊师蜘蛛而结网。"

5. 南朝梁宗懔《荆楚岁时记》："（七夕）陈瓜果于庭中以乞巧，有喜子网于瓜上，则以为符应。"

6. 见五代王仁裕《开元天宝遗事·蛛丝卜巧》。蛛丝卜巧：古时妇女于七夕将蜘蛛放置盒内，以结网密疏卜得巧多少的游戏。

7.《符子》：东晋氏族人符朗模仿《庄子》而创作的一部寓言体子书。著者曾是北方前秦苻坚家族中的成员，投降晋朝以后才写成此书。

8.《论衡·别通篇》："观夫蜘蛛之经丝以网飞虫也，人之用作，安能过之。任胸中之智，舞权利之诈，以取富寿之乐，无古今之学，蜘蛛之类也。"

3.11

熠耀宵行

　　《东山》这首诗写了很多小昆虫，之前相继讲述过其中的蚕、"伊威"和"蟏蛸"，本篇将要谈及的是"町畽（tuǎn）鹿场，熠耀宵行"句中的"宵行"，即萤火虫。

　　关于"熠耀""宵行"究竟哪个指萤火虫，古代一直有争议。《毛诗故训传》认为"熠耀"即"磷"，是指如磷火般的萤火。[1]晋崔豹《古今注》认为萤火虫"一名熠耀，一名磷"。[2]古代很多诗作也用"熠耀"指代萤火虫，如唐元稹《江边四十韵》中"断帘飞熠耀，当户网蟏蛸"，宋苏轼《秋怀二首》其一中"熠耀亦求偶，高屋飞相追"。明李时珍认为不对，他在《本草纲目》中说，"宵行"是虫名，即萤火虫，"熠耀"是说萤火虫的光熠熠闪耀。[3]另，还有研究者认为，《东山》中的"宵行"不是萤火虫，而是指野外忽明忽暗阴森森的鬼火。本书从李时珍说，即"宵行"指萤火虫。

　　萤火虫俗称火金姑、亮火虫，是昆虫纲鞘翅目萤科中能够发光的昆虫的俗称，分布于温带、亚热带和热带地区。我国古代对萤火虫有很多近乎神秘的记录。《尔雅翼》中说，萤火虫是一种在夜里飞的小虫子，肚子里面有火，是农历六月由腐烂的草或烂竹根所化，又叫"丹鸟"，丹鸟以白鸟即蚊蚋为食；又说《毛诗故训传》认为熠耀为磷火，战死之人精血所化，夏日旷野萤火乱飞，其光煌煌，看着阴森恐怖，于是萤火又被视为鬼火。[4] 这里萤火虫的出生就有了两种版本：腐草化萤说和精血化萤说。

关于腐草化萤，古人赞成者不少，晋陶弘景和明李时珍都认为如此。李时珍《本草纲目》认为萤火虫分三种，一种是茅根所化，在夜里飞，腹部发光，也就是《吕氏春秋》中所说的"腐草为萤"；一种是竹根在潮湿闷热的环境中所化，也即《诗经》中的"宵行"，其尾部有光，没有翅膀不能飞；还有一种居于水中，可以入药。[5] 关于精血化萤，主要是因为古人对"鬼火"不理解，同时又把鬼火与萤火混作一谈。东汉许慎《说文解字》云："兵死及牛马之血为磷，磷，鬼火也。"晋张华《博物志》曰："战斗死亡之处，有人马血，积中为磷。"

不过随着现代科学的发展，我们已经知道，磷火跟萤火不是一回事。磷火是磷化氢燃烧时发出的白色带蓝色火焰，人和动物的尸体腐烂会分解出磷化氢并自动燃烧，所以夜间在坟地附近容易看到磷火，也正因此，磷火俗称"鬼火"。萤火虫之所以会发光，是因为腹部有发光器，里面有发光细胞，发光细胞里有萤光素和萤光素酶。又因为呼吸节律不同和氧气供应影响，萤火虫的光就会时明时暗。试想，如果我们是在科学知识极度匮乏、对自然高度敬畏的古代，一天夜里，突然发现一些草丛中飞出些闪闪发光的小东西，是不是也会害怕，以为是什么草啊根啊变成的精怪？而李时珍所说不能飞但能发光的"萤蛆"，实际是萤火虫的幼虫。萤火虫的幼虫虽小却很凶猛，它吃比自己庞大得多的蜗牛。它会先爬上蜗牛的壳，将其紧紧抓住，然后用针状上颚攻击蜗牛的触角并注入麻醉液，直至蜗牛失去知觉，然后分泌消化液

将蜗牛肉分解成肉糜，再慢慢享用。相较而言，长大后的萤火虫要仁慈很多，只喝水或吃花粉、花蜜。另外水萤也是萤火虫的一种，萤火虫依其生活环境区分为陆栖和水栖两大类，陆栖占大多数。

《尔雅翼》中还讲了几个与萤火虫有关的历史小故事。一是《后汉书》记载的萤火虫为少帝引路。东汉末年，宦官张让、段圭挟持少帝刘辩、陈留王刘协到小平津[6]，后救兵赶到，少帝一行在夜色中循着萤火虫的微光，走了好几里地终于脱险。一是《隋书》中记载的"隋苑飞萤"。隋炀帝杨广临幸景华宫，派人捕捉萤火虫数斛，夜晚游山放出，萤火照彻山谷。最后，《尔雅翼》说："二者均于乱亡。"[4] 这样写，似乎二者的结局与萤火虫有某种说不清道不明的神秘关系，也就更增添了萤火虫的神秘气氛。不过也有一则晋代车武子囊萤读书的故事，颇为正面积极。车武子家贫，没有点灯的油，于是他捉来数十只萤火虫放入白色的绢制口袋里，夜间用来读书照明。经过多年寒窗，后来车武子终于成为饱学之士，并成为国家栋梁。

有不少文人墨客留下了描写萤火虫的篇章。如初唐四杰之一的骆宾王写过一篇《萤火赋》，其中"应节不愆，信也；与物不竞，仁也；逢昏不昧，智也；避日不明，义也；临危不惧，勇也"，把萤火虫的夏夜出现、照亮黑暗、不与白日竞光辉等特点归纳为"信、仁、智、义、勇"五德，给予了萤火虫极高的评价。杜甫也有一首写萤火虫的诗《萤火》："幸因腐草出，敢近太阳飞。未足临书卷，时能点客衣。随风隔幔小，带雨傍林微。十月清霜重，飘零何处归。"不过杜甫的诗，都说是以萤火虫喻宦官，表达了希望尽快结束宦官专权制度的强烈愿望：前两句写萤火虫出没于腐草，本质下贱，不敢在白日飞行，是心理阴暗，正与宫中宦官身份特点暗合；接下来写萤火虫的光很微弱，成事不足，只会添乱……最后预言它不久将自行灭亡。

这些都是文学作品的演绎，仁者见仁智者见智。萤火虫的光，首先可以看作是自然界中一道美丽的风景。实际，古人早就已经发现萤火虫的美，唐代民间就已有观萤习俗，清代更有人捉萤火虫做成萤火虫灯放飞。然后，也是最重要的，可以利用萤火虫的发光原理造福人类。萤火虫的光源来自体内的化学物质，发出的光虽亮但没有热量，是"冷光"，我们平常使用的日光灯，就是模拟萤火虫的发光原理制造的。另外，萤火虫的幼虫是蜗牛、蛞蝓等一些农作物害虫的天敌；萤火虫对环境很敏感，是重要的生态环境指示物种，凡是萤火虫多的地区，生态环境都不错，而水质污染、植被破坏严重的地区，萤火虫则很少。不过，令人遗憾的是，自然界萤火虫种群分布地区越来越少了，如果再不注意保护，萤火虫的形象，恐怕就永远定格在古人的诗篇里了。

· 注释 ·

1.《毛诗故训传》："熠耀，磷也。磷，萤火也。"

2. 见晋崔豹《古今注·鱼虫第五》。

3. 明李时珍《本草纲目·虫之三·萤火》："《豳风》'熠耀宵行'，宵行乃虫名，熠耀其光也。诗注及《本草》皆误以熠耀为萤名矣。"

4. 详见《尔雅翼·释虫·萤》。

5. 详见《本草纲目·虫之三·萤火》。

6. 小平津：古津渡名，在今河南孟津东北，为古代黄河重要渡口。

㉛
部

3.12

维虺维蛇

《斯干》是一首庆祝宫室落成的赞辞。宫室就选择在流水淙淙的小溪边，背靠松声阵阵、翠竹森森的终南山。看那宫殿啊，基石是那么牢固，廊柱稳稳高擎，檐角有如鲲鹏展翅，正殿偏殿都雄伟宽敞，又舒适宜居，铺上柔软的蒲席，很容易就恬然入梦。梦见什么呢？"维熊维罴，男子之祥；维虺维蛇，女子之祥。"梦里看见了雄壮的熊罴，那是要生公子的好兆头！梦里看见了细长的花蛇，那是要生个漂亮的千金！

虺，古代中国传说中的一种毒蛇，常在水中。《斯干》中将虺蛇并列，是因为属于爬行纲有鳞目蛇亚目的蛇，有虺、螣（téng）、蚺（rán）、蜧（lì）等多个别称，根据品种也有蝮、蟒、蝰（kuí）等多个种类。《诗经》中另一篇《正月》里有"哀今之人，胡为虺蜴"句，意思是"令人悲哀的是今世人啊，为何都狠得像毒蛇"。宋朱熹《诗集传》云："蜴螈也，虺、蜴，皆毒螫之虫也。"不过，现代生物学认为，爬行动物的最早祖先可能是蜥蜴，那么，虺、蛇都只能算是蜥蜴的后代了。

自然界大约1.3亿年前就有了蛇。在《圣经》中蛇也是上帝最早创造的世间万物之一。夏娃和亚当就是在被蛇引诱吃了禁果后，才知道了男女有别，也因此，上帝惩罚蛇终生吃土。中国古代的三皇五帝，传说多为"蛇身人面"。《列子》记载，"包牺氏、女娲氏、神农氏、夏后氏蛇身人面，牛首虎鼻，有非人之状而有大圣之德"。《山海经·大荒西经》里有"共工人面蛇身朱发"句。唐司马贞所补《史记·三皇本纪》，伏羲和女娲也都是"蛇身人首"。这说明远古时期的中国原始部落，把蛇奉为图腾。据说蛇又名"小龙"，蛇蜕下的皮称为"龙衣"，南朝梁任昉《述异记》认为"水虺五百年化为蛟，蛟千年化为龙"。

　　历史上关于蛇的故事很多，"刘邦斩白蛇"可谓家喻户晓。刘邦在做沛县亭长的时候，有次押送一批徒役去骊山修陵墓。途中大部分人都逃走了。刘邦想，等到了骊山恐怕人都逃光了，于是走到丰西大泽中时就停下来饮酒，并在夜里把所有人都放了，对他们说："你们都走吧，我从此也远走高飞。"这些徒役中有十多个人决定跟随刘邦。刘邦夜里想抄小路通过沼泽地，让一个人在前面探路。这个人回来报告说："前面有一条大蛇挡路，我们还是回去吧。"刘邦趁着酒劲说："大丈夫独步天下，蛇有什么好怕的！"走到前面，拔出剑一下就将蛇斩为两段。又走了几里地，刘邦醉倒睡下。走在后面的人经过斩蛇的地方，看见一个老太太在哭，便问她原因。老太太说："我儿子被人杀了，所以痛哭。"问她儿子为什么被杀，老人回答："我儿子是白帝的儿子，变成蛇挡在路上，被赤帝的儿子杀了，所以我哭。"人们以为她在胡说八道，正要教训她，老太太突然不见了。刘邦醒来，他们报告了所见所闻。刘邦暗喜，觉得自己不寻常，跟随他的人也越来越敬畏他。[1] 后来，刘邦战胜西楚霸王项羽建立西汉政权，每逢自述开国史时，便会说："吾以布衣提三尺剑以取天下。"而他的三尺斩蛇剑也变成了神物，与随侯珠、和氏璧、周康王的宝鼎等一起被当作四大传国重器祀于未央宫。

自从刘邦斩白蛇后，蛇的意象便越来越多地与帝王联系在一起。《汉书·武帝纪》记载，太始四年（前93），赵地有蛇从城外入城中，与城中蛇斗于孝文庙下，结果城中蛇死；第二年三月赵王薨：[2] 这里显然是以蛇喻帝王。《东观汉纪·帝纪三》说汉安帝幼年时，其府第有神光红蛇等祥瑞，还有红蛇盘于"殿屋床笫之间"：这里则是把赤蛇作为祥瑞之物，预示"君权神授"。

贾谊的《新书·春秋》也记载了一则帝王与蛇的故事。晋文公有一次出猎，遇巨蛇挡道。他认为这是上天给他的警示，让他反躬自身，是不是有什么地方做得不对，于是打道回府。他回来便开始斋戒，并去宗庙祭祀，检讨自己才疏学浅、执政不贤、不够体恤民心、祭祀态度不够虔敬等罪状，然后下令推举贤良、任用贤能，宣扬德教、救济贫困，减轻关税、便利通商。晋文公的新政实施才几天，便梦见天帝杀死了挡在路上的巨蛇，并呵斥它："你怎么敢挡圣君之路！"

显然，这则故事中的蛇与刘邦所斩之蛇不同。刘邦所斩之蛇是神，是主西方白帝之子，刘邦代表的是南方赤帝之子，是以灵蛇喻刘邦王位正统。而晋文公所遇之蛇是妖。故事中重耳的温良恭敬感动了上天，上天灭妖助他，宣扬了一种天助良善的德化思想。贾谊因此总结说："见妖而迎以德，妖反为福也。"通过这两个故事也可以看出，在古人心目中，蛇既有高贵的神性，也有邪恶的妖性。后世的志怪小说，如流行于魏晋时期的《搜神记》中蛇的形象，便多为正负交织，既有善良的一面，也有狡猾的一面。不过著名的民间爱情传说《白蛇传》，塑造了一个温柔善良、知恩图报的白蛇精，表达了人民对自由恋爱的美好向往。

蛇已有亿年以上历史，然而毒蛇的出现却不超过2700万年。

虺蛇之毒，古人们向来也是谈之色变。柳宗元《捕蛇者说》云，"永州之野产异蛇"，"触草木尽死；以啮人，无御之"，但是因捕这种蛇上交朝廷可以抵充赋税，于是百姓趋之若鹜。一蒋姓捕蛇者祖父、父亲都被毒蛇咬死了，他自己也好几次差点丧命，但一听柳宗元要帮他恢复赋税，竟然悲伤流涕："吾斯役之不幸，未若复吾赋不幸之甚也！"孔子曾说"苛政猛于虎"，这里柳宗元道出"重赋毒于蛇"的感叹，充分反映出封建社会沉重的阶级压迫，也反映了柳宗元心系民瘼的忧黎民情怀。

回到生物本身，蛇是自然界中非常重要的一环。在"青草→蝗虫→蛙（鼠）→蛇→鹰"组成的生物链中，蛇占据着十分重要的位置。如果人类无节制地捕猎野外的蛇，蛇越来越少，森林、草地和农田中的鼠就会越来越猖獗，鼠害和虫害给农林牧业造成的损失将无法估量，生态环境也会受到严重破坏。另外，蛇有很高的药用价值，蛇胆是珍贵的中药，蛇蜕、蛇骨、蛇血等都可以入药，是很好的强身健体品。所以，我们也要保护蛇，尤其一些喜食蛇肉之贪口腹之欲者，必须节制。

· 注释 ·

1. 刘邦斩白蛇，见《史记·高祖本纪》。

2.《汉书·武帝纪》："秋七月，赵有蛇从郭外入邑，与邑中蛇群斗孝文庙下，邑中蛇死。"征和元年"三月，赵王彭祖薨"。

⑩
部

3.13 螟蛉有子，蜾蠃负之

　　寄生是现代生物学中非常重要的现象，昆虫与鸟类中的寄生现象都十分普遍。《诗经·鹊巢》中"维鹊有巢，维鸠居之"就是说布谷鸟将卵寄生在鹊窝中，并贡献了成语"鸠占鹊巢"；《诗经·小宛》则讲述了昆虫界的又一寄生现象。

　　《小宛》是一首规箴之歌，诗中主人公奉劝自己的弟弟，身处乱世，要小心谨慎，处事有节，供奉先祖，教育子女。其中"螟蛉有子，蜾蠃负之"，"螟蛉"是桑叶上的小青虫，螟蛾的幼虫，实际就是现今双带夜蛾、稻青虫、粽子虫、量尺虫等一类害虫，它们除了危害水稻外，还危害高粱、玉米、甘蔗等多种禾本科作物；"蜾蠃"又叫蒲卢，是一种细腰的土蜂。[1] 全句意思是，青虫在桑叶上产了子，被细腰蜂背进洞中。

　　那么问题来了，背进洞中干什么呢？很长时间，古人认为蜾蠃因为只有雄没有雌，不能产子，于是取桑虫回窝中，当作自己的孩子抚养。[2] 西汉扬雄在其著作《法言》中说，螟蛉产子后，蜾蠃把其幼虫抓回窝中，对它念咒般说"像我，像我"，时间一长螟蛉就长成了蜾蠃的样子。[3]

　　扬雄此种说法，后世一些学者不加辨别纷纷引用。宋代释云岫《蜾蠃》一诗即写道："借得桑虫足子孙，声声类我祝朝昏。只因祝得浑相似，代代不能高户门。"欧阳修写过一篇《蜋蛉赋》。其序感叹，蜋蛉一个虫子，并不懂得什么是孝义，却能受非同类的蜾蠃的感化，慢慢地羽毛、外形、习性皆与其同，可今天一些人，父母生养，不是异类，却不听父辈教导，不承继父辈事业，真是连蜋蛉都不如啊！

"蜋蛉子"在中国古代一直是义子的代称。历史上比较有名的蜋蛉子，东汉末年的刘封算一个。刘封本是罗侯寇氏之子、长沙郡人士刘泌之外甥，刘备投靠荆州刺史刘表后，收寇封为养子，改名刘封。刘封武艺高强，性格刚猛，曾随赵云、张飞等扫荡西川，颇有战功，但后来拒援关羽，导致关羽被孙权杀害。刘备痛心关羽之死，听从诸葛亮建议，赐死刘封。有说其蜋蛉子身份对储君刘禅不利，也是遭杀身之祸的一个原因。还有一个知名度很高的蜋蛉子是长篇小说《水浒传》中的人物高衙内。书中高衙内与高俅[4]本是叔伯弟兄，高俅因擅长蹴鞠成为炙手可热之权臣后，想着无妻无子，便过继阿叔高三郎的儿子为"蜋蛉之子"，也即后来的高衙内。这高三郎的儿子一朝成为高衙内，便飞扬跋扈、无恶不作，以致"衙内"后来成了品行不端之纨绔子弟的代称。另，很多有权势的太监喜欢收养义子，或为扩充势力，或为老有所依。明朝著名奸臣魏忠贤就有很多干儿子，多为慕其权势见风使舵者，后来树倒猢狲散。曹操的父亲曹嵩也是蜋蛉子，为宦官曹腾所收养。不过曹腾口碑不错，司马彪评价其"好进达贤能"。

蜋蛉产子真的是蜾蠃抚养吗？中国古代早就有人弄清了真相。南北朝时医学家陶弘景细心观察后发现，细腰蜂并非只有雄性，而是雌雄俱全，它们把蜋蛉也就是青虫挟持回窝中，先用尾上毒针把螟蛉刺个半死，然后在其身上产卵，最后自己的孩子生出来就把青虫吃掉。原来螟蛉不是义子，而是细腰蜂为后代觅的食物！清代著名学者程瑶田也做过类似的科学观察，并撰写过一篇《螟蛉蜾蠃异闻记》，详细记录了细腰蜂捕小青虫喂子的全过程，进一步证实了陶弘景所言不虚。

再说蜜蜂，除了《小宛》，《小毖》一诗也提到了蜜蜂。《小毖》是写周成王诛灭管叔、蔡叔之乱后，政治上逐渐成熟，回想曾经面临的危机，深刻反省，并决心吸取教训以成就大业的诗作。开篇"予其惩，而毖后患。莫予荓蜂，自求辛螫"中，"荓"是古书上说的一种草，今名马鞭草，亦称"铁扫帚"，全草有小毒；"蜂"就是蜜蜂。两句翻译过来即，我必须时刻保持警醒，吸取教训，以免除后患；不再忽略那微小的草和蜂，受毒被螫才知道是自找。第一句后来演化为成语"惩前毖后"。

中国是世界蜜蜂养殖和蜂蜜生产第一大国。1983年在山东省莱阳市北泊子与临朐县山旺村发现的蜜蜂化石，证明在2300多万年前我国就有了蜜蜂。殷商甲骨文中就有"蜜"字。收录了众多秦汉时期医家药学经验成果的《神农本草经》，将蜂蜜列为药中上品，说蜂蜜有"益气补中，止痛解毒"之效。这说明我国养蜂业已有3000多年历史。汉代《礼记·内则》云，事父母，"枣栗饴蜜以甘之"。晋郭璞《蜜蜂赋》描述蜂蜜性状，"散似甘露，凝如割肪，冰鲜玉润，髓滑兰香"，还说"扁鹊得之而术良"，点明蜂蜜有药用价值。明李时珍《本草纲目》对各种不同蜂蜜的效用有详细记载。另，我国有文献记载的第一位养蜂者是东汉姜岐，今甘肃天水人，正是他让养蜂取蜜成为一门农业技艺流传下来。

蜜蜂有很多特点。它有一对复眼、三只单眼，每只复眼里约

有 5000 个小眼，视觉相当敏锐。细腰蜂在空中飞行时就能看到叶子上的螟虫，然后一个俯冲就下来扑食。蜜蜂的嗅觉也很灵敏，采集花蜜的同时，可以识别各种不同的花。按现代种群划分，在我国有西方蜜蜂（简称"西蜂"，主要是意大利蜜蜂）和东方蜜蜂（主要是中华蜜蜂，简称"中蜂"）两种，其中西蜂居多。这是因为过去一百年里我国曾几次大规模引进西蜂，而意蜂在与中蜂争夺食物的过程中具有较大优势：一是个头大很多；二是意大利工蜂的振翅频率与中蜂雄蜂的振翅频率接近，可以混入中蜂群偷蜜甚至杀死中蜂蜂王，导致中蜂整个群落毁灭；三是西方蜜蜂携带的大量病毒中蜂不具备抵抗力。因此，在"中西方之战"中，胜利一方往往为西蜂。最后，西蜂能家养，繁殖快，每年能割十几次蜜，产生经济效益快且高，而中蜂一般是野生，每年最多割两次蜜，经济效益低，这也是中蜂种群数量大大减少的重要原因，很多地方甚至已经找不到野生中蜂群。目前我国已经设立长白山、湖北神农架、江西上饶等多个中蜂保护区，并出台了一系列保护措施，希望情况能够得到改善。

蜜蜂按社会分工，则分为蜂王、雄蜂和工蜂。蜂王专职产卵；雄蜂负责与蜂王交配；工蜂任务最重，每天采集花蜜、制作蜂蜜等，几乎没有歇息的时候。我们平常所说的勤劳的小蜜蜂就是指工蜂。不少文人为蜜蜂的辛勤付出所感动，留下了很多歌咏蜜蜂的诗篇。唐罗隐的《蜂》感叹蜜蜂一生劳累："采得百花成蜜后，为谁辛苦为谁甜？"宋杨万里的《蜂儿》对辛勤的蜜蜂充满怜惜："蜜蜂不食人间仓，玉露为酒花为粮。作蜜不忙采花忙，蜜成犹带百花香。蜜成万蜂不敢尝，要输蜜国供蜂王。蜂王未及享，人已割蜜房。"梁简文帝也写过一首《咏蜂》，赞美蜜蜂不求回报默默付出："逐风从泛漾，照日乍依微。知君不留盻，衔花空自飞。"

蜜蜂是植物的主要授粉者，在自然界相当重要。如果没有了蜜蜂，很多植物都将因为没有昆虫授粉而死去，生态系统会发生翻天覆地的变化。现在，整个世界范围内蜂群都在减少，同时，其他能够给植物授粉的动物也在相继变少。如此严峻的形势，引起了国际高度关注。2017 年，联合国大会宣布 5 月 20 日为世界蜜蜂日；国际相关组织制定了《国际授粉媒介倡议 2018—2030 行动计划》；很多科学家提出了拯救蜜蜂的计划。我们也要从自身做起，投入到环保行动中，为保护我们的大自然作贡献。

· 注释 ·

1. 《毛诗序》："螟蛉，桑虫也，蜾蠃，蒲卢也。"朱熹《诗集传》："螟蛉，桑上小青虫也，似步屈。蜾蠃，土蜂也，似蜂而小腰，取桑虫负之于木空中，七日而化为其子。"

2. 《搜神记》："土蜂名曰蜾裸。""细腰之类。其为物雄而无雌，不交不产，常取桑虫或阜螽子育之，则皆化成己子，亦或谓之螟蛉。诗曰'螟蛉有子，果蠃负之'是也。"

3. 西汉扬雄《法言·学行》："螟蛉之子殖而逢蜾蠃，祝之曰：'类我，类我。'久则肖之矣。"

4. 历史上真正的高俅曾是苏轼书童，写得一手好字，颇有文采，且擅蹴鞠。被苏东坡引荐给小王都太尉王诜，得遇端王，即后来的宋徽宗，并因蹴鞠得宠。做官后圣眷日隆，但一直未忘苏轼，即使苏遭贬谪，也不避嫌。《挥麈后录》记载，"然不忘苏氏，每其子弟入都，则给养问恤甚勤"，但凡苏家子弟来到东京，必然招待并送上盘缠，可谓有情有义。总体上算是一个好人，大节不亏。

3.14

及其蟊贼

　　《诗经》中出现的农业害虫除了前面说过的大名鼎鼎的螽斯——蝗，还有小雅《大田》中"去其螟螣（tè），及其蟊贼，无害我田稚"句里的螟、螣、蟊、贼。"螟"即"螟蛉有子"的螟蛉；"螣"，《尔雅》认为是食禾叶的虫，陆玑认为是蝗虫；"蟊"，《毛诗鸟兽草木虫鱼疏》认为是蝼蛄，食禾根；"贼"，食节之虫，咬断庄稼枝节，使庄稼折断而死，也有说是桃李等果实中的蛀虫。[1] 全句意思即，除掉那些吃我的禾苗心、禾苗叶、咬我的禾苗根、禾苗茎的虫子，不让它们祸害我的嫩苗苗。《大田》作为一首农事乐歌，其咏唱从春耕开始，历经夏耘、秋成，再到冬天祈福，贯串四季。禾苗抽穗后，最怕的就是螟蛉、蝗虫和蝼蛄等虫害。对于如何驱走这些农业害虫，由于科技发展局限，农人们采取的措施，就是祈祷加火烧。诗中"田祖有神，秉畀炎火"，意即田祖农神们，你们发发慈悲，把这些吃我禾苗的害虫烧死吧！唐朝姚崇治蝗灾也是沿用这一方法，"夜中设火，火边掘坑。且焚且瘗"[2]。而现代农业则利用昆虫的趋光性，于夏秋两季夜晚，用灯光实施大规模诱捕。

　　本篇主要介绍"蟊"即蝼蛄。《尔雅翼》说，蝼蛄"有五能而不能成其伎": 能飞但飞不过屋顶, 能爬但到不了树顶, 能游却渡不过溪涧, 会挖洞但洞不能藏身, 会跑但人都能追上。[3] 意思是蝼蛄技艺虽多, 却无一真正精通。不过, 话虽如此, 蝼蛄也算是比较"全面发展"的害虫了, 其打洞本领, 从建筑视角看, 确实不算高超, 但对农作物的破坏性却极大。蝼蛄常年生活于地下, 吃植物的种子和幼茎, 其在土壤中钻来钻去, 不仅造成植物因为根与土壤分离而生命枯竭, 还可能导致农田缺苗断垄。

孙炎《尔雅正义》说雄蝼蛄性喜鸣叫, 善飞行; 雌蝼蛄肚子大翅膀小, 不善飞。[4] 现代生物学认为, 雄蝼蛄鸣叫一是对雌蝼蛄唱情歌, 一是告知雌蝼蛄可以在此地产卵。雌蝼蛄听到自己欣赏的歌声时, 就会情不自禁坠入爱河。不过, 它们可不是哪里的雄蝼蛄都喜欢。1989 年, 我国昆虫学家利用高保真录音机先行录下北京某地雄蝼蛄的"情歌"后, 拿到河南某地田间播放, 以为雌蝼蛄们会应声群来, 然后将其一举消灭。结果发现, 来的雌蝼蛄很少。换成河南当地雄蝼蛄鸣声后, 引诱来的雌蝼蛄数量明显增多。这说明, 动物其实也是有"方言"的。

蝼蛄很少进入我国古代文人视野, 不过古诗十九首中的《凛凛岁云暮》, 以蝼蛄悲鸣起兴, 写女子思夫, 颇为感人。诗云: "凛凛岁云暮, 蝼蛄夕鸣悲。凉风率已厉, 游子寒无衣。锦衾遗洛浦, 同袍与我违。独宿累长夜, 梦想见容辉。"以一个独守空房女子的口吻, 写出了丈夫远行后, 自己的挂念与孤单。

《搜神记》里收录了一个蝼蛄精知恩图报的故事。太原人庞企任庐陵（今江西吉安）太守时, 说他有祖上曾被连累入狱, 忍受不了酷刑, 屈打成招。案子报上去等待裁定时, 有只蝼蛄在他祖上身旁爬来爬去。先祖就对蝼蛄讲起了自己的遭遇, 对它说:

"假如你有神通，能让我免死，可是一件大善事。"说完把饭食扔给蝼蛄吃。蝼蛄吃完就走了，过一会儿再回来，形体看上去变得稍大了一些。先祖觉得很奇怪，又扔食物给它吃。就这样过了几十天，蝼蛄竟长得像一头猪那样大。等到案子审核下来，确定了先祖死罪，要被杀头，当天夜里，蝼蛄在墙根挖了一个大洞，先祖于是设法弄开枷锁，从洞里逃了出去。过了一段时间，遇天下大赦，先祖被免去死罪。后来，庞氏家族世世代代一年四季都在城市街道上祭祀蝼蛄神，以示感恩，至今犹然。

蝼蛄虽然是害虫，但也不是全无益处。它是一味历史悠久的中药，在《名医别录》《本草纲目》等多种医药典籍中均有记载。临床上蝼蛄主要用于治疗大小便不通、水肿、肝硬化腹水症，也用于治疗泌尿系统结石、肾炎以及结核病。

· 注释 ·

1. 陆玑《毛诗鸟兽草木虫鱼疏》："去其螟螣及其蟊贼，螟似蚼蚼而头不赤；螣，蝗也；贼，桃李中蠹虫，赤头，身长而细耳；或说云，蟊，蝼蛄，食苗根，为人害。"《尔雅》："食苗心，螟；食叶，螣；食节，贼；食根，蟊。"

2. 见《旧唐书·列传第四十六　姚崇宋璟》。

3. 宋罗愿《尔雅翼》：蝼蛄"有五能而不能成其伎，一飞不能过屋，二缘不能穷木，三泅不能渡谷，四穴不能覆身，五走不能绝人"。

4.《埤雅·释虫》："蝼蛄，臭虫，一名蟪，一名天蝼，《夏小正》曰，蟪则鸣，蟪，天蝼也。孙炎《尔雅正义》以为蟪是雄者，喜鸣善飞，雌者腹大羽小，不能飞翔。"

⑭
⑭

3.15 为鬼为蜮

小雅中的《何人斯》，《毛诗序》认为是周朝卿士暴公诋毁中伤另一卿士苏公，苏公愤而以笔为刀痛斥暴氏的绝交诗。[1]诗作一开始就责问对方："彼何人斯？其心孔艰"，那是个什么人啊，他的心思真是诡秘难测。最后一章又责骂对方"为鬼为蜮，则不可得。有靦面目，视人罔极"，如果真是那来去没踪影的鬼魅，行径自然不可得知；可你生了一张人脸，心思却如此险恶莫测，简直胜过鬼怪啊！就这些诗句看来，似乎《毛诗序》对诗歌主旨的看法说得通，可诗中又说"壹者之来，云何其盱。尔还而入，我心易也。还而不入，否难知也。壹者之来，俾我祇也"：你回家一次吧，我是何等望眼欲穿啊！你回来走进家门，我的心才会平静；你回来了却过门不入，我就六神无主，情绪败坏；你回家一次吧，使我的心安定下来，不再胡思乱想吧。这几句话简直就是一个失去丈夫的爱，渴望丈夫回心转意的可怜女子的卑微央求。所以，《毛诗序》的观点很多人提出质疑，现代学者多认为这是一首遭受薄情郎冷遇女子的泄愤抒怀之作。

"蜮"为何物，历代学者有过多种说法。三国吴陆玑所著《毛诗草木鸟兽虫鱼疏》记载，蜮是一种长得像乌龟的双足怪物，名短狐，长江淮河一带均有；蜮在水中通过袭击人影就可以把人杀死，因此又叫"射影"，也有人说，蜮含细沙射人，沙入人肌肤"其创如疥"。[2] 书中还说南方人一般在入水前会先投瓦石把水弄浑，不让人影出现在水中以避害。[2] 晋葛洪《抱朴子》中说，蜮是一种水虫，长得像蝉，有翅膀，能飞。[3] 东晋郭璞《玄中记》说，蜮是一种"长三四寸，色黑，广寸许"，背上有甲、头上有角的怪物，名水狐，并说"其形虫也，其气乃鬼也"。唐陆德明注《毛诗传笺》则说，蜮长得像鳖，三足，又名"射工""水弩"，在水中含沙射人。[4] 师旷《禽经》中有"鹅飞则蜮沉"句，认为蜮怕鹅，鹅是它的克星。众说纷纭，不过一般都认为蜮和鬼一样都是暗中害人之物，不过鬼是陆地害人之物，而蜮则是在水里害人。

　　害人之物自然不受人待见，人们经常"鬼""蜮"并称，形容人阴险狡诈。如俗语"奸同鬼蜮，行若狐鼠"，就是比喻人奸诈狡猾。宋代著名文学家苏轼著《孔北海赞（并叙）》中评曹操，"阴贼险狠，特鬼蜮之雄者耳"，也是一个意思。而后来罗贯中的小说《三国演义》，基本沿袭了前人对曹操的评价，并因其广泛影响，让曹操"奸雄"的形象深入人心，京剧舞台上曹操的扮相，就是代表奸臣的"大白脸"。明末清初学者周亮工《书影》中，评价战国时期依附权贵的门客，也用了"鬼蜮"一词："大约战国之时，君多木偶，客多鬼蜮，人命则草菅耳。"意思是大概战国的时候，那些所谓贤名在外的公子，多为听人摆布的傀儡，听从一些欺世盗名用心叵测的说客之言，视人命如草芥。之所以这样说，背后有一个故事。赵国平原君宠爱的美人讥笑住在楼下的跛者，跛者不堪其辱，要平原君杀美人谢罪。平原君口头答应但没照办，于是门客纷纷离去，认为平原君"爱色而贱士"。

平原君大惊，立令左右斩美人之头，并亲自登门向跛者长跪请罪。于是，门下宾客皆称颂平原君贤明，又纷纷回来。周亮工认为美人笑跛者固然不对，但罪不至死，跛者要求以命相抵，已大谬；门客以国士自命，竟也视人命如草芥，不可理喻；而平原君知笑者无大罪，竟为虚名斩美人谢客，真皆沽名钓誉、占风望气之徒也，故作如是批评。

鬼蜮也指代各种邪恶势力，如清代黄遵宪《逐客篇》中形容晚清国势衰颓，妖魅横行："鬼蜮实难测，魑魅乃不若。"1976 年周恩来总理逝世，悼念总理的《天安门诗抄》中就有"鬼蜮欲出笼，九天有霹雳"句。

· 注释 ·

1.《毛诗序》："《何人斯》，苏公刺暴公也，暴公为卿士，而谮苏公焉，故苏公作是诗以绝之。"

2.《毛诗草木鸟兽虫鱼疏》："蜮，短狐也，一名'射影'，如龟，二足，江淮水滨皆有之。人在岸上，影见水中，投人影则杀之，故曰射影也。南方人将入水，先以瓦石投水中，令水浊，然后入。或曰含细沙射人，入人肌其创如疥。"

3.《抱朴子》云："蜮，水虫也。状似鸣蜩，有羽能飞。"

4. 唐陆德明注《毛诗传笺》：蜮"状如鳖，三足，一名'射工'，俗呼之'水弩'，在水中含沙射人，一云'射人影'"。

3.16

卷发如虿

周幽王沉湎酒色、重用小人，导致政局不稳，各种社会矛盾激化。公元前 771 年犬戎攻破镐京后，继位的周平王不得不将周都城由镐京迁至洛邑。离开生活多年的故土，一切都是那么陌生，想到曾经的繁华，想到再也回不去的从前，人们心中不禁充满悲伤。《诗经·小雅·都人士》就是这种情绪的反映。诗中写道："彼都人士，垂带而厉。彼君子女，卷发如虿。"那时候的京都人士啊，腰间所系丝绦身边飘荡；那时候的贵族女子啊，头发卷曲如蝎尾上翘。仿佛就是一位饱经沧桑的老人，在向后人诉说曾经那段荣光的过往。接下来是感叹："我不见兮"，可是，这一切我再也见不到了。

诗中"卷发如虿"的"虿"，《毛诗故训传》说是一种尾部有毒针可刺人的虫。[1]《毛诗陆疏广要》说，虿即幽州人说的蝎子。[2]《尔雅翼》中记载，医家说虿尾即蝎梢。[3] 据《本草纲目》，许慎《说文解字》说蝎即虿尾虫，尾巴长的是虿，尾巴短的是蝎；葛洪说蝎前为螫后为虿；蜂和虿入药全用者称全蝎，用尾者称蝎梢，尾部药性尤猛。[4] 由上述可知，虿实际就是蝎子一类毒虫的古称，古人早就将虿、蝎合一了。虿还有个名字叫"主簿虫"。

唐段成式《酉阳杂俎》写了一个小故事，说是江南本无蝎，唐开元初，有个主簿用竹筒装着蝎子跨过长江后，长江以南才有了蝎子，所以又称蝎子主簿虫。明代医家李时珍在他的《本草纲目》中也引用了这则故事。

蝎子最有名的就是它的毒性。古往今来蝎子咬人的事情时有发生。《三国志》中记载，彭城夫人有天晚上上厕所，手被蝎子咬了一口，她痛得大呼小叫，无可奈何。后来是名医华佗让人把药水加热到近乎烫的程度，将彭城夫人的手泡在里面，彭城夫人才慢慢睡着。但是旁边有人不断更换药液，到第二天早上，她的手就痊愈了。[5] 我们今天已经知道，被蝎子咬可不容小觑，轻则红肿、剧痛，严重的甚至可能有生命危险。也正因为如此猛烈的毒性，一般心性恶毒的人也被称为"蛇蝎之人"。

北宋政治家、史学家、文学家司马光写过一篇名为《蚤祝》的文章，也讲了一个蝎子咬人的故事：

一老头晚上站在院子里，拍树时被蝎子蜇了手，顿感一阵钻心的痛，捧着手直叫唤。家人请来巫师为他祷告。巫师说："你姑且别把被蝎子咬看得太严重，就当是被普通虫子咬了一下，心里藐视它，对它说：'你以为你是什么东西，能害我？'就不会痛了。"老头按巫师说的办了。没多久他就真的觉得不痛了，于是感谢巫师并问："你是用什么办法这么快就解除了蝎子毒？"巫师回答："蝎子没有毒你啊，是你自己招来的毒；我没有排除你的毒，是你自己排除的。中毒还是去毒，都非我的能力所能做到，都是你自己办到的。"老头听了感叹："是呀，毒害人的东西哪里只是蚤尾呢，利益、祸害、忧愁、享乐都是害人的东西。人们自己招惹它，自己攘除它，也跟这蝎毒是一回事啊。"

司马光在世时历仕四朝，政绩卓著，并主持编撰了史学巨著

《资治通鉴》。他的文章最典型的特点就是见微知著，善于通过一般小事阐发深刻道理，这则《蚤祝》就是。司马光用被蝎咬这么一件事情来说明"利害忧乐"于人的影响，就是因为，在他看来，最烈的毒其实就在人们心中，各种欲望、忧患和耽乐等，都是人体内的"蝎毒"。

可是，就是这样一种与蜈蚣、毒蛇、壁虎和蟾蜍并称为"五毒"，在地球上存活了几亿年，历经四次生物大灭绝而依然顽强存在的毒物——蝎子，如今的生存现状也不容乐观了。作为一种名贵中药材和一些地方的美食，蝎子的身价日益高涨，市场上供不应求，因此不少人铤而走险，疯狂捕捉蝎子以牟取暴利，导致很多地方再也找不到野生蝎子。蝎子虽然有毒，但它的毒性用于防御居多，一般不会主动攻击人。而且，蝎子每年可以吃掉很多害虫，保护农作物，同时又是鸟类的食物，对于维持食物链的平衡也是功不可没。这样一种很有用的毒物，我们在利用的同时，也应该加以保护。

· 注释 ·

1. 《毛诗故训传》："虿：蝎虫也。"

2. 《毛诗陆疏广要》："虿，一名杜伯，河内谓之蚊，幽州谓之蝎。"

3. 《尔雅翼》："今医家谓虿尾为蝎梢。"

4. 《本草纲目》："许慎云：蝎，虿尾虫也，长尾为虿，短尾为蝎；葛洪云蝎前为螯后为虿。古语云，蜂虿垂芒，其毒在尾，今入药有全用者，谓之全蝎，有用尾者，谓之蝎梢，其力尤紧。"

5. 《三国志·魏志·华佗传》："彭城夫人夜之厕，虿螫其手，呻呼无赖。佗令温汤近热，渍手其中，卒可得寐，但旁人数为易汤，汤令暖之，其旦即愈。"

鱼
部

鱼部

4.1
鲂鱼赪尾

　　"鲂鱼赪尾"出自《诗经·周南·汝坟》。《毛诗序》认为这是一首赞扬文王德化之功的诗作，诗中汝水畔之妇人能体恤远方服役的丈夫，劝勉其保家卫国，正是因为周文王"道化行也"。[1]不过，多数学者认为这是一首妻子终于见到久役归来的丈夫却又马上要离别，倾诉思念并试图留住丈夫的诗作。诗中女子独自承担家庭重任，还做"伐薪"之重活，想到男子又得离开，不禁心中悲痛。"鲂鱼赪尾，王室如毁。虽则如毁，父母孔迩"即女子对丈夫说的话：王室事务火般紧急，你就如一只拖曳着累红的尾巴的鳊鱼，四处奔忙；可是，虽然王命不可违，你走了，家中穷困挨饿的父母，谁来养活啊！"鲂鱼"，《尔雅·释鱼》说，"江东呼鲂鱼为鳊"。"赪尾"，红色的尾巴。古人认为，鲂鱼长时间游水后，尾巴会因劳累而变红，即孔颖达《毛诗注疏》中说的"鱼劳则尾赤"，不过据现代生物学家研究，有一些鱼类为了招引异性，会在春天交尾时期尾巴变红。

　　有了《诗经》为开端，后代很多文学作品便用"鲂鱼尾"来指称黎民苦难。如北周庾信的《哀江南赋》，"既而鲂鱼赪尾，四郊多垒"，描写了家国残破中人们遭受离乱的凄苦；清诗人孙枝蔚的《寄怀王西樵考功》，"甘贫兼惜鲂鱼尾，拟古初伤雉子斑"，则是赞扬友人甘于贫穷又不忘民生疾苦的高尚情怀。

鲂鱼即我们今天俗称的鳊鱼，主要栖息于江河流速较缓水域或湖泊。鲂鱼是杂食性鱼类。幼鱼主要食浮游动物、一些软体动物的幼体及少量水生植物。成鱼主要以苔草、软体动物和淡水海绵、丝状绿藻等为食，个别的也摄食水生昆虫、虾和小鱼。鲂鱼冬季不怎么活动，一般群集在深水的石隙中越冬。《诗经》中除了周南《汝坟》，还有陈风《衡门》、豳风《九罭（yù）》也提到了鲂鱼。周南包括今河南西南部和湖北西北部，陈大致相当于今天河南淮阳、柘城和安徽亳州一带，豳大致为今陕西彬州、旬邑一带。这说明，在我国古代，黄河、长江和淮河流域等均有鲂鱼栖息活动。

《衡门》中说："岂其食鱼，必河之鲂？岂其取妻，必齐之姜？"难道我们吃鱼的话，必须是黄河的鲂鱼才行吗？难道我们娶妻的话，必须是齐国的姜姓姑娘吗？鲂鱼为上等美食，齐国姜姓是贵族大家。这里说不必非吃美味佳肴，不必非娶贵族千金，反映出诗人不慕荣华、安贫乐道的思想。孔子盛赞颜回"一箪食、一瓢饮"，陶渊明纵情歌咏"采菊东篱下，悠然见南山"，可说与《衡门》所表现的人生态度一脉相承。《九罭》，《毛诗序》认为是周公东征平乱后，东方诸国老百姓舍不得他离开，所写下的赞美挽留周公的诗歌。[2] 还有说法认为，《九罭》是主人宴请高级官员时所唱的赞辞。开篇"九罭之鱼，鳟鲂"，是说用细眼渔网去捕鳟鱼、鲂鱼来招待客人，体现出宾客身份的尊贵。很显然，《衡门》《九罭》这两首诗中，鲂已经脱离苦难黎民，而变成与豪门挂钩、彰显等级身份的物象了。

鲂鱼鲜美的声名，古代便有之，尤以襄阳岘山下汉水槎头鳊[3]

为著。据清陈元龙《格致镜原》，南朝宋张敬儿为襄阳刺史的时候，齐高帝求此鱼，敬儿造六艘大船装槎头缩项鳊鱼1600头进献。[4]唐著名山水诗人孟浩然身为襄阳人，也是深爱此家乡美味，并有赞美诗《岘潭作》传世："试垂竹竿钓，果得槎头鳊。美人骋金错，纤手脍红鲜。因谢陆内史，莼羹何足传。"而杜甫"复忆襄阳孟浩然"，也没忘了汉水的槎头鲂，其诗《解闷十二首（其六）》曰："即今耆旧无新语，漫钓槎头缩颈鳊。"五代吴越天馋居士毛胜，取水族数十种生物，"各扬其德，各叙其财"，假沧海龙君之命分别拟以官名，并各撰加恩制令一篇集成《水族加恩簿》，其中素有美誉的湖北槎头"缩项仙人鳊"，荣获"槎头刺史"官职。[5]不过金末著名文学家、历史学家元好问观点不同，其《峡口食鳊鱼有感》不仅没夸奖鳊鱼，还嫌弃"缩颈鳊鱼刺鲠多"，最过分的是，还说"凭君莫爱襄阳好"，请别人也不要去喜欢这个襄阳的所谓美食。

· 注释 ·

1.《毛诗序》："《汝坟》，道化行也。文王之化行乎汝坟之国，妇人能闵其君子，犹勉之以正也。"

2.《毛诗序》："《九罭》，美周公也。周大夫刺朝廷之不知也。"

3. 槎头鳊，即鳊鱼，缩头、弓背，色青味美，以产汉水者最著。人常用槎拦截，故亦称"槎头缩颈鳊"。

4. 见清陈元龙《格致镜原·水族类二》。

5. 五代毛胜《水族加恩簿》："缩项仙人鳊也，令：以尔缩项仙人，鬼腹星鳞，道亨襄汉，宜授'槎头刺史'。"

4.2

**鳠鲨
鲂鳢**

　　《诗经》小雅部分的《鱼丽》[1]是一首描写贵族燕飨宾客的诗歌。这首诗赞美了宴会食物的丰盛，尤其是鱼的品类繁多，有鳠、鲨、鲂、鳢、鰋、鲤六种。诗云："鱼丽于罶，鳠鲨。君子有酒，旨且多。鱼丽于罶，鲂鳢。君子有酒，多且旨……"大意就是，鱼儿落进捕鱼篓，有肥美的鳠鱼、鲨鱼，还有鲜嫩的鲂鱼、乌鳢等；主人宴请宾客，不仅美酒味醇，而且菜肴丰盛。《毛诗序》认为，诗中的各种鱼儿颜色不同，有黄有青，有白有黑还有红，正反映了万物繁盛。[2]

　　诗中的鳠和鲂分别是今天的黄颊鱼和鳊鱼。黄颊鱼又名黄颡鱼，也就是我们常吃的黄鸭叫。宋陆佃《埤雅》记载了很多有关鳠的说法，其中引用的三国时陆玑的叙述颇为神奇，说这种也叫黄颊鱼的鳠，"燕头鱼身"，颊骨黄色，是鱼中"有力解飞者"，又名"黄扬"，传说其胆还能在腹腔内上下移动：春夏之际长在腹中靠下的位置，秋冬之际则在腹中靠上位置。[3]李时珍认为鳠即黄颡鱼，他在《本草纲目》中细致描绘了鳠的外表，说它没有鳞片，有些像鲇鱼，腹部黄色，背部青中带黄，有两根须。[4]

　　黄颊鱼是江西鄱阳湖一带特种水产，五代著名道士杜光庭所撰《录异记》，就有鳠鱼"豫章界有之，多居污泥池中"的记载。而古豫章城即南昌古城，正在鄱阳湖与赣江交汇处，这说明鳠这种鱼，已经在浩浩汤汤的鄱阳湖，安然悠游了上千年。

《鱼丽》中提到的鲨鱼，能钻入鱼篓，可见绝非现在海洋中动辄几吨的大鲨鱼。陆玑《毛诗草木鸟兽虫鱼疏》就认为，鲨是一种长得像鲫鱼的小鱼，身上有黑点，常常张口吹沙，也叫吹沙鱼。[5]《尔雅》认为鲨就是鮀鱼。[6] 鮀鱼体形狭长，一般为25~50厘米，体重300~1000克，正好可以自由进出鱼篓、鱼笼，符合诗中描述。鮀鱼分布于我国东海、黄海和渤海等广大海域，如今"鮀"这个汉字已经属于生僻字了，倒是多见于广东汕头，汕头市的别称就是"鮀岛"。

诗中的"鳢"就是今天俗称黑鱼、财鱼的乌鳢。我国古代对乌鳢有过很多观察与记录。《尔雅翼》中说，乌鳢体形圆长，身上有七处斑点排列如北斗七星，夜晚仰首朝向北方，说明乌鳢讲自然之礼。[7] 道家将乌鳢这种特征与雁讲伦常、犬有忠义并列，进而提出"三厌"之说，禁止食用这三种动物，说人若吃了这三种动物，天地神明都会恼怒。[8]

古人还注意到小黑鱼有游进母黑鱼嘴里的行为，认为是母黑鱼产下小黑鱼后身体虚弱，眼睛失明，不能去捕食，于是感怀母鱼生育之恩的小黑鱼，便自动游到母鱼嘴里，成为母亲的食物。所以黑鱼又有"孝鱼"之称。其实这种现象，是小黑鱼遇到危险了，母黑鱼让它们藏在自己的嘴里，并不是小黑鱼把自己当食物去喂养母亲。

乌鳢味道鲜美，营养丰富。据《诗经》可知，它作为人类美食应是由来已久。晋人王嘉所撰《拾遗记》，还有"淇漳之鳢，脯以青茄"之记载。乌鳢还有一定医疗价值，可以生肌补血，促进伤口愈合。现今我们经常吃的酸菜鱼、水煮鱼，也多以乌鳢为食材。

乌鳢生性凶猛，属于典型的攻击性鱼类，常能吃掉某个湖泊或池塘里的其他鱼类，所以经常成为养鱼业的灾难。它胃口奇大，据说一次能够吃进接近自身体重 60% 的食物，食物缺乏的时候，连自己的幼鱼都不放过。不过，虽然凶悍，如今它也是国家重点保护水生动物了。

· 注释 ·

1.《鱼丽》是《诗经》中涉及鱼类较多的篇什，出现的鱼类有鲿、鲨、鲂、鳢、鰋、鲤等；《诗经》中另一诗作《潜》，涉及鱼类有鳣、鲔、鲦、鲿、鰋、鲤。

2. 陆佃《埤雅》："《诗》曰，鱼丽于罶，鲿鲨，鱼丽于罶，鲂鳢，鱼丽于罶，鰋鲤，盖鲿鱼黄，鲂鱼青，鳢鱼玄，鰋鱼白，鲤鱼赤，则五色之鱼具备，故序以为万物盛多也。"

3.《埤雅》："鲿，今黄鲿鱼是也。性浮而善飞跃，故一曰'扬'也。陆玑曰，今黄颊鱼，燕头鱼身，颊骨正黄，鱼之有力解飞者，一名黄扬，旧说鱼胆春夏近下，秋冬近上。"

4.《本草纲目·鳞之三·黄颡鱼》："黄颡，无鳞鱼也，身尾俱似小鲇，腹下黄，背上青黄，腮下有二横骨，两须，有胃，群游作声如轧轧，性最难死。"

5. 陆玑《毛诗草木鸟兽虫鱼疏》："鲨，吹沙也，似鲫鱼狭而小，体圆而有黑点，一名重唇鲨。鲨常张口吹沙。"

6.《尔雅·释鱼》："鲨，鮀。"

7.《尔雅翼》："鳢鱼圆长而斑点，有七点作北斗之象，夜则仰首向北而拱焉，有自然之礼，故从礼；胆独甘也，故从醴。"

8. 明高濂《遵生八笺·清修妙论笺（上）》："雁有序兮犬有义，黑鲤朝北知臣礼，人无礼义反食之，天地鬼神俱不喜。"明朱国祯《涌幢小品·字义字起》："俗语有五荤三厌之说，厌字殊不解。后读《孙真人歌》，谓天厌雁，地厌狗，水厌乌鱼。雁有夫妇之伦，狗有扈主之谊，乌鱼有君臣忠敬之心，故不忍食。"厌，是指神明不喜、讨厌。

4.3

其鱼鲂鳏

　　鲁国是周代姬姓宗邦，是周礼的保存者和实施者，向称礼仪之邦。不过在孔子出生前一百多年，鲁国却发生了一桩丑闻：公元前 694 年，在位已经十八年的鲁桓公携夫人文姜到她的母国齐国，孰料齐国国君齐襄公与文姜私情复燃。文姜不仅贵为鲁国第一夫人，还是齐襄公同父异母的妹妹，她与齐襄公之间违背人伦的畸形恋情，最终导致鲁桓公命丧黄泉，也成为《诗经》中《敝笱（gǒu）》《载驱》等多篇诗作的讽刺对象。《敝笱》中"敝笱在梁，其鱼鲂鳏。齐子归止，其从如云"，宋代理学家朱熹认为，这是用架设在鱼坝上的破鱼篓子笼不住鲂、鳏等大鱼，来讽刺鲁桓公微弱无能，管不住老婆文姜，对她的不守妇道束手无策，还任其仆从如云，招摇风光地回齐国探亲。[1]

　　诗中的鲂是我们先前已经介绍过的鳊鱼；而鳏，在今天看来，它的意思就是鳏夫，也就是无妻或失去老婆的男子，不过它的"鱼"字部首提醒我们，鳏与鱼类是有着历史渊源的。东汉刘熙《释名》说，"鳏"本义为光明，鱼的眼从不闭上，就如孤独愁闷之人，漫漫长夜辗转难寐，目"恒鳏鳏然"，所以鳏字部首从鱼。[2]李时珍在《本草纲目》中说，《诗经·敝笱》中的"鳏"，其实就是一种叫鳏的鱼，这种鱼食量巨大、强健难捕且会吞噬同类，非常凶猛，它性情孤僻，一般独来独往，所以又名"鳏"。³

记录孔子后代子孙言行的书籍《孔丛子》记载了一则有关鳏鱼的故事。子思住在卫国的时候，有次见一个卫人在河里钓到一条鳏鱼，那鱼大得可以装满一辆车。子思问："鳏鱼是很难捕捉的鱼，您是怎么钓到的呢?"卫人回答："我先是用一条鲂鱼做诱饵，鳏鱼经过时看都不看，于是我换成半头猪做饵，它就上钩了。"子思听了喟然叹息："鳏鱼虽然难得，但死于贪吃鱼饵; 贤人虽然心怀仁义道德，也可能因为贪图功名利禄而死啊!"⁴这则故事是借子思之口阐发微言大义，但也从侧面反映了古人对鳏鱼难捕、贪食等特点的认知。

鳏鱼性孤僻，又与无眠相联系，后来就衍生出失去老婆或没有老婆之鳏夫义。其在文学作品中，则多用以表达孤独、愁闷之情绪。如北宋梅尧臣失偶后所作《秋日舟中有感》云："鳏鱼空恋穴，独鸟未离柯"，南宋著名爱国诗人陆游《晚登望云》曰："衰如蠹叶秋先觉，愁似鳏鱼夜不眠"，都是如此。清王韬《淞滨琐话·罗浮幻迹》中说，"年将二十，犹作鳏鱼"，则是指还未娶妻。《孟子·梁惠王章句下》中有一段著名的对话："老而无妻曰鳏，老而无夫曰寡，老而无子曰独，幼而无父曰孤，此四者，天下之穷民而无告者。"这段话是成语"鳏寡孤独"的原始出处，其中的"鳏"虽与今义略有不同，但均有无妻意。

鳏鱼一般生活在江河、湖泊的中上层，游泳迅速，行动敏捷，是一种比人们熟悉的黑鱼、鳜鱼等食肉鱼更为凶猛的鱼类，也更加贪食，不分荤素见了就吃，有食就抢，是其他淡水鱼的大敌。不过再凶猛的动物，最终都难免成为人类的"盘中餐"。马王堆汉墓出土的六种鱼类食物中，就有它。随着环境变化，再加上过度捕捞，野生鳡鱼已经越来越少，大部分江河湖泊已难觅鳡鱼踪影。

· 注释 ·

1. 朱熹《诗集传》："齐人以敝笱不能制大鱼，比鲁庄公不能防闲文姜，故归齐而从之者众也。"这里的鲁庄公应为鲁桓公。

2. 东汉刘熙《释名·释亲属》："无妻曰鳏。鳏，昆也；昆，明也。愁悒不寐，目恒鳏鳏然也。故其字从鱼，鱼目恒不闭者也。"

3. 李时珍《本草纲目·鳞之三》："鳡，敢也；餂，陷也，陷音陷。食而无厌也，健而难取，吞啖同类，力敢而餂物者也，其性独行，故曰鳏。《诗》云'其鱼鲂鳏'是矣。"

4.《孔丛子·抗志篇》此处原文："子思喟然曰：鳏虽难得，贪以死饵，士虽怀道，贪以死禄矣。"

4.4

鳣
鲔
发
发

　　鳣、鲔是《诗经》中出现频次较高的鱼类，国风《硕人》、小雅《四月》，还有周颂部分的《潜》等诗篇都提到过。《硕人》是一首写齐庄公的女儿庄姜出嫁场面并盛赞其美貌的诗歌。诗中"施罛濊濊，鳣鲔发发"是写撒网捕鱼的场面。撒网入水的声音"濊濊（huò）"，鱼尾击水的声音"发发（bō）"，整个场面热烈喜庆，捕到的鱼也是鳣、鲔一类高贵的鱼。这一方面是为了引出隆重盛大的婚礼场景，一方面也衬托出了庄姜相貌之美与身份之尊。《四月》抒发了周代一位被放逐臣子，去南方途中的忧郁愤懑。诗人想到自己为国事鞠躬尽瘁却不被善待，还被放逐，不禁发出"匪鳣匪鲔，潜逃于渊"，我既不是鳣鱼也不是鲔鱼，不能像它们一样潜入深渊，对自己的悲苦命运无能为力的哀叹。《潜》是一首祭祀诗，其中"有鳣有鲔"，是说献给宗庙的祭品中就有珍贵的鳣鱼和鲔鱼。

　　鳣，鲟鳇鱼的古称，李时珍《本草纲目》说又名黄鱼、蜡鱼、玉版鱼，是一种没有鳞片、颜色灰白、有须、尾部分叉的长鼻子鱼，与鲟鱼很像；其一般居于"矶石湍流之间"，捕食很有特点，"张口接物，听其自入"，所以有人说鲟鳇鱼居于山穴、吃

"自来食"。[1] 而李时珍的描述，正与今日所说鳇鱼特征相符。

鳇鱼一般指达氏鳇，是鲟形目鱼的一种。达氏鳇属于大型肉食性鱼类，性情凶猛，主要产于黑龙江、乌苏里江、松花江水域，以寿命长、体积大、食量多、力量强著称。它是白垩纪时期保存下来的古生物群种，曾与恐龙在地球上共存过，而且，经历一亿多年的沧桑巨变后，其古朴的外形基本上没任何改变，因此又被誉为水生物中的"活化石"。

在古代，鳇鱼的生长范围远非局限于东北。明李时珍《本草纲目》说，"鳣出江淮黄河辽海深水处"，同时代的黄省曾《养鱼经》也说，"江海之产，有鲟鳇之鱼"，这里的江即指长江。而从《诗经》、特别是从小雅《四月》中朝臣放逐地在长江、汉水一带看来，周代鳇鱼应该在南方并不罕见。所以说，《诗经》不仅仅是一部文学著作，它无意间记录的那个时代的自然现象和水产分布，为生物学研究提供了宝贵的资料。

鳣鱼后来被称为鳇鱼，据说与清朝乾隆皇帝有关。传说乾隆年间，剽悍的赫哲人捕获了一条很大的鳣鱼，当时谁都没见过这么大的鱼，非常惊奇。按照当时惯例，凡是民间珍稀物品都要送到京城献给皇帝，所以，这条"大怪物"就被当地渔民经历千辛万苦，从黑龙江送到了京城。经检验，认定此鱼无毒且是上等美味，于是御膳房赶紧做了一盘鱼肉请乾隆皇帝品尝。乾隆皇帝品尝后，顿时龙颜大悦。旁边大臣见状，便请乾隆皇帝给鱼赐名。乾隆皇帝说，这条鱼在目前发现的淡水鱼中最大，简直可说是鱼王，从今儿起它就作为贡品每年进贡给皇家享用，既然是皇家享用，那就叫鳇鱼吧。于是鳣鱼就变成了鳇鱼。另也有说是康熙皇帝出猎，路见一渔民捕到一条非常大的鱼，不知何名，便赐名"皇鱼"，因为是鱼类，加鱼旁为"鳇"。

　　当然，这都只是传说。早在宋吴自牧《梦粱录·肉铺》中就有"鲟鳇鱼鲊"的记载；宋人刘应李撰《翰墨大全》说江淮人以鲟鳇鱼作鲊，名片酱，亦名玉版；明徐渭诗《送娄某丞丹阳》中有"莫买鲟鳇糜俸钱"句：这都说明鳇鱼这一名称并不是清代才有。不过，设立专门的"鳇鱼贡"制度，并由专门部门负责，应是从清朝开始的。

　　在《诗经》时代常见的鲟鳇鱼，由于环境污染、水土流失等原因，目前几乎只栖息在黑龙江干流，其他地方均几近绝迹。如今，达氏鳇更是被列入《世界自然保护联盟濒危物种红色名录》，而且是极危品种。

　　《诗经》诸多诗篇中提到的鲔鱼，从大类来说，是指我们现在说的鲟鱼。李时珍在《本草纲目》中说，鲟鱼即鲔鱼、王鲔，又名碧鱼，是一种长得像鳣，没有鳞片，背部青色、腹部白色的大鱼，有一根差不多与身子等长的鼻子，脸颊两侧有梅花状斑纹，尾部分叉，形如手柄。[2] 这与同时代彭大翼《山堂肆考》中对鲔鱼的描述一样，不过彭大翼说鲟鱼又名鲟鳇鱼。[3] 这说明古人对鲟、鳇两种鱼分得并不是很清楚。《礼记·月令》有春季最后一个月献鲔于宗庙的规定，《周礼》也有"春献王鲔"之说。这里的"王鲔"，晋郭璞认为是指大的鲔鱼。[4] 发现于成都金沙遗址的白鲟纹金带上刻画的用于祭祀的两条大鱼的形貌，与李时珍和彭大翼笔下的鲔正好相符，这说明，《诗经·潜》中所列祭品鲔，很有可能是 2019 年 12 月已经宣布灭绝的白鲟。另，毕竟鲟鱼有很多种，还有说古人所称之鲔鱼是指长江流域的中华鲟。

　　鲟鱼是约 1.4 亿年前中生代留下的稀有鱼类，属于现存起源最早的脊椎动物之一。我国是世界上鲟鱼品种最多、分布最广、资源最为丰富的国家之一，因地域或品种不同有中华鲟、白鲟、库页岛鲟、达氏鲟等多种。白鲟又叫象鱼，属半溯河洄游性鱼类，春季溯江产卵，曾经主产于长江流域，钱塘江和黄河下游也有发现，是我国特有珍稀动物，国家一级野生保护动物，有"水中大熊猫"之称，也是《世界自然保护联盟濒危物种红色名录》中的极危物种——"极危"代表的濒危程度仅次于"野外灭绝"和"灭绝"。据载，白鲟最大个体可超过 7 米，体重可超过 900公斤，是当之无愧的"淡水鱼王"。四川有谚"千斤腊子万斤象"，其中"腊子"是指被誉为"长江鱼王"的中华鲟，而"万斤象"即指白鲟。令人悲哀的是，2019 年 12 月，中国水产科学研究院长江水产研究所首席科学家危起伟，在国际学术期刊《整体环境科学》上在线发表了一篇英文论文——《世界上最大淡水鱼之一灭绝：长江生物保护的教训和启示》，文章指出，白鲟在2005 年到 2010 年时即已灭绝。

中华鲟一般成熟雄鱼重 80 斤以上，雌鱼重 240 斤以上，以昆虫幼虫、软体动物和鱼类等为食，是典型的溯河洄游性鱼类。白鲟已经很多年未发现踪迹，而中华鲟的生存现状也是令人担忧。20 世纪 70 年代，长江流域中华鲟数量曾超过 1 万条，80 年代下降到 2176 条；2000 年下降到 363 条；2010 年下降到 57 条。[5] 鱼类保护生物学专家危起伟说，如果不采取措施，中华鲟就会是下一个长江白鲟。目前，中华鲟也已被国际自然保护联盟（IUCN）列为极度濒危物种。这一方面与鲟鱼属于底栖肉食性鱼类，主要以一些小型的或行动迟缓的底栖动物为食，食性非常狭窄有关，一方面也是因为长江在过去几十年水质不断恶化，大坝建设破坏了鲟鱼的生存环境。好在现代科学技术不断发展，鲟鱼得以通过人工养殖继续繁衍。长江三峡下游的宜都市，建有国内最大的工厂化鲟鱼养殖基地，且正在着手建设世界上最大的鲟鱼博览馆。

希望人类的这些努力，能让鲟鱼这种经历了亿年自然选择的远古生命，重新焕发生机。

·注释·

1. 李时珍《本草纲目·鳞之四·鳣鱼》："无鳞大鱼也，其状似鲟，其色灰白，其背有骨甲三行，其鼻长，有须，其口近颔下，其尾岐。""其食也，张口接物，听其自入。""昔人所谓鳣鲔岫居，世俗所谓鲟鳇鱼吃自来食是以。"

2. 李时珍《本草纲目·鳞之四·鲟鱼》："其状如鳣，而背上无甲，其色青碧，腹下色白。其鼻长与身等，口在颔下，食而不饮。颊下有青斑纹，如梅花状。尾岐如丙。"

3. 明彭大翼《山堂肆考》："鳢，一作鲟，似鳣、鲔，而大江湖皆有之，鼻长如鹳嘴，故又名鹳嘴鱼。无鳞，有青黑斑文，作鲊甚美。口在颔下，一名鲟鳇鱼。"

4. 李时珍《本草纲目·鳞之四·鲔鱼》："季春天子荐鲔于寝庙，故有王鲔之称。郭璞云大者名王鲔，小者名叔鲔。"

5. 数据来源于 2020 年 12 月 4 日发表在国际期刊《科学》（*Science*）的文章"Chinese Sturgeon Needs Urgent Rescue"。

4.5

鲦鳢鰋鲤

　　鱼在自然界中属于绝对的大类，也是脊椎动物中种群数量最多的，占一半以上，且新种不断出现。人类早期以渔猎为生，鱼是主要食物，与人类生活密切相关。周王朝把用鱼作为祭品的时祀作为正式祭典。因此《诗经》中《潜》这首反映专用鱼类为供品的祭祀诗，一共才 24 个字，却提到鲦鳢鰋鲤等六种鱼，与《鱼丽》中提及的鱼类数量一样多。

　　全诗云："猗与漆沮，潜有多鱼。有鳣有鲔，鲦鳢鰋鲤。以享以祀，以介景福。"大意是：啊，景色秀美的漆水和沮水里，鱼儿可真多呀！有鳣鱼、鲔鱼，还有鲦、鳢、鰋、鲤等；捕来鲜鱼恭敬地奉祀，祈求祖先保佑、赐福。《礼记·月令》中说，冬季最后一个月周天子命掌鱼之官捕鱼献于宗庙，春季最后一个月献鲔鱼于宗庙。《毛诗序》认为《潜》中所写祭祀包括了冬、春两次，冬季献鱼，春天献鲔。[1]孔颖达《毛诗注疏》的解释是，冬季所献之鱼不限类别，故总称鱼；春季只献鲔鱼。之所以春季献鲔，是因为鲔鱼春夏间溯河而上产卵，那时方可捕得，冬天无法以之为荐。至于"潜有多鱼"的"潜"，《毛诗序》认为指鱼池，孔颖达《毛诗注疏》认为是放在水中供鱼儿栖止的柴草，鱼儿停在上面方便捕捉。这说明当时已经开始人工养鱼了。[2]

鳣、鲔、鲹前面已经说过，这里不再赘述，本文就介绍鲦、鳀、鲤三种鱼。《尔雅翼》中说，鲦身体细长而白，因此叫白鲦，又名白鲦。[3]李时珍《本草纲目》说，鲦鱼又名白鲦、鲹鱼、鲉鱼，"条，其状也；粲，其色也；囟，其性也"，是一种长仅数寸，状如柳叶的白色小鱼，鱼鳞细密整齐，生活在河流、湖泊中，从春至秋，常常喜欢群集于沿岸水面游泳，行动迅速。[4]白鲦多以藻类、高等植物碎屑、甲壳动物及昆虫等为食。

《庄子·秋水篇》那则著名的"子非鱼"故事中的"鲦鱼"就是白鲦。庄子和惠子在濠水的桥上游玩。庄子看到河中游来游去的鲦鱼，说："白鲦鱼游得多么悠闲自在啊，这就是鱼儿的快乐。"惠子说："你不是鱼，怎么知道它们是快乐的？"庄子说："你不是我，怎么知道我不知道鱼儿的快乐？"这则充满禅意的对话，虽然听起来像绕口令，却处处都是机锋。从认知的角度来看，人和鱼是两种不同的生物，人确实无法感受鱼的欢乐和悲伤，而人与人之间也有差异，也很难全面认知。因此，无论是对待人还是对待物、事，都不要用自己的主观意识去妄加揣测。

鳀鱼就是今天的鲇鱼。宋罗愿《尔雅翼》中说，鳀鱼又名鳀鱼，头部扁平，两眼长在头部上方，因为身体黏滑无鳞，所以叫鲇鱼。[5]明朝李时珍在《本草纲目》中说得更详细些：鳀鱼也即鳀鱼、鳀鱼、鲇鱼，"鳀"，夷也，平的意思，"鳀"，偃也，"鲇"，黏也，古称"鳀"，今称"鲇"，古人称"鳀"是因其头部扁平，称"鲇"是因其体表黏滑。《尔雅翼》中还说鲇鱼"善登竹"，口衔叶子跃于竹上，在水坝处也会自下向上腾跃，不过其结果，大抵是孟子所谓"缘木求鱼"，无功而返，因为鲇鱼是一种全身黏滑的鱼，而竹竿亦光溜圆滑，结果可想而知。所以有谚"鲇鱼上竹"谓本想登高却不能如愿。[6] 北宋欧阳修《归田录》载，宋朝文人梅尧臣，以诗闻名三十年，却没有在史馆、昭文馆、集贤院等处有一官半职。晚年受命修撰《新唐书》，他对妻子刁氏道："叫我修唐史，可谓是'猢狲入布袋'[7]呀！"妻子刁氏回答："你的仕途，又跟'鲇鱼上竹竿'有什么两样呢？"

鲇鱼生活在江河、湖泊、水库中，白天常常隐蔽不出，晚间则十分活跃。作为肉食性底栖鱼类，它经常伏身于水草丛生、流速缓慢的水底，等小鱼、虾类等接近时便张口吞食。鲇鱼生存能力很强，在很脏的水里甚至是化粪池中都能存活，而且在特别饥饿的情况下还会吃同类尸体，因此让人觉得很脏，甚至被称为"垃圾鱼"。但实际上并不是所有的鲇鱼都能在污水中繁衍，水质不好会影响其繁殖能力，太差还会导致它们身体无法代谢而死亡。动物粪便虽然是一种无毒且廉价的天然肥料，能为浮游生物提供大量营养物质，但养殖户也不会直接向水中投放动物粪便，一般都会先做发酵处理，消灭其中的有害物质，将粪便中的大分子蛋白质分解成更容易被吸收利用的小分子蛋白。

鲇鱼特别好动。据说挪威人很喜欢吃沙丁鱼，尤其是活鱼，可每次沙丁鱼运到市场后，大部分都死了，而活鱼价格要比死鱼高许多。后来有一位船长想到一个办法，就是在装满沙丁鱼的鱼槽里放进一条鲇鱼。鲇鱼进入一个陌生环境，四处乱窜。而沙丁鱼见了鲇鱼十分紧张，为了躲避也会到处游动。这样，沙丁鱼一直处于活动状态，就不会死了。这就是著名的"鲇鱼效应"。引用到企业中，即当一个团队发展到一种相对平稳状态，产生惰性，工作效率下降时，领导者便设计竞争机制，制定奖惩制度，引起队员之间的良性竞争，从而在提高个体素质的同时，也使团队整体能力得到了提升。

古代各种鱼中鲤鱼知名度最高，最受尊崇。宋陆佃《埤雅》中说，鲤鱼一般指红鲤，又名鳣鲤，其从头至尾的那道胁鳞，无论鱼儿大小，皆为36片，鳞片上有小黑点。[8]鲤鱼地位很高，古代述及鱼类的书籍，如《尔雅》《本草纲目》等，都是把鲤鱼放在首篇。陶朱公范蠡专养鲤鱼，因为其不食同类，长得快，价钱也贵，即所谓"易长又贵也"。[9]李时珍《本草纲目》说鲤鱼之所以名"鲤"，是因为其鳞片有十字纹理。《诗经》中无论《鱼丽》《潜》还是《衡门》，均把鲤鱼放在最后，不仅是在味美方面的递进，也是等级方面的递进。《埤雅》说，就鱼的品类而言，齐鲁一带"鲂为下色，鳏为中色，鲤为上色"，即以鲤为上等。

鲤鱼是原产亚洲的温带淡水鱼，喜欢生活在平原上的温暖湖泊或水流缓慢的河川里，属于底栖杂食性鱼类，同时又是低等变温动物，无须靠消耗能量以维持恒定体温，因而每天摄食量并不大。鲤鱼具有极强的生命力，生殖能力也很强，产卵期雌鲤鱼腹内卵重可达体重的一半。

正是因为强大的繁殖能力加上讨喜的外形——喜庆的红色又丰满圆润，鲤鱼成为原始先民生殖崇拜的图腾。据考古研究，从新石器时代到明清时期，几乎历代均有雕刻鲤鱼纹图案的器物出土。鲤鱼也是我国流传颇广的吉祥物。在传统年画中，至今可见穿着红肚兜的胖嘟嘟小男孩骑在活蹦乱跳的大鲤鱼上，或是抱着一条鲜活的红鲤鱼的图案。又因为鱼与"余"谐音，让人们产生出年年有余、衣食富足的美好联想，如今很多地区还保留着吃年饭必须有鱼的传统。唐代潘炎的《漳河跃鲤赋》中，"岂其为祥，必河之鲤，用表皇族，克繁帝祉"句充分表明，赤鲤腾跃不仅是民间的祥瑞，还是彰显皇家福佑的圣帝之瑞。

鲤鱼寓意美好，常作为礼物赠送。《孔子家语》称，孔子的孩子伯鱼出生时，鲁昭公派人送来鲤鱼当作贺礼。夫子"嘉以为瑞"，认为鲤鱼是吉祥的象征，因以"鲤"名其子。《论语·季氏》载，孔子问孔鲤"学诗乎""学礼乎"，孔鲤回答没有，于是孔子说"不学诗，无以言"，"不学礼，无以立"。后来就称子受父训为"鲤庭"或"鲤对"。王勃《滕王阁序》中"他日趋庭，叨陪鲤对"，即指过些时候将到父亲那里去接受教诲。

鲤鱼在古代总与男女情爱相连。如作为爱情的使者，所谓"鱼传尺素""鱼雁传书"。古诗《饮马长城窟行》中写道："客从远方来，遗我双鲤鱼。呼儿烹鲤鱼，中有尺素书。"意思是客人从远方赶来，送给我鲤鱼状木盒；打开木盒，其中有一封写在绢帛上的信。从此，书信又多了"鱼笺""鱼符""鱼契"等文雅的称呼。还有著名的神话传说《追鱼》，塑造了一位可爱又可敬的鲤鱼精形象，她对真挚爱情的勇敢追求，也表明鲤鱼还象征着对爱的忠贞。该剧至今还是上海越剧院的保留剧目。

俗语有"鱼跃龙门"化而为龙的说法，这里的鱼即专指鲤鱼。景德镇陶瓷中有一作品名为"九龙十八鲤"，正是沿用此说，认为九条龙里，十有八九是鲤鱼变的。古人也把寒门学子科举高中称作"鲤鱼跃龙门"，褒扬了寒门学子勤奋苦读，终于皇榜高中改变命运的进取精神。现如今的各种升学考试和职位面试等，也可谓"龙门"，而人们积极转发锦鲤，也是希求自己的愿望达成，一跃成"龙"。

如此看来，几千年过去了，那条在历史长河中一直畅游着的小小红鲤，继承和延续着人类几乎亘古不变的社会心态，就是祈祷一切顺利，万事如意。这一方面体现出民间文化生生不息的强大生命力，同时也反映了一代又一代国人，带着美好祝愿，追求幸福生活的积极面貌。

· 注释 ·

1. 《毛诗序》: "《潜》, 季冬荐鱼, 春献鲔也。"

2. 《毛诗注疏》: "《小尔雅》云, 鱼之所息谓之槮。槮, 糁也, 谓积柴水中, 令鱼依之止息, 因而取之也。"

3. 《尔雅翼》: "鲦, 白鲦也。其形纤长而白, 故曰白鲦, 又曰白鲦。此鱼好游水上, 故《庄子》观于濠梁, 称鲦鱼出游从容, 以为鱼乐明, 遂其性也。"

4. 李时珍《本草纲目》: "鲦生江湖中, 小鱼也。长仅数寸, 形狭而扁, 状如柳叶。鳞细而整, 洁白可爱。性好群游。《荀子》曰: 鲦, 浮阳之鱼也。最宜鲊菹。"

5. 《尔雅翼》对鳀的解释: "鳀鱼, 偃额, 两目上陈, 方头大尾小身, 身滑无鳞, 谓之鲇鱼, 言黏滑也。"

6. 《尔雅翼·释鱼·鳀》: "孟子称缘木求鱼不得鱼, 今鳀鱼, 善登竹, 以口衔叶而跃于竹上, 大抵能登高, 其有水堰处, 辄自下腾上, 愈高远而未止。谚曰'鲇鱼上竹', 谓是故也。"

7. "猢狲入布袋": 猴子是好动的, 被塞进布袋, 比喻行动受到约束。

8. 宋陆佃《埤雅·释鱼·鲤》: "今之赪鲤也, 一名鳣鲤, 脊中鳞一道, 每鳞上有小黑点文, 大小皆三十六鳞。"

9. 《齐民要术·养鱼第六十一》引《陶朱公养鱼经》: "所以养鲤者, 鲤不相食, 易长, 又贵也。"

鱼部

4.6

鲂鲂,

鳟鲂

　　自然界的演替虽然很慢,但三千多年前《诗经》的年代与今天相比还是有很大不同。现在我们所熟知的四大家鱼青鱼、草鱼、鲢鱼、鳙鱼,在《诗经》的时代未必是人们经常享用的盘中餐。《诗经》中经常提到的鱼类,与之对应的只有"鲂",即今天的鲢鱼、鳙鱼。《诗经》中经常鲂鲂并提——鲂前面提过,是鳊鱼。如《敝笱》中"敝笱在梁,其鱼鲂鲂",《韩奕》中"川泽讦讦,鲂鲂甫甫",《采绿》中"其钓维何?维鲂及鲂"。

　　"敝笱在梁,其鱼鲂鲂。"鱼坝上残破的鱼笼啊,网不住游动的鳊鱼和鲢鱼,暗讽鲁桓公之妻文姜红杏出墙,桓公莫之奈何。"川泽讦讦,鲂鲂甫甫。"韩侯的领地川泽遍布,水源充足,鳊鱼、鲢鱼又肥又大。《采绿》是一首描写女子思念丈夫的诗作。丈夫离家逾期未归,妻子思夫心切,无心采荩草,也无心采蓼蓝,不禁想起随同丈夫一起打猎、钓鱼的幸福时光。"其钓维何?维鲂及鲂。"他钓的是什么鱼?有鳊鱼,还有鲢鱼。女子眼前晃动着丈夫捕鱼的情景,那鳊鱼叫、鲢鱼跳的幻景,更加深了她对丈夫的思念。

　　古人认为鲂即鲢鱼或鳙鱼,是一种品质较为低劣的鱼。陆玑

《毛诗草木鸟兽虫鱼疏》中说，鲂中头特别大又肥的，有的地方
称鲢鱼或鳙鱼。书中还对鲂和鲂进行了比较，说鲂鱼大而扁，鳞
片细小，鱼肉鲜美；而鲂长得像鲂，但更厚，头更大，不好吃，
是"鱼之不美者"，有人说，与其吃鲂鱼不如吃小菜。[1] 宋代罗愿
《尔雅翼》对鲂的解释与陆玑大致相同，也是"鳙、鲢鱼也"，
"鱼之不美者"。古人把鳙鱼、鲢鱼混为一谈，可能是因为鳙鱼、
鲢鱼很像，本属同类吧。《尔雅翼》中进一步分析说，鱼类品质
高低与食料密切相关，鲂以鲩（即草鱼）之粪便为食，所以味不
美、低贱，古人甚至将其与臭腌鱼等同视之。[2]

　　虽然古人认为鲢鱼肉味不美、品位低贱，不屑于去食，但在
今人看来，鲢鱼可算是美食了，肉质鲜嫩，营养丰富，且生长
快、疾病少、产量高，可以满足人们对鱼类的大量需求。而且，
在地球人口剧增、食物竞争激烈的今天，这种被古人嫌弃的鱼
类，已经因为过度捕捞被列入《世界自然保护联盟濒危物种红色
名录》，属于近危物种，如果不加以保护，就可能濒临灭绝。
2007 年 12 月 12 日，鲢鱼被列入《中国国家重点保护经济水生动
植物资源名录（第一批）》。如今我们所吃到的鲢鱼，基本都是
人工养殖的。鲢鱼已是我国淡水养殖的四大家鱼之一，全国各地
均在推广养殖，其产量在淡水鱼中居重要地位。

　　鲢鱼性活泼，爱跳跃，喜热闹，池塘、湖泊中常常可见其成
群结队游过，也常常可见其欢快地跳出水面。鲢鱼一般居于水体
中上层，春、夏、秋三季游动觅食，寒冷的冬季便潜至深水越
冬。在鱼苗阶段，鲢鱼主要吃浮游动物，长到 1.5 厘米以上时逐
渐转为吃浮游植物。确实如古人所言，鲢鱼喜吃草鱼的粪便，而
实践证明，一条草鱼的排泄物可以提供三条鲢鱼的口粮，故有
"一草养三鲢"之说。不过，可千万别以为鲢鱼吃食不讲究就认

为它脏，实际它有净化水质的功能。另外，它还有药用价值呢，其肉温中益气，可治久病体虚、水肿，其头可治头晕乏力。

再说鳟鱼。"九罭之鱼，鳟鲂。我觏之子，衮衣绣裳。"《九罭》开篇即点明，用细眼渔网去捕鳟鱼、鲂鱼，来招待身着"衮衣绣裳"的客人。"罭"和《敝笱》中的"笱"一样，同属渔具，区别在"笱"是渔篓，"罭"为捕小鱼的细眼渔网，"九"为虚数，表示网眼很多。能着"衮衣绣裳"，客人的身份自然尊贵。诗中不再鲂、鲤并提，而是鳟、鲂两种美味的鱼出场，正是因为这位客人身份不一般，同时也表明了主人对客人的重视。既然是招待贵客，不美之鱼鲤自然是不宜出场了。

对于鳟鱼，古人有过细致的观察。宋陆佃说，鳟长得像草鱼，但鳞片更细，红眼睛。[3] 同时代的罗愿在《尔雅翼》中说，鳟鱼眼中有一道红色印记横贯眼瞳，俗称"红眼"，以螺蚌为食，一般独行，偶尔两三只同行，极难捕获，防范意识很强，见到渔网就会敏感地逃跑。[4] 李时珍《本草纲目》对鳟鱼的特点说得更详细：鳟鱼到处可见，形似鲩鱼但小一些，有"赤脉贯瞳"，身体圆而长，长满细鳞，鳞片比鲩鱼的小，鱼身青色，上有红纹，喜食螺蚌，善于避网。[5] 有人认为，鳟的名字从"尊"，大概就是因为其好独行，类"孤家""寡人"。[6]

鳟鱼、鲂鱼均为古代著名美食，且已有地域之分。如东汉张衡《七辩》中提到"巩洛之鳟"，说明东汉时期洛阳、巩义一带的鳟鱼特别有名；陆玑《毛诗草木鸟兽虫鱼疏》中说，"辽东梁水鲂，特肥而厚"，即指辽东梁水的鲂鱼，胜过别地之鲂鱼。北魏杨衒之《洛阳伽蓝记》称，"洛鲤伊鲂，贵于牛羊"。伊河的鲂鱼，价格都贵过牛羊肉了，那得有多鲜多美啊！

不过，鳟鱼虽然早在古代就已书卷留名，但是它的名字对于

今日不关注鱼类的普通大众而言，还是很陌生。然而，奥地利作曲家舒伯特根据德国诗人、音乐家舒巴特的诗歌《鳟鱼》创作的钢琴五重奏《鳟鱼》，却让这种小小的名为"鳟鱼"的生物，举世闻名。据说，鳟鱼是当时德国、奥地利随处可见的淡水鱼，被当地人广泛食用，大致相当于鲫鱼在中国人餐桌的地位，所以舒伯特选用这个在水中欢畅嬉戏的小生灵，表现歌曲对民主自由的向往。而这只在水中游来游去的小小鳟鱼，也被赋予了自由、民主的意义。

· 注释 ·

1.《毛诗草木鸟兽虫鱼疏》："（鲂）广而薄，肥恬而少力，细鳞鱼之美者。""鳊似鲂，厚而头大，鱼之不美者。故里语曰，网鱼得鳊，不如啖茹。其头尤大而肥者，徐州人谓之鲢，或谓之鳙。"

2. 宋罗愿《尔雅翼》："盖鱼虽一类而所食不同，今鲩惟食草，鳟食螺蚌，鳊乃食鲩矢，则宜其味之不美尔，今人亦不珍此族，往往以为鲍鱼。"在中国古代，"鲍鱼"是对腌制鱼的统称，今日所称鲍鱼为古代的鳆鱼。

3. 宋陆佃《埤雅》："鳟似鲩鱼，而鳞细于鲩，赤眼。"

4.《尔雅翼》："鳟鱼目中赤色一道横贯瞳，鱼之美者，今俗人谓之赤眼。鳟，其音乃如蹲踞之蹲，食螺蚌，多只独行，亦有两三头同行者，极难取，见网辄遁。"

5. 李时珍《本草纲目》："处处有之，状如鲩而小，赤脉贯瞳，身圆而长，鳞细于鲩，青质赤章，好食螺蚌，善于遁网。"

6. 宋陆佃《埤雅》："孙炎正义曰，鳟好独行，制字从尊，殆以此也。"孙炎，三国时期经学家。

4.7 成是贝锦

笔者在阅读《诗经》、深深吮吸着古代文化滋养的时候，经常会想到一个词语，即"贝海拾珠"。这一节，我们将要谈到的正是《巷伯》一诗中出现的"贝"。《巷伯》是一位名叫孟子的阉人遭谗言毁谤后，发泄心中怨愤所写的诗歌。"萋兮斐兮，成是贝锦。彼谮人者，亦已大甚。"该诗开篇即用多彩的贝纹织锦比喻卑鄙小人迷惑人的花言巧语，形象地体现了造谣毁谤者为谗害忠良而"罗织罪名"的可耻行径。这位阉人被人诋毁的原因不得而知，但其敢于在篇尾道出实名，相信一定是蒙受了不可忍受的冤屈，受到了严重迫害，有学者甚至怀疑作者可能是因遭受谗言获罪，才受宫刑做了宦官。除《巷伯》外，《诗经》中还有《采苓》《巧言》也是此类主题，前者劝说世人不要听信谗言，后者控诉谗言惑众害民。联系后世"信而见疑，忠而被谤"的屈原和因"莫须有"罪名被杀的岳飞，不由让人哀叹，自古以来奸邪忠义势不两立，却又仿佛总是如影随形。

贝，许慎《说文解字》说是"海介虫"，即海洋中带甲壳的动物。孔颖达《尚书正义》说贝是一种水虫，"古人取其甲以为货"，即古人以其甲壳为货币。今天生物学认为，贝是牡蛎、蛤或其他软体动物中腹足类和瓣鳃类的统称，体软无节，外套膜能分泌液质，形成坚硬的壳。贝在我国广泛存在，质地上好、作为货币流通的贝一般产于南海。东汉杨孚描述那里所产大贝，"奇姿难俦"，一般的贝很难企及，底色白，上有紫色如串珠般花纹，无须打磨便会自然焕发晶莹光彩。[1]

贝因为轻巧便于携带计数，又坚硬耐磨不易腐蚀损坏，且外形美观，成为中国古代最早的货币形态。大概在夏代就开始了以贝易物。据西汉桓宽《盐铁论》记载，夏朝使用黑色的贝壳作钱币，周朝使用紫色的石头作钱币，后来才出现了铜钱。[2]因此"货""赋""贷""赏"等与财物有关的汉字都以"贝"为部首。

作为货币流通的贝，形制和价值都有专门规定。首先要对贝壳进行"标准化"加工，即打磨和凿孔，使其形成一面有槽齿，两端或顶部有凿孔的规整形式，然后串联起来成为"朋"。朋是古代货币单位，有说以五贝为朋；也有说贝五枚为一挂，两挂为一朋，即十贝为一朋。《诗经·菁菁者莪》中有"既见君子，锡我百朋"句，拜见君子时，被赐予百朋，以十贝一朋折算，几乎千金，应该是很贵重的馈赠了。商周之时，贝多来自实物交易、进贡或掳掠，人们起初是把贝串起来挂在颈上作为饰物，后来才作为货币。甲骨文、金文中的"朋"字，就是人们把贝串起来挂在颈上的形状。而各种文化遗址出土的作为货币使用的贝，也均形制规整，即使不作为实物货币，其精巧的外形也足可以作为装饰品。后来王莽新朝推行"宝货"制，即金、银、龟、贝、钱、布等均可作为货币，并对币值重新界定，其中贝按照大小、价值分为五品，规定前四品大贝、壮贝、幺贝、小贝中同类贝每两枚为一朋。[3]不过如此繁复的币制并没有延续多久。

秦始皇吞并六国后，统一文字、货币和度量衡，之前与六国金属铸币一起流通的贝币被废止。这一方面是巩固极权统治的需要，一方面也是"优胜劣汰"的结果。毕竟金属货币在生产、保存和交易等诸多方面，有着天然贝所无法比拟的优越性，自然界中贝的产量有限，加工、运送等在生产力和交通运输均不发达的古代，也确实是个难题。一些商朝墓葬中出土的铜制贝币也证明，天然贝早就已经无法满足日益增多的货币流通需求。

贝退出了中国货币的历史舞台，但其作为宝物的属性一直存在，且自古以来它就是进贡皇家的珍品。汉刘安编撰的《淮南子》记载，周文王还是商王辖下地方首领的时候，因为名声日隆受到纣王猜忌，被纣王拘囚于羑里；其好友散宜生焦急万分，用千金遍求天下珍奇献给纣王后，姬昌才得以脱身，而其中的珍奇就包括大贝百朋。[4]《汉书》记载，赵佗在南粤（包括今广东、广西大部乃至越南等地）称帝，与汉王朝分庭抗礼，汉文帝于是派陆贾出使南粤，赐书赵佗称之为南粤王，劝其去掉帝号，归顺中央。赵佗接受称号称臣后，派使者向汉文帝进献各种珍品，其中就有紫贝五百。[5]

紫贝，古代著名鉴贝专家、琴高之高徒朱仲所作《相贝经》说，是仅次于黄帝、唐尧、夏禹三代之贞瑞、秘宝的一种珍贵贝类，一尺大小，白底红黑花纹。西汉时期一尺约等于今天的23.1厘米，算是很大的贝壳了。看其描述，与东汉杨孚所述紫色花纹大贝极相似，可能是同一品种。朱仲《相贝经》还说，"紫愈疾，朱明目，绶清气障"，即紫贝能够让疾病痊愈，朱贝能够明目，绶贝能够清气，均于抵御病害方面有一定效果。

如今，贝壳依旧被用来制作漂亮的工艺品、装饰品，而贝类的药用价值、食用价值也得到了极大挖掘。如大量人工养殖珍珠贝，开发贝类休闲食品、药品和保健品，很多贝类美食如海螺、蛤蜊、牡蛎、扇贝等出现在大小餐馆尤其是夜宵店。但正是因为对贝类的过度攫取，和各种废弃物排向大海对海洋环境的破坏污染，再加上二氧化碳对海洋水质的影响，海洋生物现在生存堪忧。保护我们"生病"的海洋，已是迫在眉睫。

· 注释 ·

1. 东汉杨孚《贝》："乃有大贝，奇姿难俦。素质紫饰，文若罗珠。不磨而莹，采耀光流。思雕莫加，欲琢靡逾。在昔姬伯，用免其拘。"

2. 汉桓宽《盐铁论》："夏后以玄贝，周人以紫石，后世或金钱刀布。"

3.《汉书·食货志》："大贝四寸八分以上，二枚为一朋，直二百一十六。壮贝三寸六分以上，二枚为一朋，直五十。幺贝二寸四分以上，二枚为一朋，直三十。小贝寸二分以上，二枚为一朋，直十。不盈寸二分，漏度不得为朋，率枚直钱三。是为贝货五品。"

4.《淮南子·道应训》："纣拘文王于羑里。于是散宜生乃以千金求天下之珍怪，得大贝百朋（五贝为一朋），以献于纣。纣见而悦之，乃免其身。"

5. 见《汉书·西南夷两粤朝鲜传第六十五》。

4.8 维龟正之

　　龟是一种古老的动物，南非出现的二叠纪古龟化石说明，大约 3 亿年前地球上就有了龟。在约 2 亿年前的侏罗纪，中国四川省已有两栖龟和侧颈龟分布。龟也是《诗经》中出现次数最多的爬行类动物，小雅中的《小旻》、大雅中的《绵》《文王有声》和鲁颂中的《泮水》都提到了龟。

　　《小旻》中"我龟既厌，不我告犹"，指总是灼龟甲卜吉凶，龟灵都厌烦了，不再以吉凶告人，比喻再有效的东西，过度使用也会失灵。《绵》中"爰始爰谋，爰契我龟"，是指开始谋划用龟甲占卜哪里是建造房屋的好地方。《文王有声》中"维龟正之，武王成之"意思是，定都镐京这件事情是依靠神龟定下的，武王最终完成了这桩盛事。这几首诗，写的都是龟的占卜功能。

　　《泮水》则是鲁颂中的一首赞美诗，描写了鲁僖公战胜淮夷后，在泮宫邀请宾客庆功的情景。其中"元龟象齿，大赂南金"是说臣服的淮夷前来献宝进贡，这些宝物中有巨龟象牙，还有南方出产的铜。鲁僖公战胜淮夷这事历史上有争议。有说是指《左传》所载僖公十七年灭项事；[1] 也有说鲁僖公不过是与诸侯会商过平定淮夷的事情，并无实际战功，这首《泮水》对鲁僖公的赞颂有些言过其实。

元龟就是大乌龟。在我国古代，乌龟与龙、凤、麟合称四灵，且为四灵之中唯一现实存在的动物。古人认为乌龟的形象很奇特，其背甲隆起呈圆形，而腹甲平坦呈方形，是"上圆法天，下方法地"，其甲壳的排列和数量也蕴含着广博的天文地理知识，对应着神秘的阴阳八卦，而其水陆两栖，遇强敌有坚固的甲壳护身，风雨不惧、健康长寿的特征，也让在大自然面前生存颇为艰难的古老先民感觉惊异而心生崇拜。所以，在古代典籍中，龟作为一种灵物，经常以神使的形象出现，参与影响文明进程的各种重大事件。

汉代《河图玉版》记载，黄帝的史官苍颉（也作仓颉），有一年随黄帝南巡，登阳虚这座山时，在洛水入黄河处，出现一灵龟，其甲壳红色，上有黑色纹路。正是受了龟背上纹路的启发，苍颉才创造了文字。[2] 郦道元《水经注》也有类似记载，说是黄帝东巡黄河、经过洛水，修祭坛、沉玉璧，举行了盛大的祭祀仪式，然后黄河有龙马背负"河图"现，洛河有神龟背负"洛书"现。[3] 这里的"河"即黄河，"洛"即洛水。河图指龙马身上的图案，洛书则是神龟背上的纹路，先古圣人正是依据河图、洛书创制了太极八卦，开启了中华文明。这些记载可说都是《周易·系辞上》"天垂象，见吉凶，圣人象之；河出图，洛出书，圣人则之"的演绎。其中的河图通过龙马这种动物呈现，洛书通过龟这种动物呈现，就是"天垂象"，即上天显示某种奇特的现象，让人们去感悟、领会。而只有智慧超凡的圣人才能从中发现规律、领悟道理，从而趋吉避凶。以上这些记载太过神奇，而安徽省含山县凌家滩出土的一只夹着玉版的玉龟，似乎可以作为这些传说的证明。玉版呈长方形，弧形有孔，正面阴刻有原始的八卦图形；龟背和龟腹上也均有孔。有学者称，玉版上的大圆小圆图形表现了太阳一天的运行。联系乌龟的背甲排列——中部从头到尾有五块，中部两边各有四块，共八块，与五行八卦之数对应；而外围边裙数刚好二十四块，与二十四节气对应——仿佛可以看到几千年前，伏羲"仰则观象于天，俯则观法于地。观鸟兽之文与地之宜，近取诸身，远取诸物。于是，始作八卦"的过程。

　　汉代纬书《龙鱼河图》上说，尧有一次与群臣聚于翠妫河边，有大龟来投，龟背上有图，尧叫臣下"写取告瑞应"，写完龟回到水中。[4]大禹治水之所以成功，据说也跟神龟有关。相传有一只神龟，在洛水出现，把背上刻着的"治水文"献给了禹。[5]有说这篇"治水文"就是《尚书》中的《洪范》。大禹和龟还有另外一则故事。相传大禹治水到今武汉汉阳一带，遇一水怪作乱，怎么都没办法解决，后来一灵龟出现降伏水怪，大禹才能顺利治水。后来灵龟化作一山，匍匐于两江交汇处，人们感念灵龟功绩，就称其龟山。而在广袤的中华大地上，以龟山为名的山有二十多座，另还有龟峰、龟岭、龟湖、龟塘等，简直不胜枚举。宋真宗时期宰相王钦若编撰过一部大型类书，名《册府元龟》，"册府"即帝王藏书的地方，以古代视为灵物用以占卜的"元龟"入名，是说此书可作为后世帝王治国理政的借鉴。

　　在古代，占卜文化盛行，古人常用占卜来决定国家大事。而"卜"字，据《说文解字》就是"灼剥龟也"，"象灸龟之形"，意思是烧灼龟甲的时候，龟甲出现的纹样。古人一般"撋策定数，灼龟观兆"，即布列蓍草推定吉凶，烧灼龟甲观察征兆。这件事情很重要，所以担任卜官者必为贤人。而之所以用龟甲占卜，也是因为龟有灵性，能知晓天意。司马迁《龟策列传》中有周公贤德，连卜三龟，武王的病就好了，而纣王暴虐，用大龟占卜也得不到吉兆的记载。[6]

　　龟寿命很长，据说能活三千年。晋张华《博物志》中有这样的记载，一只三千岁的老龟，游于莲叶之间，巢于卷耳之上。被宰杀后，只有肠子跟头相连，也可以过一天都不死，鸟儿飞来想吃它还会被它咬住。有打鱼者就以这种方式捉鸟。更神奇的是，遇神蛇，乌龟还可以复生。这自然是古人的浪漫主义想象，不过也说明古人心中龟与蛇的神秘联系。古代四大神兽之一、对应北方的玄武，就是由龟蛇组合成的一种灵物。现实生活中，三千年老龟未必有，但超过百岁的龟并不罕见。古人常常将龟、鹤并提寓意长寿。如唐白居易诗《效陶潜体诗十六首》中有"松柏与龟鹤，其寿皆千年"句，李商隐《祭张书记文》中说，"神道甚微，天理难究，桂蠹兰败，龟年鹤寿"。成语"龟年鹤寿"即出自此。龟为什么会长寿？有说其奥妙在于乌龟活动量小，体力消耗少，身体新陈代谢慢。

　　有着上古时期的文化积淀和传承，在我国很长一段时期龟都位尊身高，不仅是先知先行的神物，还是财富和权力的象征。战国时大将之旗以龟为饰，就是取其先知先行意。[7]司马迁《史记》中说，谁得到名龟他家就会发大财，富到拥有千万钱；还说当时有八种龟很有名，排前三的分别为北斗龟、南辰龟和五星龟。[8]孔颖达《礼记注疏》曰："大夫卑轻，不得宝龟。"即龟是天子才能拥有的宝物，连卿大夫都不能拥有。汉代象征皇权的九鼎饰有龟纹，汉天子的高庙中设有龟室，汉武帝时还以银锡铸成白金龟币流通。汉代官印体制开始将龟纳入其中，带龟纽的印章正式产生。唐朝武则天时期，对龟的崇拜可以说到了一个巅峰。据《新唐书》，唐高宗时五品以上官员由皇帝赐佩鱼银袋，武则天称帝后天授二年（691），改为佩龟袋，三品以上大员龟袋饰以黄金，四品饰银，五品饰铜。[9] 所以李白《对酒忆贺监二首》的序中曰："因解金龟，换酒为乐。"而与佩龟袋相应，凡五品以上官，死后可以恩赐在碑下配以龟形碑座即龟趺。另神灵圣贤、忠臣良将，以及重大事件须立碑铭记的，都会配龟趺以显威颂德。李氏唐朝使用的发兵鱼符也改成了龟符。因为金龟是高官的官印，所以女子的丈夫地位显赫就称之为金龟婿。唐李商隐诗《为有》中就有"无端嫁得金龟婿，辜负香衾事早朝"句。唐朝崇尚龟的文化也流传到了邻国。在日本龟也是长寿的象征。

从元代开始，龟的形象发生扭曲，龟的地位开始从高处坠落。首先表现在官印上，龟纽印改为直纽印。然后，元朝规定，凡娼妓的"家长及亲属男子，裹青头巾"，而青与绿相似，乌龟脑袋就是绿色的，于是，乌龟就跟"绿头巾"挂上了钩。又，妓院的男工背负缠小脚的妓女去陪客，就如驮石碑的龟一样，所以在妓院做事的杂工又被讥称为"龟奴"，而年老色衰的妓女最终归宿，通常也是嫁给"龟奴"。元末陶宗仪《南村辍耕录》录入的《败家子孙诗》，更是把妻子不贞的男子斥为"缩头龟"。明朝则循元朝旧制，铸造官印时同样用直纽，而不是龟纽。然后，土地干裂称"龟裂"，鸡胸称"龟胸"，就这样，从官场至民间，贬龟之风盛行。还有什么"乌龟王八蛋"啊，乌龟一下就坏了名声，再也不是吉祥物了。到清朝，不戴头巾，改戴帽子，"绿头巾"便演变成了"绿帽子"。

不过，随着时间的推移，著名的《伊索寓言》中的龟兔赛跑故事传入中国后，故事中虽然很慢但是坚持不懈、沉稳踏实，最终超过骄傲的兔子首先爬到终点的乌龟，刷新了人们对它的认知，重新为自己树立了一个目标专一、稳扎稳打的励志形象。现在，至少在很多小朋友心里，乌龟的这种形象已经根深蒂固。

·注释·

1.《春秋左传》:"淮之会,公有诸侯之事,未归,而取项。齐人以为讨,而止公。"

2.《水经注》中引《河图玉版》曰:"苍颉为帝,南巡登阳虚之山,临于元扈洛汭之水。灵龟负书,丹甲青文以授之。"现阳虚山仓颉造字处已成陕西洛南县著名文化景点。

3.郦道元《水经注》:"黄帝东巡河,过洛,修坛沉璧,受龙图于河,龟书于洛,赤文绿字。"其中"绿"有刻作"篆"的。

4.明董斯张《广博物志》卷五十转引自《龙鱼河图》:"尧时与群臣贤智到翠妫之川,大龟负图来投尧。尧敕臣下写取告瑞应,写毕归还水中。"

5.宋《太平御览》卷九百三十一引《洛阳记》:"禹时有神龟于洛水,负文列于背以授禹,文即治水文也。"

6.司马迁《史记·龟策列传》:"夫摓策定数,灼龟观兆,变化无穷,是以择贤而用占焉,可谓圣人重事者乎!周公卜三龟,而武王有瘳。纣为暴虐,而元龟不占。"

7.元托克托《宋史》:"战国时大将之旗以龟为饰盖取前列先知之义,令中军亦宜以龟为号。"

8.《史记·龟策列传第六十八》:"记曰:'能得名龟者,财物归之,家必大富至千万。'一曰'北斗龟',二曰'南辰龟',三曰'五星龟',四曰'八风龟',五曰'二十八宿龟',六曰'日月龟',七曰'九州龟',八曰'玉龟'。"

9.宋欧阳修、宋祁等《新唐书·志·车服》:"高宗给五品以上随身鱼银袋,以防召命之诈,出内必合之。三品以上金饰袋。垂拱中,都督、刺史始赐鱼。天授二年,改佩鱼皆为龟。其后,三品以上龟袋饰以金,四品以银,五品以铜。中宗初,罢龟袋,复给以鱼。"

4.9
炰鳖鲜鱼

　　鳖俗称甲鱼，也叫团鱼、水鱼，是一种广泛存在于自然界中的卵生两栖爬行动物，生活于江河、湖沼、池塘、水库等水流平缓、鱼虾繁生的淡水中，也常出没于大山溪涧。《诗经》中有《六月》《韩奕》两首诗提及鳖，不过都是作为宴会的佳肴出现。

　　《六月》一诗记述了周宣王时尹吉甫北伐猃狁事，通过对这次战争胜利的描写，赞扬了指挥者尹吉甫的文韬武略。诗云"饮御诸友，炰鳖脍鲤"，是说战争胜利后，天子举行犒劳将士的庆功宴，大家互敬美酒，吃着美味的炖甲鱼、鲜嫩的鲤鱼片。整个场面热烈喜庆，和乐融融。《韩奕》中"显父饯之，清酒百壶。其肴维何？炰鳖鲜鱼"，是说显父为韩侯饯行的筵席上，有美酒百壶，还有炖鳖、蒸鱼等珍馐佳肴，表现了公卿对韩侯的尊敬。

　　从诗中看出，周朝时，甲鱼已经是王公贵族们享用的美食，而且一般都是用"炰"即蒸煮的形式。另，虽然两首诗所述事件发生地都在北方，但并不是说当时只有北方才产鳖。实际，在周朝，最出名、进入史册的鳖，是南方"特大而美"的"长沙鳖"。《汲冢周书》记载，周成王营建洛邑竣工之后，大会诸侯及各方国，四面八方均献来贡品以表臣服，长沙方国所献贡品就是鳖。[1]

《左传》中还记载了一则由鳖引发的血案。那是鲁宣公四年，楚人献给郑灵公一只鼋，即一只大甲鱼。于是灵公设宴，想请群臣品尝甲鱼。赴宴那天，公子宋（字子公）碰到郑国执政大臣子家，就对他说："我的食指动了，今天一定有好吃的！以往每次我的食指动，就会吃到新奇的美味！"果然，他们一进宫就看见有厨师正在宰杀甲鱼，于是相视而笑。郑灵公好奇，问他们笑什么，子家告知原委。郑灵公听了不语，可是等到吃甲鱼的时候，却单单不给子公尝。子公不满，冲到煮甲鱼的鼎前，直接将自己的一根手指伸进去，沾了点汤，然后舔了舔拂袖而去。灵公大怒，要杀子公。子公知道了，先发制人，与子家勾结，反把郑灵公杀了。[2] 后即用"染指"比喻插手某件事情或分取非法利益。

现在的长沙方言中，很多男性称呼关系好的哥们儿都是"名字+'别'"，如张三别、李四别，"别"字在名字后没特别意思，类似昵称。如果"别"字单说，如"这个别""这个细别""这个乡里别"，则义同"家伙"，中性或略带贬义。"别"音同"鳖"，不知道是不是"特大而美"的长沙鳖成为贡品，让长沙这个地名第一次出现在史册后进而成了长沙的代称，广为流传，然后在漫长的时光流转中传岔了道，由"鳖"而"别"，衍生出了新含义，反而失却了本义。另据《新唐书》，广州南海郡（今广东省大部）和岳州巴陵郡（今湖南岳阳市）每年向朝廷进贡的土产中均有"鳖甲"。[3] 这一方面说明广东、湖南均产鳖，一方面也说明，古人已经发现鳖的背壳的药用价值。

古人早就观察到鳖的特点和习性。《淮南子》说"鳖无耳而守神，神守之名以此"，即鳖没有耳朵而精神内聚，所以又名"神守"。《埤雅》中说，鳖用眼"聆听"周围一切动静，脊骨隆起如穹，连着肋骨，是一种陆地产卵、水中居住的有甲的虫。[4]

《尔雅翼》中说，鳖是一种形体圆、背脊拱的卵生动物，背壳周边有一圈肉质部分，叫"裙介"。[5]李时珍《本草纲目》说"鳖行蹩躄"，即鳖行动缓慢。《礼记》中说，土地贫瘠草木长不好，水不停搅动的话，鱼鳖就长不大。[6]《埤雅》说有鳖的水域，水面会有泡沫，那是鳖吐出的唾液，叫鳖津，有捕鱼者以此判断是否有鳖；鳖睡觉姿势随着日光转动而变化，早晨头部朝向东方，夜晚则向着西方。[7]按今天的生物学认知，甲鱼的背部有一条拱起的竖棱，两侧是对称分布的八条横棱，也即肋骨，就如古人说的"穿脊连胁"。甲鱼确实没有长在体表的耳朵，但是它有内耳，而且听力不错，对各种声音和地表的震动都十分敏感，捕捉甲鱼的人经常用吹口哨或鼓掌的方式来引它出水。甲鱼有"三喜三怕"，即喜洁怕脏、喜阳怕风、喜静怕惊。甲鱼警惕性很强，一般听见声音会伸出头先侦察一下，发现有人便立即潜入水底或是淤泥中；有时浮出水面觅食，发现周围有飞鸟或其他动物也会立即躲避。在淤泥中待一段时间后，觉得安全了才会浮出水面，并将身体清理干净。所以养鳖的地方一定要保持安静、干净，还要注意日照，不然鳖的生长和繁殖都会受到影响。

古有学者从名物研究角度观察鳖的特点、习性，同时也有贤者以鳖为喻阐释人生大义，而且，鳖都是作为正面形象出现。《荀子·修身》曰："故跬步而不休，跛鳖千里。累土而不辍，丘山崇成。"即只要不停歇，一步一步累积，瘸了腿的甲鱼也能走到千里之外；只要不断堆积，一抔泥土终将聚成一座山丘。比喻只要坚持不懈，即使条件再差，也能成功。《庄子·秋水》中以东海鳖作对比，讲了一个"井底之蛙"的故事。一只住在浅井里的青蛙，对着一只海鳖不断吹嘘自己住在井里是如何快乐和舒适："出去可以在井栏上蹦蹦跳跳，回来可以钻到井壁的窟窿里睡觉。跳进水里，水刚好托着我的两腋和面颊；踩着泥巴，泥土刚好盖过我的脚趾和脚背。我独自享有这样一口井，一坑水，爱怎样就怎样。"说罢还热情地邀请海鳖进来参观。可是海鳖左脚还没伸进去，右脚就被井栏卡住了，只得退回来，然后对青蛙描述了自己的住处——大海的模样："大海水天茫茫，无边无际。千里之遥不足以形容它的辽阔，千仞之高不足以形容它的高深。传说大禹当国的时候，十年九涝，海水却没有增多；汤执政期间，八年七旱，海岸边水位也不见降低。这就是永恒的大海啊，不因时间长短而改变，也不因雨量多少而涨落。这就是居东海之大乐呀！"青蛙听了，两眼圆睁，双目失神，终于发现，自己的满足与骄傲，不过是因为见过的世界太小。

　　鳖与龟长得很像，在远古时期，两者同为人们崇拜的灵物。商代妇好墓便出土了多只商代玉龟和玉鳖。《竹书纪年》记载，舜向上天推荐大禹行天子事后，一时间天下遍布和顺之气，祥云缭绕，百兽欢愉，蟠龙从藏身处飞腾而出，鲛鱼从深渊欢跃跳出，龟、鳖全从洞穴中出来了，离开虞舜而事奉夏禹。[8]可是随着时代发展，生产力水平提高，人们对自然、对神灵的敬畏感逐渐变得淡薄，口腹之欲倒是愈加发展。到了市民文化发达的宋代，饮食男女们对美食的追逐，简直令人咋舌。据载，宋朝上层人士很爱吃甲鱼，北宋都城汴京每天可以卖掉数千担甲鱼，而南宋都城临安，仅城南浑水闸一带卖甲鱼的摊点就有一两百家，足见宋代统治集团的奢靡。据宋张师正《括异志》，当时有些喜欢食鳖的人，不仅自己吃还呼朋唤友一起吃，组织所谓"团鱼会"，比谁吃的多。《括异志》还讲述了一则因捕食甲鱼而遭报应的故事。嘉兴华亭这个地方有个叫卢十五的人，以捉鳖为业。每次捉鳖回家，他便与妻子一道把活鳖直接下到锅里煮熟，然后拿到市场去卖。每天都这样。南宋嘉泰二年（1202）的一天，突然狂风骤雨，电闪雷鸣，卢十五与其妻女共三人均死于雷劈。作者认为，龟鳖都是具有灵性的动物，卢十五遭此恶报，正是龟鳖显灵对他们的惩罚。

我国现存甲鱼主要有中华鳖、山瑞鳖、斑鳖、鼋等几种。其中以中华鳖最为常见，全国各地已广泛开展人工养殖；山瑞鳖属于国家二级保护野生动物；而斑鳖和鼋则是国家一级保护野生动物。

· 注释 ·

1.《汲冢周书·王会解》：“禽人菅，路人大竹，长沙鳖。”西晋孔晁注《逸周书》：“长沙鳖。〈注〉特大而美，故贡也。”

2. 见《左传·宣公四年》“楚人献鼋于郑灵公”的故事。

3.《新唐书·志第三十三上·地理七上》：“（岭南道）广州南海郡，中都督府。土贡：银、藤簟、竹席、荔支、皮、鳖甲、蚺蛇胆、石斛、沈香、甲香、詹糖香。”《新唐书·志第三十一·地理五》：“岳州巴陵郡，中。本巴州，武德六年更名。土贡：纻布、鳖甲。”

4. 宋陆佃《埤雅》：“鳖以眼听，穹脊连胁，甲虫也，水居陆生。”

5. 宋罗愿《尔雅翼·释鱼》：“鳖，卵生，形圆而脊穹，四周有裙。”

6.《礼记·乐记》：“土敝则草木不长，水烦则鱼鳖不大。”

7.《埤雅·释鱼》：“世云鳖伏随日，谓随日光所转朝首东乡，夕首西乡也。又云鳖之所在其上必有浮沫，谓之鳖津，捕者以此占之。”

8.《竹书纪年》：“（舜）乃荐禹于天，使行天子事也……，龟鳖咸出其穴，迁虞而事夏。舜乃设坛于河，依尧故事。”

鱼部

4.10

鼍鼓逢逢

自然环境的变化往往带来生物种群的变化，在古老的中生代曾经称霸地球的恐龙等一些爬行类动物，随着环境的变化绝灭了，但同样古老的鼍却有幸存活了下来。《诗经》中《灵台》就提到了鼍。《灵台》是一首充满欢乐吉祥气氛的诗作，描写了周文王建成灵台并与臣子们游赏奏乐的盛事。灵台一般认为是古代用以"观祲象，察氛祥"即观测天文现象，预示祸福吉凶的台，相当于今天的天文观象台；不过本诗中灵台、灵沼、灵囿接连出现，有学者称就是用于观景游玩的台。《毛诗序》认为此诗系借百姓为王室建造灵台、辟廱来赞扬文王有德，并惠及鸟兽虫鱼，人民乐于归附。[1]孟子也有类似观点，认为文王与民同乐，百姓拥戴故欣然听命为君建台，并称所建台为"灵台"，所建池为"灵沼"，看到那里有珍禽异兽也很高兴。[2]诗中"鼍鼓逢逢"，是指将用鼍皮罩着的鼓敲得震天价响。这里的"鼍"就是今天大家所熟知的扬子鳄，"逢逢"（péng）是象声词，形容敲鼓的响声。

扬子鳄是生活在中国长江流域的一种鳄鱼，也是世界鳄鱼中个头最小的一种。它的名字是外国人取的，缘于它的产地长江下游——扬子江，其实因为它外形与传说中的龙相似，中国古代人们一直叫它"土龙"或"猪婆龙"。扬子鳄能经历地质变迁而今日犹存，在于它与时俱进的适应能力。扬子鳄的祖先曾经是陆生动物，后来随着生存环境的变化，逐渐学会了在水中生活的本领。而这种水陆两栖的适应性，大大增强了扬子鳄在广阔天地的活动空间，扬子鳄也因此成为在地球上生活了两亿多年的"老寿星"。在扬子鳄身上，至今还能找到已灭绝很久的恐龙等爬行动物的许多特征，因此，人们又称扬子鳄为"活化石"。

古代有着很多关于鼍的记录。《礼记》记载，周朝每年夏季最后一个月即农历六月，会派主管水产的官员去斫杀蛟、捕取鼍。[3]《竹书纪年》记载，周穆王三十七年时，穆王兴兵伐越，渡过九江时，令江中的鼋、鼍排列起来作为桥梁。[4] 后便以此典喻渡江海架设桥梁。南朝梁江淹的《恨赋》中有"方架鼋鼍以为梁，巡海右以送日"句，是说秦始皇送百万黎民渡过大海，开边拓土，希望实现征服海外之雄图。

东汉许慎《说文解字》中说，鼍是"水虫，似蜥易，长大"，即鼍是一种在水中生长的动物，貌似蜥蜴，又长又大。宋罗愿《尔雅翼》对鼍的记述很详细，说鼍长得像壁虎，长一两丈，能吐雾致雨；力气特别大，声音也很吓人；爱睡觉，眼睛经常闭着；其肉色白如鸡肉，其皮坚韧厚实可以蒙鼓。[5] 又说《诗经》云"鼍鼓逢逢"，李斯《谏逐客书》云"树灵鼍之鼓"，都指的是用鳄鱼皮所蒙之鼓；周朝和秦代流行以鳄鱼皮蒙鼓，成周之会上会稽（今浙江绍兴）所献贡品即为扬子鳄。宋苏颂《本草图经》说，鼍肉特别鲜美，但鼍口内唾液有毒；鼍长约一丈，"能吐气成雾致雨"，力气很大，"能攻陷江岸"。[6] 李时珍《本草纲目》对鼍的生活习性介绍很详细，说鼍洞极深，渔人一般以竹篾编织成的绳索吊饵探之，等其上钩然后慢慢拉出；鼍夜晚鸣叫与报更的

鼓声相应，所以有人称其鸣声为"鼍鼓"或"鼍更"，民间以鼍鸣来预测是否下雨。[7]

在古人看来，鼍与龙接近，同为灵异之物，能吐雾致雨，其鸣叫可以预报雨讯。唐代诗人皇甫松的《大隐赋》有云"鼍鸣雨天"，唐许浑的《闲居孟夏即事》有云"鼍鸣江雨来"，唐张籍《白鼍鸣》中"六月人家井无水，夜闻鼍声人尽起"，更是写出了久旱盼雨时农家听到鼍鸣的喜悦。其实，鼍并不真如古人所说的那么神异。关于吐雾，可能是因为扬子鳄栖息地温暖湿润，常有水汽，古人见了，便产生了这种错觉吧。研究证明，扬子鳄的鸣叫与天气变化也无关，而是为了吸引异性，其在繁殖期鸣叫次数明显多于非繁殖期，同时它的鸣叫还有宣示领地的意思。扬子鳄一般夜间外出觅食，白天很少出来，出来了也经常是趴在附近岸边，闭着眼睛晒太阳，一动不动，很慵懒很迟钝的样子。不过那只是假象，它一旦遇到敌害或是发现食物，便立刻摆动粗大的尾巴，迅速沉入水底或是追逐食物。扬子鳄为食肉动物，喜食螺、蚌、鱼、蛙、鼠、鸟之类的小动物，食量很大，能把吸收的营养物质大量地贮存在体内，以度过漫长的冬眠期。扬子鳄好静，喜独居，很会打洞。为了迷惑敌人，它的洞穴常有几个洞口，洞口不远处会有几条岔道。它还会根据不同水位设置侧洞口。洞穴内曲径通幽，纵横交错，恰似一座地下迷宫，七拐八拐后的尽头才是椭圆形的"卧室"。扬子鳄的洞穴还因年龄、性别而异，年龄越大，洞越复杂，有的洞穴甚至长几十米，还常年保温。不过扬子鳄有时筑巢于水库堤坝处，会造成水库渗漏，但对于一些板结的土壤，扬子鳄打洞则会起到疏松的作用，有利于植物的生长。

古人对扬子鳄有如此多的记述，且据《本草纲目》，宋苏颂还曾言"今江湖极多"，这充分说明，扬子鳄在古代，至少在宋代还属于常见动物。可是于康熙年间写下《海错图》这部海洋生物图鉴，曾游历河北、天津、浙江、福建等多地考察沿海生物的清代画家聂璜，却并没有亲眼见过扬子鳄或其他任何种类鳄鱼。他的《海错图》中的鼍，是根据一位在湖南见过鼍的人的描述画的。图中的鼍外形与真实的扬子鳄相去甚远，正扭头吐雾，如果不看文字表述——分布在长江中下游，长得像龙和穿山甲，一米多长，在岸边挖洞做巢，力大但不伤人——真不知道那是一种什么动物。这说明，到了清代，扬子鳄已经比较罕见了。有学者分析，是由于人口增加，扬子鳄栖息地减少，加上气候变冷，鳄鱼的种类和数量才大大减少了。当然，扬子鳄深居简出的个性，应该也是《海错图》作者没有机会得见其真身的一大原因。

古代把扬子鳄叫"鼍"，并不是把它视作鳄，另有一种更大、更凶猛的鱼才称为"鳄"。《尔雅翼》中说，南海有鳄鱼，四只脚，很像鼍，但更大，长两丈多，嘴长约三尺，尾长齿利，性暴虐，往往用自己的长尾巴把羊和猪等家畜卷走，也吃人，吃饱了漂浮在水面上像喝醉酒一样。[8] 关于鳄鱼，最著名的文献该数唐韩愈的《祭鳄鱼文》。唐宪宗元和十四年（819），韩愈赴任潮州刺史，听说境内的恶溪中有鳄鱼为害，"食民、畜、熊、豕、鹿、獐"，于是写下了著名的《祭鳄鱼文》，勒令鳄鱼最多七天之内全部迁回海里。文中的鳄鱼，有说是当时在华南出没的湾鳄。湾鳄是世界上最大的鳄鱼，也是唯一可以在海洋中生活的鳄鱼，性凶猛，会咬人，又叫"食人鳄"，它会趁着涨潮从南海游进广东潮州的恶溪。明彭大翼《山堂肆考》中描述被韩愈赶走之鳄鱼，四只脚，长尾巴，身体黄色，形如鼍，行动迅疾，森然大口里齿如利锯；鹿走在溪边，群鳄大吼，鹿受惊吓，落入水中，鳄即吞之。[9] 清广东水师提督李准在其所写巡海日记《李准巡海记》中称，他和航海指挥林国祥曾在西沙海域发现鳄鱼，林说："此鳄鱼也，韩文公在潮作文驱之者，即此是也。"据此，清朝末年中国境内应还有鳄鱼出没。不过，这也是除扬子鳄外的鳄鱼在我国出现的最后记录。

随着后世生态环境日渐恶化，鳄鱼栖息地遭到严重破坏，再加上鳄鱼被大量捕杀，除了扬子鳄，现中华大地已经没有任何鳄鱼种类。而扬子鳄的处境也让人担忧：1972 年我国政府将其列入国家一级保护珍稀动物，1973 年联合国将其列为濒危种和禁运种，现扬子鳄属于国家一级保护动物。为了使这种珍贵动物的种族能够延续，我国还在安徽、浙江等地建立了扬子鳄自然保护区和人工养殖场。相信有各种制度保障，有各种措施补救，再加上国家对建设生态美好社会的倡导和宣传，人们的生态保护意识越来越强，更自觉更主动地参与其中，在不久的未来，不仅扬子鳄，其他所有的动物，都会在绿水青山中重焕生机。

· 注释 ·

1.《毛诗序》："《灵台》，民始附也。文王受命，而民乐其有灵德，以及鸟兽昆虫焉。"

2.《孟子·梁惠王》："文王以民力为台为沼，而民欢乐之，谓其台曰灵台，谓其沼曰灵沼，乐其有麋鹿鱼鳖。古之人与民偕乐，故能乐也。"

3.《礼记·月令》："（季夏之月）命渔师伐蛟、取鼍，登龟、取鼋。"

4. 梁沈约注《竹书纪年》卷下："（周穆王）三十七年，大起九师，东至于九江，架鼋鼍以为梁；遂伐越至于纡。"

5.《尔雅翼》："鼍，状如守宫而大，长一二丈，灰五色，背尾皆有鳞甲如铠，能吐雾致雨。力尤酋健，善攻埼岸，夜则出边岸，人甚畏之，声亦可畏。性嗜睡，目常闭……其肉云白如鸡，其皮坚厚宜以冒鼓。"

6. 明毛晋编、三国吴陆玑著《陆氏诗疏广要》："《本草图经》云，肉至美，口内涎有毒，长一丈者，能吐气成雾致雨，力至猛，能攻陷江岸。"

7. 李时珍《本草纲目·鳞之一·鼍龙》："鼍穴极深，渔人以篾缆系饵探之，候其吞钩，徐徐引出。性能横飞，不能上腾。其声如鼓，夜鸣应更。谓之鼍鼓，亦曰鼍更，俚人听之以占雨。"

8.《尔雅翼·释鱼·鳄》："（鳄鱼）南海有之，四足，似鼍，长二丈馀，喙三尺，长尾而利齿，虎及鹿渡水，鳄击之，皆中断。以尾取物，如象之用鼻，往往卷取人家所畜羊豕食之。其多处大为民害，亦能食人。既饱浮出水上若昏醉之状。"

9. 明彭大翼《山堂肆考·地理·鳄鱼》："广东潮州府城东有鳄溪，溪有鳄鱼，四足黄身修尾，形如鼍，举止趫疾，口森锯齿，往往为人害。鹿行崖山，群鳄鸣吼，鹿必怖惧，为鳄所得。唐韩愈为刺史作文驱之，鳄徙去六十里。"

编目索引

● 鸟　部

1.1　关关雎鸠
《国风　周南　关雎》

关关雎（jū）鸠，在河之洲。窈窕淑女，君子好逑（qiú）。
参差荇（xìng）菜，左右流之。窈窕淑女，寤寐求之。
求之不得，寤寐思服。悠哉悠哉，辗转反侧。
参差荇菜，左右采之。窈窕淑女，琴瑟友之。
参差荇菜，左右芼（mào）之。窈窕淑女，钟鼓乐之。

1.2　黄鸟于飞
《国风　周南　葛覃》

葛之覃（tán）兮，施（yì）于中谷，维叶萋萋。黄鸟于飞，集于灌木，其鸣喈喈（jiē）。

葛之覃兮，施于中谷，维叶莫莫。是刈（yì）是濩（huò），为絺（chī）为绤（xì），服之无斁（yì）。

言告师氏，言告言归。薄污我私，薄浣（huàn）我衣。害（hé）浣害否，归宁父母。

1.3　维鹊有巢
《国风　召南　鹊巢》

维鹊有巢，维鸠居之。之子于归，百两（liàng）御（yà）之。
维鹊有巢，维鸠方之。之子于归，百两将之。
维鹊有巢，维鸠盈之。之子于归，百两成之。

1.4　谁谓雀无角
《国风　召南　行露》

厌（yè）浥（yì）行（háng）露，岂不夙夜，谓行多露。
谁谓雀无角？何以穿我屋？谁谓女（rǔ）无家？何以速我狱？虽速我狱，室家不足！
谁谓鼠无牙？何以穿我墉（yōng)？谁谓女无家？何以速我讼？虽速我讼，亦不女从！

1.5　燕燕于飞
《国风　邶风　燕燕》

燕燕于飞，差（cī）池其羽。之子于归，远送于野。瞻望弗及，泣涕如雨。
燕燕于飞，颉（xié）之颃（háng）之。之子于归，远于将之。瞻望弗及，伫（zhù）立以泣。
燕燕于飞，下上其音。之子于归，远送于南。瞻望弗及，实劳我心。
仲氏任（rén）只，其心塞（sè）渊。终温且惠，淑慎其身。

先君之思，以勖（xù）寡人。

1.6　雄雉于飞
《国风　邶风　雄雉》

雄雉于飞，泄（yì）泄其羽。我之怀矣，自诒（yí）伊阻。
雄雉于飞，下上其音。展矣君子，实劳我心。
瞻彼日月，悠悠我思。道之云远，曷（hé）云能来？
百尔君子，不知德行。不忮（zhì）不求，何用不臧（zāng）。

1.7　鹑之奔奔
《国风　鄘风　鹑之奔奔》

鹑之奔奔，鹊之彊（jiāng）彊。人之无良，我以为兄！
鹊之彊彊，鹑之奔奔。人之无良，我以为君！

1.8　莫黑匪乌
《国风　邶风　北风》

北风其凉，雨（yù）雪其雱（páng）。惠而好我，携手同行。其虚其邪？既亟只且（zhǐjū）！
北风其喈，雨雪其霏。惠而好我，携手同归。其虚其邪？既亟只且！
莫赤匪狐，莫黑匪乌。惠而好我，携手同车（jū）。其虚其邪？既亟只且！

1.9　鸡鸣喈喈
《国风　郑风　风雨》

风雨凄凄，鸡鸣喈喈，既见君子。云胡不夷？

风雨潇潇，鸡鸣胶胶。既见君子，云胡不瘳（chōu）？

风雨如晦，鸡鸣不已。既见君子，云胡不喜？

1.10　弋凫与雁
《国风　郑风　女曰鸡鸣》

女曰鸡鸣，士曰昧旦。子兴视夜，明星有烂。将翱将翔，弋（yì）凫与雁。

弋言加之，与子宜之。宜言饮酒，与子偕老。琴瑟在御，莫不静好。

知子之来之，杂佩以赠之。知子之顺之，杂佩以问之。知子之好（hào）之，杂佩以报之。

1.11　有鸣仓庚　　1.12　七月鸣鵙
2.12　一之日于貉　　3.2　五月鸣蜩
3.9　蚕月条桑
《国风　豳风　七月》

七月流火，九月授衣。一之日觱（bì）发（bō），二之日栗烈。无衣无褐，何以卒岁？三之日于耜（sì），四之日举趾。同我妇子，馌（yè）彼南亩。田畯（jùn）至喜（chì）。

七月流火，九月授衣。春日载（zài）阳，有鸣仓庚。女执懿（yì）筐，遵彼微行（xíng），爰（yuán）求柔桑。春日迟迟，采蘩祁祁。女心伤悲，殆及公子同归。

七月流火，八月萑（huán）苇。蚕月条桑，取彼斧斨（qiāng）。以伐远扬，猗彼女桑。七月鸣鵙（jú），八月载绩。载玄载黄，我朱孔阳，为公子裳。

四月秀葽（yāo），五月鸣蜩（tiáo）。八月其获，十月陨萚（tuò）。一之日于貉，取彼狐狸，为公子裘。二之日其同，载缵（zuǎn）武功。言私其豵（zōng），献豜（jiān）于公。

五月斯螽（zhōng）动股，六月莎鸡振羽。七月在野，八月在宇，九月在户，十月蟋蟀入我床下。穹室熏鼠，塞（sāi）向墐（jìn）户。嗟我妇子，曰为改岁，入此室处。

六月食郁及薁（yù），七月亨（pēng）葵及菽。八月剥（pū）枣，十月获稻。为此春酒，以介眉寿。七月食瓜，八月断壶，九月叔苴（jū），采荼（tú）薪樗（chū）。食（sì）我农夫。

九月筑场圃，十月纳禾稼。黍稷重（tóng）穋（lù），禾麻菽麦。嗟我农夫，我稼既同，上入执宫功。昼尔于茅，宵尔索绹（táo），亟其乘屋，其始播百谷。

二之日凿冰冲冲，三之日纳于凌阴。四之日其蚤，献羔祭韭。九月肃霜，十月涤场。朋酒斯飨（xiǎng），曰杀羔羊。跻彼公堂，称彼兕（sì）觥（gōng）：万寿无疆！

1.13　脊令在原

《小雅　鹿鸣之什　常棣》

常棣（dì）之华，鄂不韡韡（wěi）。凡今之人，莫如兄弟。

死丧之威，兄弟孔怀。原隰裒（xípóu）矣，兄弟求矣。

脊令（líng）在原，兄弟急难。每有良朋，况也永叹。

兄弟阋（xì）于墙，外御其务（wǔ）。每有良朋，烝也无戎。

丧乱既平，既安且宁。虽有兄弟，不如友生。

傧（bīn）尔笾（biān）豆，饮酒之饫（yù）。兄弟既具，和乐且孺。

妻子好合，如鼓瑟琴。兄弟既翕（xī），和乐且湛（dān）。

宜尔室家，乐尔妻帑（nú）。是究是图，亶（dǎn）其然乎？

1.14　交交桑扈　　3.13　螟蛉有子，蜾蠃负之

《小雅　节南山之什　小宛》

宛彼鸣鸠，翰飞戾（lì）天。我心忧伤，念昔先人。明发不寐，有怀二人。

人之齐圣，饮酒温克。彼昏不知，壹醉日富。各敬尔仪，天命不又。

中原有菽（shū），庶民采之。螟蛉（mínglíng）有子，蜾蠃（guǒluǒ）负之。教诲尔子，式穀（gǔ）似之。

题（dì）彼脊令（líng），载（zài）飞载鸣。我日斯迈，而月斯征。夙（sù）兴夜寐，毋忝（tiǎn）尔所生。

交交桑扈（hù），率场啄粟（sù）。哀我填寡，宜岸宜狱。

握粟出卜，自何能穀？

温温恭人，如集于木。惴惴（zhuì）小心，如临于谷。战战兢兢（jīng），如履薄冰。

1.15　维鹈在梁
《国风　曹风　候人》

彼候人兮，何（hè）戈与祋（duì）。彼其之子，三百赤芾（fú）。

维鹈（tí）在梁，不濡其翼。彼其之子，不称其服。

维鹈在梁，不濡其咮（zhòu）。彼其之子，不遂其媾（gòu）。

荟兮蔚兮，南山朝隮（jī）。婉兮娈（luán）兮，季女斯饥。

1.16　值其鹭羽
《国风　陈风　宛丘》

子之汤（dàng）兮，宛丘之上兮。洵有情兮，而无望兮。

坎其击鼓，宛丘之下。无冬无夏，值其鹭羽。

坎其击缶（fǒu），宛丘之道。无冬无夏，值其鹭翿（dào）。

1.17　鴥彼飞隼
《小雅　南有嘉鱼之什　采芑》

薄言采芑（qǐ），于彼新田，呈此菑（zī）亩。方叔莅（lì）止，其车三千。师干之试，方叔率止。乘其四骐，四骐翼翼。路车有奭（shì），簟茀（fú）鱼服，钩膺鞗（yīngtiáo）革。

薄言采芑，于彼新田，于此中乡。方叔莅止，其车三千。旂旐（qízhào）央央，方叔率止。约轵（qí）错衡，八鸾玱玱（qiāng）。服其命服，朱芾斯皇，有玱葱珩（héng）。

鴥（yù）彼飞隼（sǔn），其飞戾天，亦集爰止。方叔莅止，其车三千。师干之试，方叔率止。钲（zhēng）人伐鼓，陈师鞠旅。显允方叔，伐鼓渊渊，振旅阗阗（tián）。

蠢尔蛮荆，大邦为仇。方叔元老，克壮其犹。方叔率止，执讯获丑。戎车啴啴（tān），啴啴焞焞（tūn），如霆如雷。显允方叔，征伐玁（xiǎn）狁，蛮荆来威。

1.18 肃肃鸨羽
《国风 唐风 鸨羽》

肃肃鸨（bǎo）羽，集于苞栩（xǔ）。王事靡盬（gǔ），不能蓻（yì）稷黍。父母何怙（hù）？悠悠苍天，曷（hé）其有所？

肃肃鸨翼，集于苞棘。王事靡盬（mǐgǔ），不能蓻黍稷。父母何食？悠悠苍天，曷其有极？

肃肃鸨行（háng），集于苞桑，王事靡盬，不能蓻稻粱。父母何尝？悠悠苍天，曷其有常？

1.19 鸱鸮鸱鸮
《国风 豳风 鸱鸮》

鸱鸮（chīxiāo）鸱鸮，既取我子，无毁我室。恩斯勤斯，鬻子之闵斯。

迨天之未阴雨，彻彼桑土，绸缪（chóumóu）牖（yǒu）户。今女下民，或敢侮予？

予手拮据，予所捋荼。予所蓄租，予口卒（cuì）瘏（tú），曰予未有室家。

予羽谯谯（qiáo），予尾翛翛（xiāo），予室翘翘（qiáo）。风雨所漂摇，予维音哓哓（xiāo）！

1.20　鸿雁于飞
《小雅　鸿雁之什　鸿雁》

鸿雁于飞，肃肃其羽。之子于征，劬（qú）劳于野。爰及矜人，哀此鳏（guān）寡。

鸿雁于飞，集于中泽。之子于垣，百堵皆作。虽则劬劳，其究安宅？

鸿雁于飞，哀鸣嗷嗷。维此哲人，谓我劬劳。维彼愚人，谓我宣骄。

1.21　鹤鸣于垤　　3.10　伊威在室，蟏蛸在户
3.11　熠耀宵行
《国风　豳风　东山》

我徂（cú）东山，慆慆（tāo）不归。我来自东，零雨其蒙。我东曰归，我心西悲。制彼裳衣，勿士行枚。蜎蜎（yuān）者蠋（zhú），烝在桑野。敦彼独宿，亦在车下。

我徂东山，慆慆不归。我来自东，零雨其蒙。果臝（luǒ）之实，亦施于宇。伊威在室，蟏蛸（xiāoshāo）在户。町畽

(tīngtuǎn) 鹿场，熠（yì）耀宵行。不可畏也，伊可怀也。

我徂东山，慆慆不归。我来自东，零雨其蒙。鹳鸣于垤
（dié），妇叹于室。洒扫穹窒，我征聿（yù）至。有敦瓜苦，烝
在栗薪。自我不见，于今三年。

我徂东山，慆慆不归。我来自东，零雨其蒙。仓庚于飞，熠
耀其羽。之子于归，皇驳其马。亲结其缡（lí），九十其仪。其新
孔嘉，其旧如之何？

1.22　鹤鸣于九皋

《小雅　鸿雁之什　鹤鸣》

鹤鸣于九皋（gāo），声闻于野。鱼潜在渊，或在于渚。乐彼
之园，爰有树檀（tán），其下维萚（tuò）。它山之石，可以
为错。

鹤鸣于九皋，声闻于天。鱼在于渚，或潜在渊。乐彼之园，
爰有树檀，其下维榖（gǔ）。它山之石，可以攻玉。

1.23　鸳鸯于飞

《小雅　甫田之什　鸳鸯》

鸳鸯于飞，毕之罗之。君子万年，福禄宜之。

鸳鸯在梁，戢（jí）其左翼。君子万年，宜其遐福。

乘（shèng）马在厩（jiù），摧（cuò）之秣（mò）之。君
子万年，福禄艾之。

乘马在厩，秣之摧之。君子万年，福禄绥（suí）之。

1.24 凤凰于飞

《大雅 生民之什 卷阿》

有卷（quán）者阿（ē），飘风自南。岂弟（kǎitì）君子，来游来歌，以矢其音。

伴奂尔游矣，优游尔休矣。岂弟君子，俾尔弥尔性，似先公酋矣。

尔土宇昄（bǎn）章，亦孔之厚矣。岂弟君子，俾尔弥尔性，百神尔主矣。

尔受命长矣，茀（fú）禄尔康矣。岂弟君子，俾尔弥尔性，纯嘏（gǔ）尔常矣。

有冯（píng）有翼，有孝有德，以引以翼。岂弟君子，四方为则。

颙颙（yóng）卬卬（áng），如圭（guī）如璋，令闻令望。岂弟君子，四方为纲。

凤凰于飞，翙翙（huì）其羽，亦集爰止。蔼蔼（ǎi）王多吉士，维君子使，媚于天子。

凤凰于飞，翙翙其羽，亦傅于天。蔼蔼王多吉人，维君子命，媚于庶（shù）人。

凤凰鸣矣，于彼高冈。梧桐生矣，于彼朝阳。菶菶（běng）萋萋，雍雍喈喈。

君子之车，既庶且多。君子之马，既闲且驰。矢诗不多，维以遂歌。

1.25 肇允彼桃虫

《周颂 闵予小子之什 小毖》

予其惩，而毖（bì）后患。莫予荓（píng）蜂，自求辛螫（shì）。肇允彼桃虫，拚（fān）飞维鸟。未堪家多难，予又集于蓼（liǎo）。

● 兽　部

2.1 麟之趾

《国风 周南 麟之趾》

麟之趾，振振（zhēn）公子，于嗟麟兮。

麟之定，振振公姓，于嗟麟兮。

麟之角，振振公族，于嗟麟兮。

2.2 呦呦鹿鸣

《小雅 鹿鸣之什 鹿鸣》

呦呦（yōu）鹿鸣，食野之苹。我有嘉宾，鼓瑟吹笙。吹笙鼓簧（huáng），承筐是将。人之好我，示我周行（háng）。

呦呦鹿鸣，食野之蒿（hāo）。我有嘉宾，德音孔昭。视民不恌（tiāo），君子是则是效。我有旨酒，嘉宾式燕以敖（áo）。

呦呦鹿鸣，食野之芩（qín）。我有嘉宾，鼓瑟鼓琴。鼓瑟鼓琴，和乐且湛（dān）。我有旨酒，以燕乐嘉宾之心。

2.3　硕鼠硕鼠
《国风　魏风　硕鼠》

硕鼠硕鼠，无食我黍（shǔ）！三岁贯女（rǔ），莫我肯顾。逝将去女，适彼乐土。乐土乐土，爰得我所。

硕鼠硕鼠，无食我麦！三岁贯女，莫我肯德。逝将去女，适彼乐国。乐国乐国，爰得我直。

硕鼠硕鼠，无食我苗！三岁贯女，莫我肯劳。逝将去女，适彼乐郊。乐郊乐郊，谁之永号？

2.4　有猫有虎　　2.14　赤豹黄黑
2.20　献其貔皮　　4.9　炰鳖鲜鱼
《大雅　荡之什　韩奕》

奕（yì）奕梁山，维禹甸之，有倬（zhuō）其道。韩侯受命，王亲命之：缵（zuǎn）戎祖考，无废朕命。夙夜匪解，虔共尔位，朕命不易。干不庭方，以佐戎辟。

四牡奕奕，孔修且张。韩侯入觐（jìn），以其介圭，入觐于王。王锡（cì）韩侯，淑旂（qí）绥章，簟（diàn）茀（fú）错衡，玄衮赤舄（xì），钩膺镂钖（yáng），鞹（kuò）鞃（hóng）浅幭，鞗（tiáo）革金厄。

韩侯出祖，出宿于屠。显父饯之，清酒百壶。其肴维何？炰（páo）鳖鲜鱼。其蔌（sù）维何？维笋及蒲。其赠维何？乘马路车。笾（biān）豆有且（jū）。侯氏燕胥。

韩侯取妻，汾王之甥，蹶（guì）父之子。韩侯迎止，于蹶之里。百两（liàng）彭彭（bāng），八鸾锵锵，不（pī）显其光。诸娣从之，祁祁如云。韩侯顾之，烂其盈门。

蹶父孔武，靡国不到。为韩姞相攸，莫如韩乐。孔乐韩土，川泽讦讦（xū），鲂鱮甫甫，麀（yōu）鹿噳噳（yǔ），有熊有罴，有猫有虎。庆既令居，韩姞燕誉。

溥（pǔ）彼韩城，燕师所完。以先祖受命，因时百蛮。王锡（cì）韩侯，其追其貊（mò）。奄受北国，因以其伯。实墉实壑，实亩实藉（jí）。献其貔（pí）皮，赤豹黄罴。

2.5　我马玄黄　　2.18　酌彼兕觥
《国风　周南　卷耳》

采采卷耳，不盈顷筐。嗟我怀人，置彼周行（háng）。

陟（zhì）彼崔嵬（wéi），我马虺隤（huītuí）。我姑酌彼金罍（léi），维以不永怀。

陟彼高冈，我马玄黄。我姑酌彼兕（sì）觥（gōng），维以不永伤。

陟彼砠（jū）矣，我马瘏（tú）矣。我仆痡（pū）矣，云何吁矣。

2.6　谁谓尔无牛
《小雅　鸿雁之什　无羊》

谁谓尔无羊？三百维群。谁谓尔无牛？九十其犉（rún）。尔羊来思，其角濈濈（jí）。尔牛来思，其耳湿湿（chì）。

或降于阿（ē），或饮于池，或寝或讹（é）。尔牧来思，何（hè）蓑何笠，或负其糇（hóu）。三十维物，尔牲则具。

尔牧来思，以薪以蒸，以雌以雄。尔羊来思，矜矜（jīn）兢兢（jīng），不骞（qiān）不崩。麾（huī）之以肱（gōng），毕来既升。

牧人乃梦，众维鱼矣，旐（zhào）维旟（yú）矣，大人占之；众维鱼矣，实维丰年；旐维旟矣，室家溱溱（zhēn）。

2.7　羔羊之皮
《国风　召南　羔羊》

羔羊之皮，素丝五紽（tuó）。退食自公，委蛇（wēiyí）委蛇。

羔羊之革，素丝五緎（yù）。委蛇委蛇，自公退食。

羔羊之缝，素丝五总（zōng）。委蛇委蛇，退食自公。

2.8　壹发五豝
《国风　召南　驺虞》

彼茁（zhuó）者葭（jiā），壹发五豝（bā），于嗟乎驺虞（zōuyú）！

彼茁者蓬，壹发五豵（zōng），于嗟乎驺虞！

2.9　有兔爰爰
《国风　王风　兔爰》

有兔爰爰（yuán），雉（zhì）离于罗。我生之初，尚无为；我生之后，逢此百罹（lí）。尚寐无吪（é）！

有兔爰爰，雉离于罦（fú）。我生之初，尚无造；我生之后，逢此百忧。尚寐无觉！

有兔爰爰，雉离于罿（chōng）。我生之初，尚无庸；我生之后，逢此百凶。尚寐无聪！

2.10　遇犬获之
《小雅　节南山之什　巧言》

悠悠昊（hào）天，曰父母且（jū）。无罪无辜，乱如此怃（hū）。昊天已威，予慎无罪。昊天大怃，予慎无辜。

乱之初生，僭（jiàn）始既涵。乱之又生，君子信谗。君子如怒，乱庶遄（chuán）沮（jǔ）。君子如祉，乱庶遄已。

君子屡盟，乱是用长。君子信盗，乱是用暴。盗言孔甘，乱是用餤（tán）。匪其止共，维王之邛（qióng）。

奕奕寝庙，君子作之。秩秩大猷（yóu），圣人莫之。他人有心，予忖度之。跃跃毚（chán）兔，遇犬获之。

荏（rěn）染柔木，君子树之。往来行言，心焉数之。蛇蛇（yí）硕言，出自口矣。巧言如簧，颜之厚矣。

彼何人斯？居河之麋（méi）。无拳无勇，职为乱阶。既微且尰（zhǒng），尔勇伊何？为犹将多，尔居徒几何？

2.11　狼跋其胡
《国风　豳风　狼跋》

狼跋其胡，载疐（zhì）其尾。公孙硕肤，赤舄（xì）几几。
狼疐其尾，载跋其胡。公孙硕肤，德音不瑕？

2.13　雄狐绥绥
《国风　齐风　南山》

南山崔崔，雄狐绥绥（suí）。鲁道有荡，齐子由归。既曰归止，曷又怀止？

葛屦（jù）五两，冠緌（ruí）双止。鲁道有荡，齐子庸止。既曰庸止，曷又从止？

蓺（yì）麻如之何？衡从（zòng）其亩。取妻如之何？必告父母。既曰告止，曷又鞠（jū）止？

析薪如之何？匪斧不克。取妻如之何？匪媒不得。既曰得止，曷又极止？

2.15　毋教猱升木
《小雅　鱼藻之什　角弓》

骍骍（xīng）角弓，翩其反矣。兄弟婚姻，无胥（xū）远矣。

尔之远矣，民胥然矣。尔之教矣，民胥效矣。

此令兄弟，绰绰有裕。不令兄弟，交相为愈（yù）。

民之无良，相怨一方。受爵不让，至于已斯亡。

老马反为驹（jū），不顾其后。如食宜饇，如酌孔取。

毋教猱（náo）升木，如涂涂附。君子有徽猷（yóu），小人与属。

雨雪瀌瀌（biāo），见晛（xiàn）曰消。莫肯下遗，式居娄骄。

雨雪浮浮，见晛曰流。如蛮如髦（máo），我是用忧。

2.16　有力如虎
《国风　邶风　简兮》

简兮简兮，方将万舞。日之方中，在前上处。

硕人俣俣（yǔ），公庭万舞。有力如虎，执辔（pèi）如组。

左手执龠（yuè），右手秉翟。赫如渥（wò）赭（zhě），公言锡爵。

山有榛（zhēn），隰（xí）有苓（líng）。云谁之思？西方美人。彼美人兮，西方之人兮。

2.17　象弭鱼服
《小雅　鹿鸣之什　采薇》

采薇采薇，薇亦作止。曰归曰归，岁亦莫（mù）止。靡室靡家，猃狁（xiǎnyǔn）之故。不遑启居，猃狁之故。

采薇采薇，薇亦柔止。曰归曰归，心亦忧止。忧心烈烈，载饥载渴。我戍（shù）未定，靡使归聘。

采薇采薇，薇亦刚止。曰归曰归，岁亦阳止。王事靡盬（gǔ），不遑启处。忧心孔疚，我行不来！

彼尔维何？维常之华（huā）。彼路斯何？君子之车。戎车既驾，四牡业业。岂敢定居？一月三捷。

驾彼四牡，四牡骙骙（kuí）。君子所依，小人所腓（féi）。四牡翼翼，象弭（mǐ）鱼服。岂不日戒？猃狁孔棘！

昔我往矣，杨柳依依。今我来思，雨（yù）雪霏霏（fēi）。行道迟迟，载渴载饥。我心伤悲，莫知我哀！

2.19　维熊维罴　　3.12　维虺维蛇

《小雅　鸿雁之什　斯干》

秩秩斯干，幽幽南山。如竹苞矣，如松茂矣。兄及弟矣，式相好矣，无相犹矣。

似续妣（bǐ）祖，筑室百堵，西南其户。爰居爰处，爰笑爰语。

约之阁阁，椓（zhuó）之橐橐（tuó）。风雨攸除，鸟鼠攸去，君子攸芋。

如跂（qǐ）斯翼，如矢（shǐ）斯棘，如鸟斯革，如翚斯飞，君子攸跻。

殖殖其庭，有觉其楹。哙哙（kuài）其正，哕哕（huì）其冥。君子攸宁。

下莞（guān）上簟（diàn），乃安斯寝。乃寝乃兴，乃占我梦。吉梦维何？维熊维罴，维虺（huǐ）维蛇。

大人占之：维熊维罴，男子之祥；维虺维蛇，女子之祥。

乃生男子，载寝之床。载衣之裳，载（zài）弄之璋。其泣喤喤（huáng），朱芾（fú）斯皇，室家君王。

乃生女子，载寝之地。载衣之裼（tì），载弄之瓦。无非无仪，唯酒食是议，无父母诒（yí）罹（lí）。

● 虫 部

3.1　螽斯羽
《国风　周南　螽斯》

螽（zhōng）斯羽，诜诜（shēn）兮。宜尔子孙，振振兮。
螽斯羽，薨薨（hōng）兮。宜尔子孙。绳绳兮。
螽斯羽，揖揖（jí）兮。宜尔子孙，蛰蛰（zhé）兮。

3.3　蘧篨不鲜
《国风　邶风　新台》

新台有泚（cǐ），河水弥弥。燕婉之求，蘧篨（qúchú）不鲜。
新台有洒（cuǐ），河水浼浼（měi）。燕婉之求，蘧篨不殄。
鱼网之设，鸿则离之。燕婉之求，得此戚施。

3.4　领如蝤蛴　　3.5　螓首蛾眉
4.4　鳣鲔发发
《国风　卫风　硕人》

硕人其颀，衣锦褧（jiǒng）衣。齐侯之子，卫侯之妻。东宫之妹，邢侯之姨，谭公维私。

手如柔荑（tí），肤如凝脂，领如蝤蛴（qiúqí），齿如瓠犀（hùxī），螓（qín）首蛾眉，巧笑倩兮，美目盼兮。

硕人敖敖，说（shuì）于农郊。四牡有骄，朱幩（fén）镳镳（biāo）。翟茀（dífú）以朝。大夫夙退，无使君劳。

河水洋洋，北流活活（guō）。施罛（gū）濊濊（huò），鳣（zhān）鲔（wěi）发发（bō）。葭（jiā）菼（tán）揭揭，庶姜孽孽，庶士有朅（qiè）。

3.6 苍蝇之声
《国风 齐风 鸡鸣》

鸡既鸣矣，朝（cháo）既盈矣。匪鸡则鸣，苍蝇之声。
东方明矣，朝既昌矣。匪东方则明，月出之光。
虫飞薨薨（hōng），甘与子同梦。会且归矣，无庶予子憎。

3.7 蟋蟀在堂
《国风 唐风 蟋蟀》

蟋蟀在堂，岁聿（yù）其莫（mù）。今我不乐，日月其除。无已大（tài）康，职思其居。好乐无荒，良士瞿瞿（jù）。

蟋蟀在堂，岁聿其逝。今我不乐，日月其迈。无已大康，职思其外。好乐无荒，良士蹶蹶（guì）。

蟋蟀在堂，役车其休。今我不乐，日月其慆（tāo）。无以大康，职思其忧。好乐无荒，良士休休。

3.8 蜉蝣之羽
《国风 曹风 蜉蝣》

蜉蝣（fúyóu）之羽，衣裳楚楚。心之忧矣，于我归处。
蜉蝣之翼，采采衣服。心之忧矣，于我归息。
蜉蝣掘阅，麻衣如雪。心之忧矣，于我归说（shuì）。

3.14 及其蟊贼
《小雅 甫田之什 大田》

大田多稼，既种（zhǒng）既戒，既备乃事。以我覃（yǎn）耜（sì），俶（chù）载南亩。播厥百谷，既庭且硕，曾孙是若。

既方既皂，既坚既好，不稂（láng）不莠（yǒu）。去其螟螣（tè），及其蟊（máo）贼，无害我田稚。田祖有神，秉畀（bì）炎火。

有渰（yǎn）萋萋，兴雨祈祈。雨（yù）我公田，遂及我私。彼有不获稚，此有不敛穧（jì），彼有遗秉，此有滞穗，伊寡妇之利。

曾孙来止，以其妇子。馌（yè）彼南亩，田畯至喜。来方禋（yīn）祀，以其骍（xīng）黑，与其黍稷。以享以祀，以介景福。

3.15 为鬼为蜮
《小雅 节南山之什 何人斯》

彼何人斯？其心孔艰。胡逝我梁，不入我门？伊谁云从？维暴之云。

二人从行（xíng），谁为此祸？胡逝我梁，不入唁（yàn）我？始者不如今，云不我可。

彼何人斯？胡逝我陈？我闻其声，不见其身。不愧于人？不畏于天？

彼何人斯？其为飘风。胡不自北？胡不自南？胡逝我梁？只搅我心。

尔之安行（xíng），亦不遑（huáng）舍（shè）。尔之亟行，遑脂尔车。壹者之来，云何其盱（xū）。

尔还（huán）而入，我心易也。还而不入，否难知也。壹者之来，俾我祇（qí）也。

伯氏吹埙（xūn），仲氏吹篪（chí）。及尔如贯，谅不我知。出此三物，以诅（zǔ）尔斯。

为鬼为蜮（yù），则不可得。有靦（tiǎn）面目，视人罔极。作此好歌，以极反侧。

3.16　卷发如虿
《小雅　鱼藻之什　都人士》

彼都（dū）人士，狐裘（qiú）黄黄。其容不改，出言有章。行（xíng）归于周，万民所望。

彼都人士，台笠缁（zī）撮（cuō）。彼君子女，绸直如发。我不见兮，我心不说（yuè）。

彼都人士，充耳琇（xiù）实。彼君子女，谓之尹（yǐn）吉。我不见兮，我心苑（yùn）结。

彼都人士，垂带而厉。彼君子女，卷发如虿（chài）。我不见兮，言从之迈。

匪伊垂之，带则有余。匪伊卷之，发则有旟（yú）。我不见兮，云何盱（xū）矣。

● 鱼 部

4.1 鲂鱼赪尾
《国风　周南　汝坟》

遵彼汝坟，伐其条枚。未见君子，惄（nì）如调饥。

遵彼汝坟，伐其条肄（yì）。既见君子，不我遐弃。

鲂（fáng）鱼赪（chēng）尾，王室如毁。虽则如毁，父母孔迩（ěr）。

4.2 鳢鲨鲂鳢
《小雅　鹿鸣之什　鱼丽》

鱼丽于罶（liǔ），鳢（cháng）鲨。君子有酒，旨且多。

鱼丽于罶，鲂鳢（lǐ）。君子有酒，多且旨。

鱼丽于罶，鰋鲤。君子有酒，旨且有。

物其多矣，维其嘉矣！物其旨矣，维其偕矣！物其有矣，维其时矣！

4.3　其鱼鲂鳏
《国风　齐风　敝笱》

敝笱（gǒu）在梁，其鱼鲂鳏（guān）。齐子归止，其从如云。

敝笱在梁，其鱼鲂鱮（xù）。齐子归止，其从如雨。

敝笱在梁，其鱼唯唯。齐子归止，其从如水。

4.5　鲦鲿鰋鲤
《周颂　臣工之什　潜》

猗与漆沮，潜有多鱼。有鳣有鲔（wěi），鲦（tiáo）鲿鰋（yǎn）鲤。以享以祀，以介景福。

4.6　鲂鱮，鳟鲂
《小雅　鱼藻之什　采绿》

终朝采绿，不盈一匊（jū）。予发曲局，薄言归沐。

终朝采蓝，不盈一襜（chān）。五日为期，六日不詹。

之子于狩，言韔（chàng）其弓。之子于钓，言纶之绳。

其钓维何？维鲂及鱮。维鲂及鱮，薄言观者。

《国风　豳风　九罭》

九罭（yù）之鱼，鳟（zūn）鲂。我觏（gòu）之子，衮（gǔn）衣绣裳（cháng）。

鸿飞遵渚，公归无所，于女（rǔ）信处。

鸿飞遵陆，公归不复，于女信宿。

是以有衮衣兮，无以我公归兮，无使我心悲兮。

4.7　成是贝锦

《小雅　节南山之什　巷伯》

萋兮斐兮，成是贝锦。彼谮（zèn）人者，亦已大甚！

哆（chǐ）兮侈兮，成是南箕。彼谮人者，谁适与谋。

缉缉翩翩，谋欲谮人。慎尔言也，谓尔不信。

捷捷幡幡（fān），谋欲谮言。岂不尔受？既其女（rǔ）迁。

骄人好好，劳人草草。苍天苍天，视彼骄人，矜此劳人。

彼谮人者，谁适与谋？取彼谮人，投畀（bì）豺虎。豺虎不食，投畀有北。有北不受，投畀有昊！

杨园之道，猗（yǐ）于亩丘。寺人孟子，作为此诗。凡百君子，敬而听之。

4.8　维龟正之

《大雅　文王之什　文王有声》

文王有声，遹（yù）骏有声。遹求厥宁，遹观厥成。文王烝（zhēng）哉！

文王受命，有此武功。既伐于崇，作邑于丰。文王烝哉！

筑城伊淢（xù），作丰伊匹。匪棘其欲，遹追来孝。王后烝哉！

王公伊濯（zhuó），维丰之垣（yuán）。四方攸同，王后维翰。王后烝哉!

丰水东注,维禹之绩。四方攸同,皇王维辟。皇王烝哉!

镐京辟廱(bìyōng),自西自东,自南自北,无思不服。皇王烝哉!

考卜维王,宅是镐京。维龟正之,武王成之。武王烝哉!

丰水有芑(qǐ),武王岂不仕?诒(yí)厥孙谋,以燕翼子。武王烝哉!

4.10　鼍鼓逢逢
《大雅　文王之什　灵台》

经始灵台,经之营之。庶民攻之,不日成之。

经始勿亟,庶民子来。王在灵囿,麀(yōu)鹿攸伏。

麀鹿濯濯(zhuó),白鸟翯翯(hè)。王在灵沼,於(wū)牣(rèn)鱼跃。

虡(jù)业维枞(cōng),贲(fén)鼓维镛。于论鼓钟,于乐辟雍。

于论鼓钟,于乐辟廱。鼍(tuó)鼓逢逢(péng),蒙瞍(sǒu)奏公。